Ma vie selon Moi

Sylvaine Jaoui

Illustrations de Colonel Moutarde

Ma vie selon Moi

La rencontre qui a tout changé

RAGEOT

Cet ouvrage a été imprimé sur un papier
issu de forêts gérées durablement,
de sources contrôlées.

Une première édition de ces textes
a paru sous les titres
C'est pas du cinéma !, *Crème de jour et boîte de nuit*
et *Émotions garanties* (Bac and Love).

Notes et articles de Sylvaine Jaoui.

ISBN : 978-2-7002-3760-3

Pour Antoine.

LE CASTING

Le club des CIK (lire cinq ou « c'est un cas » au choix)

Justine : seize ans. Un mètre soixante-dix pour cinquante kilos. Toujours en jean et en Converse. Fleur bleue, gaffeuse et rêveuse. Aime les films et les chansons d'amour. Vit avec ses parents et son frère Théo. Terminale S sans conviction. Meilleure amie : Léa (et aussi Patou, la girafe du zoo).

Léa : dix-sept ans. Petite et plutôt ronde. Porte de la dentelle noire, des Doc et de gros bijoux d'argent. Surnommée la sorcière, elle s'intéresse à la voyance et au paranormal. Vit avec sa mère et sa grand-mère depuis la mort de son père. Terminale L spécialité théâtre.

Nicolas : dix-sept ans. Dom Juan. A un langage de charretier. Adore tout ce qui est informatique et bricolage. Cousin de Justine et meilleur ami de Jim. Vit avec son père depuis un an à cause de disputes fréquentes avec sa mère. Terminale STI.

Jim : dix-sept ans. Brun musclé. Vrai gentil qui a toujours des attentions pour chacun mais grand nerveux. A arrêté ses études et travaille au *Paradisio* en attendant de passer son monitorat de judo. A traversé une période difficile (fugues nombreuses) et a avec son père une relation exécrable.

LE CASTING

Ingrid : dix-sept ans. Bimbo du groupe. Passe son temps à tester son pouvoir de séduction sur tous les garçons ce qui a le don d'agacer toutes les filles. Enfant unique d'un couple âgé. Préoccupée par la mode, les vêtements et les chanteuses à succès. Est sortie avec Jim et Nicolas, il y a longtemps. Terminale ES.

Les autres personnages

Thibault : beau garçon châtain, élégant et énigmatique.
Adam : étudiant en lettres. Très attiré par Léa.
Peter : prof d'art dramatique de Léa. Joue avec son cœur.
Anna : double d'Yseult, son amie. Vit pour chanter.
Yseult : double d'Anna, son amie. Vit pour chanter. (Anna et Yseult sont surnommées les jumelles.)
Patou : la girafe du zoo, animal fétiche de Justine.
Claire : mère de Léa.
Eugénie : grand-mère infernale et géniale de Léa.
Laurent et Sophie : parents de Justine.
Théo : petit frère surdoué de Justine.

Les dix-sept ans d'Eugénie

Justine – Nicolas ! Nicolas !

Je hurlais à travers la cour pour que mon cousin m'entende enfin.

Nicolas – Ah salut Justine, tu tombes bien... T'as pas un euro ? Je voudrais prendre un Coca au distributeur.

Justine – À dix heures du matin ?

Nicolas – Oui, pourquoi ? Il y a une posologie pour le Coca, il faut le prendre le soir au coucher ? Deux canettes avant de s'endormir ?

Justine – Très drôle... Tu n'as pas vu Léa ? Je la cherche depuis ce matin.

Nicolas – Non ! Pourquoi tu ne demandes pas à Julie ? Elle est en cours avec elle. Eh Julie ! Viens par là chérie, on a un truc à te demander ! Ben qu'est-ce qu'elle a ? Oh comment elle se la pète ! T'as vu comment elle m'a tourné le dos ?

Justine – Tu entends comment tu lui parles ? Décidément, tu ne changeras jamais...

Nicolas – Ouh là là, mais qu'est-ce que vous avez toutes ce matin ? Vous avez vos règles ou quoi ?

Justine – Tu remportes le pompon de la remarque la plus misogyne et la plus nulle du monde. Allez salut !

Nicolas – Et mon euro ?

J'ai planté mon cousin au milieu de la cour du lycée. Toutes les fois où Nicolas est en difficulté avec une fille, on peut être sûr qu'on a droit à une petite réflexion sur les règles. Ça a le don de m'exaspérer, il n'y a pas plus irrespectueux qu'un garçon qui se permet ce genre de remarque. De toute façon, j'avais mieux à faire qu'à expliquer à Nicolas les règles... du savoir-vivre, je devais retrouver Léa.

Je me suis frayé un chemin jusqu'à Julie. Non seulement elle devait savoir où se trouvait ma meilleure amie mais, en plus, j'avais envie de lui témoigner ma solidarité de fille.

Justine – Excuse-moi, Julie, je voulais te...

Julie – Est-ce que tu pourrais dire à ce qui te sert de cousin d'éviter de m'adresser la parole ? S'il a une mémoire qui fonctionne à plus de six mois, il devrait se souvenir de son comportement quand on est sortis ensemble. Remarque, vu la bêtise du personnage, ce n'est pas certain... Le stéréotype du pauvre type !

Justine – Doucement quand même ! Je veux bien que Nicolas ne soit pas toujours très délicat mais de là à le traiter de pauvre type...

Julie – Si pauvre type te gêne, j'ai autre chose en stock : minable, crétin, dom Juan de supermarché, allumeur impuissant, salopard... Ça te va ou je continue ?

Justine – Eh ben dis donc, je ne sais pas ce qu'il t'a fait ou plutôt ce qu'il ne t'a pas fait, mais tu as l'air bien remontée...

Oh non... Voilà que je me mettais à parler comme un macho de base pour défendre mon indéfendable cousin.

C'est fou ça, il y a deux secondes, j'étais prête à étriper Nicolas pour ses remarques misogynes. Je me sentais l'Olympe de Gouges du XXIe siècle brandissant, debout sur un banc, les droits de la femme, je m'imaginais membre active de Ni Putes, Ni Soumises, défendant mes sœurs du monde entier sur le chemin de l'égalité homme-femme.

Et voilà que j'envoyais maintenant au visage d'une des victimes de Nicolas qu'elle était une pauvre fille aigrie et insatisfaite. Je me suis sentie méprisable. J'allais lui présenter mes excuses quand elle m'a balancé :

Julie – C'est de famille, la bêtise ! Il n'y en a vraiment pas un pour rattraper l'autre.

Ça, elle n'aurait pas dû.

Justine – Oui, et moi je commence à comprendre pourquoi mon cousin t'a larguée. Les pimbêches qui ne digèrent pas qu'on les quitte, y a pas pire !

Julie – Si ! Les pauvres filles amoureuses qui courent depuis des années après le meilleur ami de leur cousin !

Touchée coulée...

C'est dingue comme on peut faire mal avec des mots.

Oh je détestais cette pause : je m'étais fâchée avec Nicolas, je venais de me faire atomiser l'ego par une fille contre laquelle je n'avais rien a priori, je ne trouvais pas Léa. Je ne voyais pas ce qui pouvait m'arriver de pire.

– Merci pour mon Coca, Justine. Je sais que je peux toujours compter sur toi ! Et bravo pour le choix de ta nouvelle copine, tu vas pouvoir me casser du sucre sur le dos avec une experte.

Je me suis retournée.

Nicolas me regardait avec son air des grands jours. Mais je rêve ou quoi ??? Tout ce qui m'arrivait depuis cinq minutes était sa faute, je l'avais défendu envers et contre tout et il osait se présenter en victime... Je n'ai pas cherché à lui répondre.

De toute façon, la cloche sonnait, j'avais cours de maths et vu le degré d'incompréhension qui régnait dans cette cour, il valait mieux que je me suicide aux nombres complexes.

J'ai monté l'escalier comme on monte à l'échafaud. Je devais être à la sixième marche lorsque j'ai senti une main sur mon épaule. L'expression « sentir une main » est inexacte, je devrais plutôt dire une chaleur a soudain irradié mon épaule, des frissons ont parcouru ma colonne vertébrale, tout mon corps a été électrisé.

THIBAULT... Je n'avais même pas besoin de me retourner pour savoir que c'était lui. Dans mon programme génétique, il y avait certainement une reconnaissance immédiate de la voix et de l'odeur de Thibault.

Thibault – Bonjour ma Justine, tu vas bien ?

Vous avez tous entendu, il a dit MA Justine. Il n'a pas dit : Justine, UNE Justine, CETTE Justine, même pas LA Justine mais MA Justine.

Soudain toutes les leçons de grammaire sur les déterminants, péniblement apprises durant mes années de primaire puis de collège et soigneusement oubliées depuis, me sont clairement apparues. MA : adjectif possessif qui marque l'appartenance, la possession, qui appartient à... Exemple : « C'est ma trousse mais je veux bien te la prêter. »

J'étais SA Justine, son être, sa chose, sa trousse... Non, pas sa trousse ! J'ai tourné mon visage vers le sien. MES yeux dans SES yeux, MA bouche sur SA bouche, MES seins sur son torse et...

... J'ai loupé une marche.

On parle souvent du temps de freinage nécessaire à un véhicule lancé à 80 km/h, un jour de pluie sur une autoroute, on ne parle jamais du temps de freinage nécessaire à un troupeau d'élèves qui remontent un escalier après la récré du matin. Pourtant ça serait utile... Enfin, ç'aurait pu m'être utile ! J'ai été piétinée sans ménagement et Thibault, qui cherchait à me tendre la main pour me relever, a été emporté par la foule. Il m'a fait un petit signe de loin.

Je me suis lamentablement accrochée au premier jean qui passait et je me suis redressée comme j'ai pu. Je suis arrivée en cours de maths, fourbue, cassée... et avec des étoiles plein les yeux.

Remarquez, j'ai vite dépailleté, parce que M. Ajoupa m'a envoyé corriger, au tableau, un exercice sur les nombres premiers. Je n'ai rien compris. Non seulement je n'ai pas trouvé la solution, mais je n'ai même pas vu quel était le problème. Le prof m'a regardée avec une lassitude extrême. Ce n'était pas une matinée, c'était un train fantôme avec sensations garanties à tous les virages.

M. Ajoupa – Rassurez-moi mademoiselle Perrin, vous vous êtes trompée de classe ? Vous êtes actuellement en seconde, que dis-je, en troisième, et vous avez confondu les salles ?

Sans commentaire.

J'ai fait ce que j'ai pu jusqu'à la fin des deux heures. C'est-à-dire pas grand-chose. Lorsque la sonnerie a retenti, j'ai rangé mes affaires très lentement, de manière à ne pas passer devant le bureau alors que le prof serait encore là. J'avais eu ma dose de remarques désagréables pour la journée et je ne me sentais plus aucune résistance. J'ai filé à la cantine pour retrouver Léa. Il était impossible que je la rate sur les marches devant le réfectoire.

Personne...

Enfin, tout le monde sauf Léa.

J'ai allumé mon téléphone pour voir si elle m'avait laissé un message. Rien. J'ai appelé sur son portable. J'ai eu sa boîte vocale. J'ai téléphoné chez elle, je suis tombée sur le répondeur, la voix malicieuse d'Eugénie a murmuré : « Vous êtes bien chez Eugénie, Claire et Léa, nous sommes actuellement absentes mais si vous aimez le clafoutis aux poires et que vous êtes libre pour le goûter, vous êtes la ou le bienvenu. »

La grand-mère de Léa fait chaque jour un gâteau différent et elle change donc, chaque jour, le message de son répondeur. C'est devenu un jeu entre nous d'appeler juste pour connaître le dessert du jour.

Aujourd'hui : clafoutis aux poires...

Ça ne me disait toujours pas pourquoi Léa n'était pas là et pourquoi Eugénie était sortie à l'heure du repas.

J'ai commencé à paniquer. Avec Léa, dès qu'on a le moindre retard ou le moindre problème genre gastro, rhino ou flemmingite aiguë, on se laisse toujours des messages. C'était impossible qu'elle ne soit ni au lycée ni chez elle et qu'elle ne m'ait pas prévenue d'une manière ou d'une autre.

Il fallait que j'avertisse les autres. J'ai cherché Nicolas comme une folle et j'ai fini par le trouver près du gymnase avec des garçons de sa classe. Ils faisaient tourner une cigarette roulée en ricanant bêtement.

Lorsqu'il m'a vue, mon cousin a refilé discrètement le bedo à son voisin. Il sait que je trouve ça nul.

Nicolas – Bon, ça va, j'ai pris qu'une taffe.

Justine – C'est ta vie, c'est pas la mienne, je t'ai rien dit.

Nicolas – Non, mais tu me regardes comme si j'étais complètement camé avec une seringue plantée dans le bras.

Justine – Tu n'en es pas encore là.

Nicolas – Quoi, « pas encore » ??? Mais j'y serai jamais, je fume un bedo de temps en temps, c'est tout.

Justine – Ceux qui ont une seringue dans le bras ont commencé gentiment comme toi. Personne n'a envie au départ de devenir un toxico dépendant et pourtant, certains partent pour un long voyage. Sans retour.

Nicolas – Putain Justine, t'as avalé un CD de prévention sur la drogue ou quoi ? Tu me fais flipper.

Justine – Léa a disparu !

Nicolas – Elle a été enlevée par un type qui lui proposait des bonbons ? Tu as avalé le CD sur les pervers sexuels aussi ?!?

Justine – Je ne plaisante pas, Léa n'est ni au lycée ni chez elle. J'ai appelé sur son portable, elle ne répond pas.

Nicolas – Elle ne t'a pas laissé un message ?

Justine – Non.

Nicolas – Et Eugénie t'a dit quoi ?

Justine – Il n'y a personne là-bas, je suis tombée sur le répondeur. La seule info que j'ai, c'est qu'aujourd'hui on mange du clafoutis aux poires.

Nicolas – Ah non, le clafoutis aux poires, c'était hier. Délicieux d'ailleurs !

Justine – Comment tu le sais ?

Nicolas – Eugénie m'a appelé pour que je vienne réparer son imprimante et j'ai donc eu droit à son gâteau du jour.

Justine – Donc Eugénie n'a pas...

Je n'ai pas eu besoin de terminer ma phrase. À son regard inquiet, j'ai compris que Nicolas était arrivé à la même conclusion que moi : Léa n'était pas là, Eugénie n'avait pas changé son message ce matin, il était donc forcément arrivé quelque chose. Il fallait qu'on en ait le cœur net.

Nicolas – On fonce chez elle, s'il y a un problème, sa voisine saura bien nous expliquer ce qui se passe.

Justine – Et on sèche les cours cet après-midi ?

Nicolas – On verra. On sort pour le repas et on avisera en fonction des événements. Il faut prévenir Jim et Ingrid.

Justine – Non, pas Ingrid... On prévient juste Jim.

Nicolas – Je lui envoie un SMS pour qu'il essaie de se libérer et d'aller directement là-bas. Il ne travaille pas ce matin mais il m'a dit qu'il avait un rendez-vous ultra important.

– Et moi, on ne me prévient pas ?

Ah cette voix grave gorgée de testostérone, cette voix qui me vrille l'estomac comme un marteau-piqueur...

Nicolas – Tu tombes bien, Thibault, on a un problème. Léa a disparu. Elle n'est nulle part et n'a pas donné de ses nouvelles à Justine. On fonce chez Eugénie pour voir ce qui se passe, tu viens avec nous ?

Thibault – Je ne peux pas, j'ai un contrôle de maths dans trois quarts d'heure. Mais en revanche, je vous rejoins tout de suite après.

Justine – Tu ne pourras pas sortir du lycée. Là, c'est l'heure du repas mais après, ils contrôlent les cartes de sortie.

Thibault – Vous oubliez que je suis majeur, jeune fille, et que je signe moi-même mes mots d'absence !

Nicolas – Putain, le pot. Un appart, un scoot, des absences que t'as pas à justifier à papa-maman.

Thibault – Vous laissez vos portables branchés que je puisse vous joindre.

Justine – T'as mon numéro ?

J'aurais pu le dire avec la voix naturelle de la fille qui s'enquiert de la faisabilité de la chose mais non. J'étais tellement stupéfaite que Thibault ait mon numéro sans que je le sache que c'est la voix d'outre-tombe de Dark Vador qui a prononcé, à ma place : « T'as mon numéro ? »

Mon cousin m'a fixée bizarrement comme si j'étais possédée.

Nicolas – C'est quoi cette voix ?

J'ai toussoté, façon « Désolée, j'ai un chat dans la gorge », mais je pense que je n'ai convaincu personne. Heureusement, il était déjà tard et on a filé.

Jim nous attendait devant chez Eugénie. J'ai fermé les yeux pour écouter ce qu'il avait à annoncer comme si ne pas le regarder en face pouvait atténuer la catastrophe.

Jim – Je viens de discuter avec la voisine. A priori, rien de grave. Eugénie devait passer un examen à l'hôpital. Léa et sa mère l'ont accompagnée vers huit heures.

Justine – Pourquoi Léa ne m'en a pas parlé ? Elle me prévient toujours quand elle s'absente et puis pourquoi elle ne répond pas sur son portable ? Il y a un problème...

Nicolas – Mais non, elle pensait sûrement être à l'heure au lycée quand elle est partie, c'est pour ça qu'elle ne t'a pas prévenue.

Justine – Oui, donc il y a un problème. Léa a accompagné Eugénie tôt ce matin à l'hôpital en pensant être à l'heure au lycée et il s'est passé quelque chose qui l'en a empêchée.

– Bonjour Justine !

J'ai sursauté.

La jolie Yseult se tenait légèrement en retrait. Je ne l'avais même pas vue.

Justine – Excuse-moi... Bonjour Yseult.

Pendant un court moment, j'ai cru qu'elle passait là par hasard. Et puis en voyant le sourire doux de Jim quand il la regardait, j'ai compris que le texto de Nicolas les avait surpris en flag' de rendez-vous amoureux. Eh bien, il ne perdait pas de temps Jim !

En ce qui me concerne, je m'en moque totalement, il fait ce qu'il veut de sa vie mais quand même, s'amouracher d'une fille qu'il connaît à peine, je trouve ça ridicule. Comment ? Je fais la même chose avec Thibault ? Quel rapport ? On ne peut absolument pas comparer l'histoire d'amour du siècle avec une amourette ! Comment ça, je suis de mauvaise foi ???

Nicolas – Qu'est-ce qu'on fait, Justine ? Tu veux qu'on file à l'hôpital en coup de vent pour voir ce qui se passe ?

Justine – Je sais pas...

Jim – Si on prend le 26 au terminus à côté de la mairie, il nous dépose juste devant. On peut y être en dix minutes.

Justine – Bon OK, on y va.

On a eu de la chance parce que le bus était là lorsque nous sommes arrivés et il a démarré dès que nous sommes montés.

Je me suis assise près de la fenêtre. Évidemment Jim s'est arrangé pour être collé serré à Yseult. Âge mental de Jim amoureux : deux ans et demi.

Nicolas – Justine, tu le connais le mec là-bas ? Pourquoi il te mate ?

J'ai plissé les yeux pour voir de qui il parlait. Je sais, je suis myope comme une taupe et je devrais mettre mes lunettes, mais je me trouve atroce avec.

Son visage me disait quelque chose même si je ne me rappelais pas du tout qui c'était.

L'inconnu s'est levé et s'est dirigé droit vers moi. Nicolas et Jim l'ont mitraillé du regard.

L'inconnu – Bonjour ! Tu es l'amie de Léa n'est-ce pas ?

Mais oui, bien sûr, Adam ! Le beau gosse de la librairie, le spécialiste de Colette, le sauveur de Léa. Qu'est-ce qu'il faisait dans ce bus, à cette heure-ci ?

Je savais ! Le hasard n'existait pas ! Il m'était envoyé par le ciel pour m'aider à soutenir ma meilleure amie.

Justine – Bonjour Adam, tu vas bien ?

Adam – Oui. Un peu déçu de ne pas avoir eu de nouvelles de ton amie mais...

Justine – Tu fais quoi là ?

Adam – Je vais bosser à la bibliothèque.

Justine – Tu veux la voir ?

Adam – Qui ?

Justine – Ben Léa... Pas la bibliothèque !

Adam – J'aimerais beaucoup.

Justine – Alors, je t'emmène.

Adam – Maintenant ?

Justine – Tu veux la voir ou pas ?

Adam – Oui, bien sûr.

Justine – Alors maintenant !

Voilà une affaire rondement menée.

L'avenir a soudain étonnamment ressemblé au jardin d'Éden avec Adam dans le rôle du premier homme, Léa dans celui... de la croqueuse de pomme et moi dans celui du serpent ! Il faut bien qu'il y ait des tentateurs dans la vie sinon l'histoire ne se mettrait jamais en marche.

Que serait devenu le premier couple de l'humanité si le serpent n'avait pas pointé sa langue fourchue ?

Adam et Ève se seraient gavés de fruits non défendus et ils auraient passé le reste de l'éternité à grossir et à s'ennuyer (à l'époque, ils n'avaient même pas Internet).

Tandis que là, ils ont croqué la pomme et après, il s'est passé des milliards d'événements. Je n'ai pas beaucoup de souvenirs du seul cours de catéchisme auquel ma grand-mère m'a traînée mais il paraît que la Bible c'est un scénario d'enfer avec un casting comme on n'en fait plus.

Les garçons ont regardé Adam d'un œil torve. Il ne s'est pas démonté, il a tendu chaleureusement la main à mon cousin.

Adam – Bonjour, je me présente, je m'appelle Adam Schindler.

Nicolas – Comme la liste ?

Quelle liste ? Ah oui, *La Liste de Schindler*, le film de Spielberg, le type qui sauve ses employés juifs des camps de concentration.

Adam – Oui, si on veut...

Devant le calme désarmant d'Adam, mon cousin a dû se trouver un peu stupide et il a cherché à se rattraper.

Nicolas – Tu connais les filles ?

Adam – Elles sont venues une fois dans la librairie où je travaille.

Jim, trop heureux de rencontrer un « travailleur » comme lui, s'est senti soudain très proche d'Adam.

Jim – Je m'appelle Jim et voilà Yseult. Alors tu bosses toi aussi ?

Adam – Oui, quelques heures par semaine pour aider ma mère. En deuxième année, j'ai moins d'heures de cours alors j'essaie de la décharger un peu.

Jim a perdu aussitôt son bel enthousiasme.

Jim – En L2 ??? T'es un intello ?

Adam – Non, je suis surtout un amoureux des livres.

Jim – Tu n'arranges pas ton cas en disant ça !!! Enfin, ton père doit être fier de toi.

Adam – Il n'a pas eu le temps, il est mort quand j'avais cinq ans !

Génial, Adam n'avait pas de père. Enfin, je voulais dire génial qu'il soit orphelin, c'était un point commun important avec ma Léa.

Jim – Je suis désolé.

Adam – Pourquoi ? C'est toi qui l'as tué ?

Devant la mine stupéfaite de Jim, on a tous éclaté de rire. C'est vrai, lorsque quelqu'un annonce un décès, on est souvent gêné et on a tendance à dire « Je suis désolé » bien qu'on n'y soit pour rien ! Et le sourire malicieux d'Adam en prononçant ces quelques mots nous a conquis.

Adam Schindler : one point !

Il ne lui a pas fallu cinq minutes pour emporter les faveurs de chacun. De toute façon, il ne disposait pas de beaucoup plus de temps parce qu'on était arrivés devant l'hôpital.

Comme la fille à l'accueil était plutôt jolie (enfin si on aime le genre grande brune avec crinière et dentition de cheval), Nicolas s'est dévoué pour aller demander des informations. Il a évidemment fait son numéro de séduction et, même de loin, j'ai pu compter les dents de sagesse de la demoiselle, tellement elle a ri aux éclats. Mais qu'est-ce qui flottait dans l'air ? Des émanations de phéromones ou quoi ?

Mon cousin est revenu avec l'air du Néandertalien content de lui parce qu'il a réussi à capturer une antilope supplémentaire. Ce que les garçons peuvent être primaires parfois.

Nicolas – Eugénie était inscrite pour une coloscopie à huit heures ce matin. Si elle n'est pas rentrée chez elle, elle est au service de gastro au troisième étage. Tu vois, Justine, il n'y avait vraiment pas de quoi s'inquiéter.

Justine – Pourquoi Léa ne décroche toujours pas son portable alors ?

Nicolas – Elle a dû l'éteindre parce que c'est obligatoire à l'hôpital, c'est tout. T'es pénible aujourd'hui, arrête de te faire des films catastrophe.

Jim – Bon, puisqu'on est là, on monte voir si elle y est encore, comme ça tu seras rassurée.

Yseult – Je fais quoi, moi ?

Jim – Tu viens avec nous, on reste dans le couloir, Justine va juste jeter un œil.

Au moment où on prenait l'ascenseur, Adam m'a chuchoté à l'oreille :

Adam – Je ne suis pas sûr que ce soit une très bonne idée pour moi de venir avec vous. Si Léa est là-haut, je ne vois pas pourquoi elle souhaiterait ma présence alors qu'elle n'a pas éprouvé le désir de me rappeler ces jours-ci. Je vous attends au café en face. Je vais relire *La Vagabonde* en pensant à ton amie.

Oh mais pourquoi les garçons ne sont pas tous comme celui-ci ? Pourvu que Léa tombe amoureuse de lui, je suis sûre qu'il la rendra heureuse.

Les portes se sont refermées sur son sourire.

Nicolas – Ben, il ne vient pas Adam ?

Justine – Non, il nous attend au café en face, il ne veut pas gêner.

Yseult – Il a l'air sympa.

Jim – Mais ne te retiens pas, vas-y, rejoins-le...

Yseult – J'ai dit qu'il avait l'air sympa, je n'ai pas dit qu'il était unique. Moi, je n'aime que les garçons uniques, comme toi !

Jim a regardé Yseult comme on regarderait un éclair au chocolat après une semaine de régime poisson bouilli-légumes-salade verte. C'était d'une niaiserie. Avec Nicolas, on s'est vraiment sentis de trop.

Heureusement le troisième étage est arrivé très vite et on est descendus.

Les portes n'étaient pas encore ouvertes lorsque j'ai cru reconnaître la voix d'Eugénie. On s'est précipités comme des fous pour vérifier que c'était bien elle qui vociférait.

Incroyable !!! Eugénie plantée au milieu du couloir, dans une chemise de l'Assistance publique couleur sac poubelle, chantait à pleins poumons.

Claire, la mère de Léa, se tenait face à elle, totalement dépassée. Ma meilleure amie était à ses côtés.

On est restés scotchés par le spectacle. Eugénie si raffinée d'ordinaire chantait *Comme d'habitude*, une main sur la hanche et l'autre tenant un micro imaginaire.

Claire – Maman, est-ce que tu pourrais rentrer dans ta chambre et te recoucher, s'il te plaît ? Il y a des gens malades ici qui ont besoin de calme.

Eugénie – Et tu me bouscules, comme d'habituuuuudeuuuh...

Claire – S'il te plaît.

Eugénie a tourné la tête et nous a vus.

Eugénie – Ah, mais voilà mes petits amis, je suis contente que vous ayez pu venir de si loin. La route n'a pas été trop mauvaise ? Allez Léa, sers-nous à boire, qu'on fête mes dix-sept ans comme il se doit. Pour moi, ce sera une piña colada glacée.

Mais qu'est-ce qu'elle racontait ?

Quels dix-sept ans ?

Quelle route ?

Quels petits amis ?

Léa est venue à ma rencontre.

Léa – Qu'est-ce que tu fais là, tu n'es pas au lycée ?

Justine – Non, je te cherchais. Je peux savoir ce qui se passe ici ? Elle a quoi Eugénie ?

Léa – Elle fait une réaction rarissime à l'anesthésie, une sorte de delirium. Elle est totalement désinhibée et mélange un peu tout. Elle a voulu embrasser de force son médecin sur la bouche tout à l'heure et elle a cherché à piquer l'infirmière avec une seringue, pour lui montrer comme ça faisait mal. Il faut attendre que l'effet se dissipe. A priori, c'est sans danger. Enfin pour elle, parce que pour les proches, on frise la dépression nerveuse !!!

– Mais maman, arrête !!!!

Eugénie, transportée par son délire, avait maintenant enlacé la mère de Léa et tentait de lui faire danser un tango endiablé. Les garçons, amusés, sont venus aux nouvelles.

Nicolas – Elle est cool Eugénie, elle a fumé quoi ? Il en reste un peu pour moi ?

Léa – De l'anesthésique...

Jim – Et ça va durer combien de temps ?

Claire – Le temps qu'elle élimine le produit.

Eugénie – Allez amuse-toi maman, ce que tu peux être coincée. Tu ne veux pas danser avec moi pour fêter mes dix-sept ans ?

Claire – Tu n'es pas ma fille et tu n'as pas dix-sept ans.

Eugénie – Tu n'es pas ma mère ?

Claire – Non, je ne suis pas ta mère.

Eugénie – Et t'es qui alors ?

Tandis que Claire dodelinait de la tête l'air vraiment inquiet, Eugénie a éclaté en sanglots.

Eugénie – Tu m'as menti toutes ces années, c'est horrible. Mais pourquoi ? J'ai le droit de savoir qui est ma vraie mère.

On se serait crus dans un mauvais feuilleton de TF1 au moment où l'héroïne reçoit des révélations stupéfiantes sur ses origines et qu'elle ne supporte pas le choc. Sauf que là, dans le rôle, on avait une vieille dame déjantée qui racontait n'importe quoi à sa fille dans un couloir d'hôpital.

Eugénie a continué à pleurer, totalement accablée. Léa a pris sa mère à part.

Léa – J'ai l'impression qu'elle croit à son délire. N'essaie pas de lui faire entendre raison. Si elle pense que tu es sa mère, laisse-la. C'est une affaire d'heures, le médecin a promis que tout rentrerait dans l'ordre d'ici peu. Alors même si elle te dit que tu es un éléphant rose, tu acquiesces, non, tu fais mieux, tu barris !!!

Claire a essayé de sourire à la remarque de sa fille, mais j'ai bien vu que le cœur n'y était pas.

Elle s'est retournée vers Eugénie :

Claire – C'était une blague, je suis ta mère.

Eugénie – T'es sûre ?

Claire – Évidemment. Comment as-tu pu en douter ? Tu ne vois pas à quel point on se ressemble ?

La vieille dame, incrédule, l'a regardée un bref moment puis s'est mise à rire comme une petite fille.

Eugénie – Elle était pas drôle ta blague, maman.

Claire lui a souri puis a soupiré longuement. Il y avait toute l'angoisse du monde dans ce soupir.

Eugénie ne lui a pas laissé le temps de réfléchir plus longtemps, elle s'est remise à chanter à tue-tête une chanson paillarde qui racontait une nuit de noces très coquine. Les garçons hurlaient de rire. Une infirmière a surgi d'une salle et nous a fait signe de mieux nous tenir.

Claire – Viens Eugénie, rentre dans ta chambre s'il te plaît.

Eugénie – Pas question, je sors ce soir et tu ne m'en empêcheras pas. J'ai passé l'âge de t'obéir.

Si c'est ça une fille de dix-sept ans et que je suis aussi peste quand je réponds à ma mère, je tiens à lui présenter mes excuses.

Mais qu'est-ce qu'on allait faire de cette vieille petite fille ?

Jim a eu une idée de génie. Il est entré dans la chambre où Claire tentait désespérément d'entraîner Eugénie en criant :

Jim – Qui vient en boîte avec moi ?

Nicolas, qui avait compris où voulait en venir son meilleur ami, l'a suivi.

Nicolas – Moi, j'ai envie de danser avec une jolie fille ! On va en boîte, Eugénie ?

En entendant la remarque de mon cousin, Eugénie a gloussé comme Nelly Oleson dans *La Petite Maison dans la prairie* quand elle fait un sale coup à la si gentille Laura.

Et passant devant Claire, elle a dit d'un air impertinent :

Eugénie – Je fais ce que je veux de ma vie.

On l'a tous suivie.

Eugénie – Et qu'est-ce qu'il fabrique en plein milieu ce lit ? Comment on va se débrouiller pour danser ?

Nicolas – T'inquiète, belle gosse, on va le pousser. Yseult, musique, s'il te plaît.

Claire, dépassée par la situation, a fermé précipitamment la porte derrière elle.

Claire – Vous faites doucement. On va avoir des problèmes avec l'infirmière.

Yseult s'est mise à chanter *Tous les garçons et les filles de mon âge*, une chanson culte de Françoise Hardy, et Nicolas a dansé un slow avec Eugénie.

On s'est tous assis en rang d'oignons sur le lit que Jim avait collé contre la fenêtre et on a regardé le spectacle. Si quelqu'un avait filmé la scène, je pense qu'on serait passés à Vidéo Gag ! Je n'ai pas pu m'empêcher de penser que la vie a davantage d'imagination que la plupart des romanciers.

J'ai entendu Claire chuchoter à Léa :

Claire – Je dois aller travailler, j'ai déjà annulé des rendez-vous importants ce matin, je ne peux pas me permettre de rester ici toute l'après-midi.

Léa – Vas-y, moi je reste.

Claire – Et vous, vous comptez rester là ?

Jim – Moi, oui !

Yseult – Si je ne dérange pas, avec plaisir.

Justine – Quant à moi, la question ne se pose pas.

Claire – Mais vous n'avez pas cours cette après-midi ?

On n'allait pas lui mentir. On lui a promis qu'on rattraperait les cours qu'on avait séchés. De toute façon, elle était bien trop épuisée pour refuser un peu d'aide. Elle nous a donc laissés pour notre après-midi mamie-sitting !

Claire était partie depuis une demi-heure quand Eugénie a voulu qu'on aille tous se baigner. Elle nous avait déjà proposé une raclette, un tour de la ville en vélo, un strip-poker et une visite des grottes de Lascaux.

Nicolas, devenu super spécialiste des mamies déjantées, ne nous a pas laissé le temps de lui répondre que la mer la plus proche était à près de trois cents kilomètres, il a déclaré d'un air sérieux :

Nicolas – Mince, j'ai oublié mon maillot. Et toi, Jim ?

Jim – Ah moi aussi.

Nicolas – Alors, il va falloir aller les chercher. Eugénie, tu es d'accord pour qu'on y aille maintenant ?

Eugénie – Oui, oui !!!

Faisant un clin d'œil à Léa qui s'inquiétait, il a ajouté à l'intention de la vieille dame :

Nicolas – Mais toi, il faut que tu restes là. Je vais vérifier que ta mère n'est pas en bas.

Eugénie – Oui, tu as raison.

Nicolas – Très bien. Je prends tes vêtements et ton sac dans le placard, comme ça, tu n'auras qu'à enfiler ton maillot à notre retour.

Eugénie qui riait de la bonne blague qu'elle réservait à sa « mère » s'est assise sagement sur la chaise.

Nicolas s'est penché vers Léa et lui a dit :

Nicolas – On va demander à une infirmière de la surveiller un petit quart d'heure et on va tous aller se bouffer un sandwich. L'après-midi risque d'être longue. T'inquiète, elle ne pourra aller nulle part sans fringues et sans fric.

J'ai bien vu que Léa n'était pas totalement convaincue mais elle n'en pouvait plus. Elle a accepté que mon cousin aille chercher une infirmière.

Les négociations en étaient là lorsque mon portable a sonné. J'ai décroché sous le regard noir de la blouse blanche qui venait de faire son entrée.

L'infirmière – Ce n'est pas le dernier salon où l'on cause ici, alors vous m'éteignez ces téléphones.

J'ai chuchoté en me planquant derrière Nicolas :

Justine – Allô...

La voix grave de Thibault prononçant mon prénom dans le combiné m'a fait le même effet que si j'avais avalé un piment mexicain assise dans un wagon de Space Mountain. Je n'ai pas pu lui répondre. J'ai tendu le téléphone à Jim qui est allé lui parler dans le couloir.

Pendant ce temps-là, avec son baratin habituel, mon cousin a réussi à convaincre l'infirmière de rester dans la chambre pour veiller sur notre vieille dame indigne.

Nicolas – Je vous promets que, dans un quart d'heure maximum, je suis ici. Comment pourrais-je m'éloigner de votre regard de braise ?

Oh la lourdeur !!!

Cinq minutes après, on était dehors, les chaussures, le sac et la jupe d'Eugénie à la main.

Nicolas – Vous savez que, si on croise un keuf, il va croire qu'on a dépouillé une vieille ? On va tous finir au poste...

Jim – On demandera à Thibault de venir plaider notre cause. Avec ses manières d'ambassadeur, il réussira à nous sortir de cellule.

Le seul prénom de Thibault m'a électrisée. Oui, au fait, Jim était parti lui parler dans le couloir.

Justine – Il est où, Thibault ?

Jim – Il arrive.

Nicolas – Mais pourquoi, à chaque fois que tu parles de ce type, tu prends la voix de Voldemort ?

Léa – C'est l'amoooooouuuuur !

Jim – Décidément, ça va être chaud au café. Yseult et moi, Justine et Thibault, Léa et Adam...

Léa – Adam qui ?

Oh mince, je l'avais oublié, lui.

Il me restait trois centimètres avant l'entrée du café, donc deux dixièmes de seconde pour préparer ma meilleure amie à la rencontre avec son prince charmant.

Justine – Alors Léa, je t'explique...

Je n'avais pas commencé que Léa a fixé la vitre du café derrière laquelle le bel Adam lisait.

Je suis peut-être myope, mais j'ai quand même distingué l'incroyable. La force du regard de Léa a électrisé Adam qui a soudain levé la tête. Il lui a souri. Pas le sourire crétin du type qui voit une vague copine, non ! Le sourire du prince charmant au moment où sa belle se réveille après cent ans de sommeil parce qu'elle a mangé une pomme empoisonnée et qu'elle veut des pieds à la place de sa queue de sirène. Bon d'accord, je confonds un peu toutes les histoires mais le sourire d'Adam, c'était le sourire de tous les princes à la fois et j'ai bien remarqué que Léa n'y était pas complètement insensible. Yes !!!! Adam et Léa, Léa et Adam.

J'ai senti un pincement violent dans le gras de mon bras et ma meilleure amie m'a chuchoté discrètement à l'oreille :

Léa – Qu'est-ce qu'il fait là, lui ?

Justine – Je l'ai croisé par hasard dans le bus et je ne sais pas pourquoi, il a insisté pour nous accompagner.

Bon d'accord, c'était un raccourci un peu malhonnête mais si vous aviez senti les ongles de Léa, croyez-moi, vous aussi vous auriez arrangé la vérité.

Adam s'est levé pour venir à notre rencontre. Tant mieux, ça laissait moins de temps à Léa pour me questionner.

Adam – Bonjour Léa.

Léa – Bonjour...

Allez Léa, courage, fais-lui un petit bisou.

Ben non... Ils sont restés face à face, en se souriant, un peu gênés.

Adam – Comment va ta grand-mère ?

Léa – Très bien. Elle nous mène une vie infernale depuis ce matin à cause d'une réaction à l'anesthésique. Mais l'effet ne devrait pas tarder à disparaître.

Nicolas – En attendant, on dirait qu'elle s'est fait une ligne de coke !

Adam – S'il n'y a rien de grave, je suis content pour toi.

Léa – Merci.

Nicolas – Bon, finies les mondanités ? On peut manger ? J'ai la dalle.

C'est étrange, il y avait une pointe d'agressivité dans la voix de mon cousin comme si la rencontre Léa-Adam lui posait un problème.

Remarquez, il était déjà tard et quand Nicolas a faim, il est toujours de mauvaise humeur. Peut-être que c'était ça en fait !

On s'est assis et on a vite commandé nos sandwichs. La vie est décidément une vraie coquine, ce matin elle ressemblait à une bande-annonce de film catastrophe et voilà qu'elle était maintenant la plus jolie des comédies.

J'observais ma meilleure amie qui baissait ses grands yeux noirs sous le feu du regard d'Adam, Jim qui caressait discrètement la joue d'Yseult, Nicolas qui dépeçait son sandwich pour engloutir le jambon et les cornichons sans avoir à manger le pain et je me sentais bien. Il manquait juste mon beau Thibault et comme je savais qu'il allait arriver, je maintenais en permanence sur mes lèvres le sourire subtil de la fille qui n'attend rien mais qui est prête à tout recevoir.

Je ne sais pas depuis combien de temps nous étions dans cet état de grâce lorsque Léa a dit :

Léa – Je serais bien restée mais on a promis à l'infirmière qu'on remontait vite.

Justine – Moi, je viens avec toi.

Nicolas – Pourquoi, nous on est virés ?

Léa – Vous avez mieux à faire que de rester à l'hôpital à garder une vieille dame infernale.

Jim – Non, ça nous va comme programme.

Adam – Et moi alors, j'ai le droit de t'accompagner ?

Oh ce qu'il est craquant... Mais bien sûr qu'il peut l'accompagner, il peut même aller chercher ses valises pour s'installer définitivement chez elle. Qu'on me trouve un curé, un rabbin, un imam, un ce que vous voulez afin qu'on les marie, ces deux-là, ils vont trop bien ensemble.

Léa – Tu es sûr que tu veux venir ?

Comment ça, il est sûr de vouloir venir ? Est-ce qu'on abandonne la femme de sa vie dans un hôpital alors que sa mère-grand est à l'article de la mort ?

Adam – Ça me ferait vraiment plaisir de rester encore un moment avec vous... avec toi...

Oh ce « avec toi » prononcé un dixième de seconde après, avec une voix légèrement cassée par l'émotion et ce regard de velours qui promet l'éternité. Mais Léa, réagis !

Léa – Alors d'accord. Ça me fait plaisir à moi aussi.

YES, double YES, triple YES... C'est parti...

On est remontés avec l'intention de continuer notre après-midi délire dans la chambre d'Eugénie. J'étais en train de parler avec Yseult et Léa lorsque j'ai entendu Nicolas, qui nous précédait, dire :

Nicolas – Merde, elle est où ?

Eugénie n'était plus dans son lit, enfin sur sa chaise. Comme Léa avait l'air inquiète, on lui a rappelé que sa grand-mère n'avait pas pu sortir de l'hôpital sans chaussures ni vêtements, ni sac. Elle était certainement partie avec l'infirmière dans la salle de garde.

Malheureusement, ce n'était pas le cas. L'infirmière avait dû s'absenter une seconde pour une urgence et Eugénie en avait profité pour disparaître. Il ne nous restait donc plus qu'à fouiller le bâtiment pour la retrouver.

On s'est divisés en deux groupes avec pour mission de ramener la fugitive vivante. Vingt minutes plus tard, nous revenions au même endroit pour faire notre rapport !

Léa – Aucune infirmière ne l'a vue.

Jim – Elle n'est pas au distributeur.

Adam – Elle ne s'est pas présentée à la borne de taxis.

Justine – Elle n'est pas à la cafétéria.

Yseult – Elle n'est pas à la cabine téléphonique.

Nicolas – Elle n'est pas descendue à l'accueil.

Léa – Mais alors elle est où ? Elle n'est quand même pas partie toute seule dans la rue, avec son affreuse chemise de nuit verte ?

Une des infirmières du service que Léa avait alertée est venue nous voir.

L'infirmière – Alors vous avez retrouvé votre grand-mère ?

Léa – Non.

L'infirmière – Mais c'est très ennuyeux. Je n'ai pas signé son bon de sortie, moi.

Léa – On vous dit qu'elle a disparu et vous nous parlez de paperasse ? Et le côté humain, ça vous effleure parfois ??? Je vous rappelle qu'elle était sous votre responsabilité.

La blouse blanche a dégluti avec peine.

L'infirmière – Oui eh bien, moi, je vais quand même le signaler.

Et elle est revenue flanquée de l'infirmière-chef. Comme cette dernière avait vraiment l'air de s'inquiéter pour Eugénie, on lui a raconté les conditions dans lesquelles on l'avait laissée.

L'infirmière-chef – Donc elle n'a ni chaussures, ni vêtements, ni argent et on est sûrs qu'elle n'a pas pris de taxi. Elle n'a pas pu partir en chemise de nuit dans la rue. Vous avez vérifié qu'elle n'avait pas eu un malaise dans les toilettes de sa chambre ?

Léa est devenue blanche comme un linge et est restée tétanisée sur place. C'est Nicolas qui a eu le courage d'aller voir. Il est revenu avec un grand sourire.

Nicolas – Non, elle n'est pas là-bas.

L'infirmière-chef – Il va donc falloir fouiller tout l'hôpital. Je vais prévenir le vigile qui est en bas dans la cour.

Justine

Regarde, ma Léa, j'ai trouvé ça sur Wikipédia, je t'ai fait un copier-coller. Ça pourrait servir si Eugénie nous refaisait sa crise.

Aujourd'hui, 21h44 · J'aime · Commenter

Thibault aime ça.

Justine La crise d'adolescence est l'ensemble des troubles (sautes d'humeur, attitudes de défi, opposition aux parents, comportements excessifs) en rapport avec la phase de transition entre l'âge enfant et l'âge adulte qu'est l'adolescence.

C'est une crise naturelle dans une période de la vie où l'incertitude est présente. Ce passage correspond à une période d'affrontement mais aussi d'identification et d'adhésion.

Les manifestations de la crise d'adolescence sont diverses : elles peuvent aller de l'irritabilité et des remises en cause, du repli sur soi-même et du sentiment d'incompréhension jusqu'à des comportements tels que violence, fugue, prise de drogue, délinquance, atteintes corporelles voire tentatives de suicide.

Les parents doivent rappeler à l'adolescent le respect des règles qu'ils ont fixées. L'adolescent sera alors rassuré et verra dans ce rappel des règles une marque de l'attachement de ses parents à son égard. Les parents doivent instaurer un dialogue, être sincères et montrer leur confiance.

Aujourd'hui, 21h47 · 1 personne aime ça

Un colosse est arrivé cinq minutes plus tard. Il n'avait franchement pas l'air commode. L'infirmière-chef lui a rapidement expliqué la situation. Il a froncé les sourcils comme quelqu'un qui réfléchit et il a dit à Léa :

Le vigile – Votre grand-mère, elle fait dans les un mètre soixante, elle a les cheveux noirs et elle porte la chemise de l'Assistance publique ?

Oui, c'était exactement ça.

Le vigile – Vous n'êtes pas près de la revoir.

Léa – Qu'est-ce que vous voulez dire par là ?

Le vigile – Elle est partie en scooter avec un beau gars qui avait l'âge d'être son petit-fils mais, à voir comme ils se marraient ensemble, ça avait l'air d'être autre chose. Enfin, moi c'est ce que j'en dis... Quelle époque ! De mon temps, les grands-mères, elles tricotaient. Maintenant, elles s'enfuient ventousées à des jeunes.

Pendant quelques secondes on est restés comme des idiots, la bouche ouverte, à essayer de comprendre qui était ce dom Juan de grand-mère en scooter puis on a explosé de rire. Impossible de se calmer. Thibault avait enlevé Eugénie sur son beau scooter blanc. Le vigile nous regardait, le sourcil droit levé, avec l'air du type qui croit avoir tout compris. Un bonheur n'arrivant jamais seul, une voix suraiguë est venue s'ajouter à ce joyeux brouhaha.

– Ben, vous êtes là ??? Ça fait une heure que je vous cherche.

Ingrid le boulet !!! Il ne manquait plus qu'elle ! Elle a pris son air de peste qui est à l'initiative d'une conspiration mondiale.

Ingrid – Léa, tu peux venir une seconde, j'ai un truc méga important à te dire de la part de Thibault mais c'est top secret. C'est à propos de qui tu sais.

Non, là, c'était vraiment trop. Je crois qu'Ingrid ne saura jamais le potentiel comique dont elle a disposé à ce moment-là. Ça a été le fou rire général !

Le vigile, excédé par le peu de cas qu'on faisait désormais de sa présence, est parti en haussant les épaules. Quant à l'infirmière-chef, intriguée par notre hilarité, elle nous a demandé si c'était le fait d'avoir réussi à semer notre grand-mère qui nous rendait si joyeux et bruyants.

Aucun d'entre nous n'a réussi à lui expliquer la situation sans repartir aussitôt dans une crise de rire interminable. Elle nous a donc quittés en affirmant qu'elle avait du travail mais qu'elle regrettait de ne pas pouvoir partager notre joie.

Après un bon moment de folie collective, Jim a réussi à prononcer les premiers mots sensés.

Jim – On fait quoi Léa, maintenant ?

Léa – On va tous chez moi, en priant pour qu'Eugénie n'ait pas sauté du scooter en vol !

Eh oui, la journée n'était pas terminée, il était effectivement possible que notre grand-mère préférée nous réserve d'autres aventures. Mais je n'allais pas m'en plaindre, il y a tellement de journées qui se ressemblent que lorsque l'existence vous en offre une qui sort de l'ordinaire, il ne faut pas hésiter à la vivre à fond !!!

Coupe ou couleur ?

Après le fou rire général qui avait suivi l'annonce de l'enlèvement d'Eugénie à l'hôpital, nous nous étions tous précipités chez Léa pour avoir un compte rendu détaillé du rapt. Un grand moment !!!

Et ce matin devant le lycée, avant d'entrer en cours, nous nous racontions encore pour le plaisir les deux passages les plus épiques.

Léa – Oh s'il te plaît Thibault, reprends à partir du moment où tu es arrivé à l'hôpital.

Justine – Oui, moi aussi, je vote pour que tu recommences à partir de là.

Thibault – Je vous rappelle que j'avais eu Jim au téléphone qui m'avait dit que vous étiez tous dans la chambre d'Eugénie. Mais il ne m'avait pas parlé de son état, il avait juste fait allusion à une mauvaise réaction à l'anesthésique. J'ai donc décidé de vous rejoindre. En sortant du lycée, je tombe sur Ingrid que j'informe de la situation et elle décide de venir avec moi.

Ingrid – Sans aucune vieille pensée.

Léa – Sans aucune arrière-pensée.

Ingrid – Ouais, c'est la même chose.

Thibault – J'entre seul, dans la chambre d'hôpital. Là, Eugénie me raconte qu'un voyou lui a volé ses affaires et qu'elle doit retourner chez elle pour prendre un maillot de bain. Je n'ai pas réalisé tout de suite qu'elle déraillait. Je lui ai donc prêté mon blouson et je lui ai proposé de la ramener en scooter. J'ai commencé à douter lorsqu'elle m'a demandé de la suivre dans les escaliers parce qu'elle avait peur de croiser sa mère qui – je cite – voulait l'empêcher d'aller se baigner.

Nicolas – Mais t'as continué quand même ?

Thibault – Ben oui... Je me disais que j'avais mal compris, que peut-être elle faisait allusion à une histoire de son passé. Et puis, c'est une femme, je n'ai pas l'habitude de contredire les femmes !!!

Oh Thibault, mon gentleman, mon Delicatessen, mon übersexuel comme ils disent dans les magazines.

Nicolas – Alors là, t'as tort, il faut les mater les meufs.

Justine – Oh arrête Nicolas avec tes remarques machistes à deux euros.

Thibault a froncé les sourcils avec l'air de dire : « Elle a raison, c'est pas ultra raffiné comme remarque. »

Yes ! Mon fiancé et moi, on pense pareil, on est des jumeaux cosmiques.

Thibault – Bref, on descend l'escalier et je me rends compte que si j'ai pensé à lui offrir mon blouson, j'ai complètement oublié qu'elle était pieds nus.

Ingrid – Je lui aurais bien prêté mes chaussures mais j'étais en bas en train de parler avec un garçon super canon. De toute façon, des talons hauts à son âge, ce n'est vraiment pas bon pour le dos. En plus, il faut la longueur de jambe qui convient !

Ça faisait longtemps qu'on ne l'avait pas entendue celle-là. Même dans une histoire cocasse, il faut qu'elle se donne le rôle de la bombe sexuelle qui enlève les vieilles dames, perchée sur des talons aiguilles ! Je la déteste.

Thibault a continué sans tenir compte de sa remarque. C'est ce qu'on appelle un effet raté.

Thibault – Arrivés près de mon scooter, au moment où je mets la clef de contact, je repère un vieux vigile. Manque de chance, il nous observe avec attention. Dans ma tête, je pense : « Il va nous demander des explications sur la chemise de nuit qui dépasse et les pieds nus. » Il était à moins d'un mètre de nous quand j'entends mon moteur pétarader. Eugénie avait enfourché mon scooter et avait démarré. J'ai couru comme un dingue. Elle m'a juste laissé le temps de monter derrière elle.

Ingrid – Vous voulez que je vous montre comment il s'est accroché à elle ?

Si Thibault accepte qu'Ingrid le touche, je la tue, je le tue et je me suicide après.

Non, je ne supporterais pas de le voir mort. Tant pis, je me suicide avant de le tuer, même si ça pose un sérieux problème technique !

Thibault – C'est bon Ingrid, je crois qu'ils imaginent très bien la scène !

Et vlan, dans les dents. Elle croyait pouvoir le toucher, c'est raté. Il vient de l'envoyer sévèrement balader.

Ingrid – Tu ne sais pas ce que tu loupes, je sais très bien me coller aux garçons.

Mais elle continue, la peste ! Elle n'a pas compris qu'il ne voulait pas d'elle. C'est moi qu'il aime, même s'il n'en a pas encore tout à fait conscience.

Thibault – Peut-être que je sais ce que je rate mais que j'ai peur d'y prendre goût.

Oh le traître, l'infâme, je le tuerai à mains nues et je le regarderai mourir sans un regret.

Thibault – À moins que mon cœur ne soit déjà pris ailleurs ?

Je rêve ou il m'a regardée en disant cela ? C'est moi l'Ailleurs dont il parle ? He loves me ???

Oh Thibault, pardon de t'avoir tué si vite, je te « dé-tue », je te redonne la vie... À partir d'aujourd'hui, je refuse qu'on m'appelle Justine, je me nomme Ailleurs, Ailleurs Perrin épouse de l'Amétrine. La fille la plus heureuse du monde.

Thibault a continué à parler de son enlèvement « carte senior » mais je n'écoutais plus rien. J'étais dans un monde où il n'y aurait plus que deux êtres. Lui et Moi. Moi et Lui.

Oui, mais à qui je vais raconter mon histoire d'amour s'il n'y a plus personne ? C'est vrai ça, je ne me suis jamais demandé à qui Ève téléphonait quand elle vivait un truc sympa avec Adam et qu'elle voulait le partager ? Elle n'avait pas de copine. Enfin, à part le serpent. Tu parles d'une copine !

Non, je le refais. J'étais totalement ailleurs, dans un monde où il n'y avait plus que trois êtres : Lui, Moi et Léa.

Mais elle va s'ennuyer, Léa, si elle est toute seule. Elle ne va pas rester à nous regarder.

Bon, version définitive. J'étais totalement ailleurs, dans un monde où il n'y aurait que quatre êtres : Lui, Moi, Léa et Adam (pas le faux du jardin d'Éden, le vrai de la librairie).

Seulement à deux couples sur une terre inhabitée, on risque de tourner en rond. Quelques copains pour faire la fête, ça serait sympa. Évidemment, j'inviterais Nicolas et Jim, Yseult pour faire plaisir à qui vous savez mais ce n'est pas de gaieté de cœur, et... Non, pas Ingrid !

Nicolas – Ça va pas Justine ?

Justine – Pourquoi ?

Nicolas – Thibault nous raconte son arrestation par les flics et toi, tu dis « Non, pas Ingrid ! », t'as pas l'impression d'être à côté de la plaque ?

Justine – J'ai dit ça ?

Ingrid – Oui, tu l'as même hurlé. Mais c'est comme d'hab, je suis persona non gratin.

Ingrid a dit ces derniers mots avec l'air de la fille qui vient de sortir une expression subtile.

Léa – Persona non grata : personne qui n'est pas la bienvenue, Ingrid, parce que si c'est persona non gratin, t'es cuite !

Je sais que ce n'est pas très sympa de se moquer des expressions tordues d'Ingrid mais le « t'es cuite » a déclenché un fou rire général. Et moi, ça m'a bien arrangée parce que ça a fait diversion.

Ingrid a haussé les épaules et, après nous avoir massacrés du regard, elle est partie. De toute façon, il était l'heure de rentrer au lycée. On ne pouvait malheureusement pas passer la matinée à discuter sur le trottoir devant la porte de l'établissement.

Thibault – Et la fin de mon histoire, ça n'intéresse personne ?

Nicolas – Si, moi ! On se retrouve à cinq heures chez toi ? J'ai guitare cette après-midi.

Thibault – D'accord. Cinq heures, c'est bon pour vous aussi les filles ?

J'allais répondre à Thibault que s'il voulait, je pouvais aller tout de suite chez lui et passer l'après-midi collée à son corps, comme un poisson-pilote à son requin, lorsqu'un type m'a donné un prospectus. Léa a eu le sien aussi.

Le type – Mesdemoiselles, un shampoing coupe couleur brushing pour cinq euros, ça vous tente ?

FICHE RÉVISION 15 : EXPRESSIONS LATINES

LES EXPRESSIONS LATINES COURANTES

Dura lex sed lex :
☞ La loi est dure mais c'est la loi.

Carpe Diem :
☞ Cueille le jour.

Quid novi ? :
☞ Quoi de nouveau ?

Si vis pacem, para bellum :
☞ Si tu veux la paix, prépare la guerre.

Mens sana in corpore sano :
☞ Un esprit sain dans un corps sain.

VÉRIFIER SES CONNAISSANCES

Trouvez 4 autres expressions de la vie quotidienne :

à connaître pour ne pas avoir l'air aussi gourde qu'Ingrid...

Justine – C'est où ?

Le type – Rue de Blois, au 17, derrière le grand stade.

Léa – C'est seulement cinq euros ?

Le type – Pas d'inquiétude, c'est une promotion ! Téléphonez pour réserver...

Et il a continué à distribuer ses prospectus aux filles qui se trouvaient encore sur le trottoir alors que la sonnerie avait retenti. Thibault et Nicolas, quant à eux, avaient disparu.

Léa – Il faut que je me dépêche, j'ai une dissert sur table de quatre heures. Le prof de philo s'est arrangé avec le prof d'histoire pour qu'on s'exerce avant le bac blanc.

Justine – Ça ne te dit pas d'essayer le coiffeur après ta dissert ? Depuis le temps que j'ai envie d'avoir des mèches, cinq euros, c'est une occase.

Léa – C'est moche les mèches, ça fait rayures !

Justine – Pas un truc de mémère, juste quelques mèches un peu plus claires que mes cheveux. Genre, je reviens du soleil.

Léa – Arghh !!! Tu ne vas quand même pas devenir blonde ???

Justine – Blonde, ce n'est pas une couleur, blonde, c'est un concept ! Tu nais blonde, tu ne le deviens pas. La « blonditude » se porte à l'intérieur ! Même si je me teins tous les cheveux en blond, je ne serai jamais blonde.

Léa – T'aurais dû faire L, toi ! T'es une philosophe des temps modernes. Allez, j'y vais. On se retrouve à midi ?

Justine – D'ac !

Lorsque je suis entrée en classe, M. Ajoupa était déjà sur l'estrade, la craie à la main. J'ai senti à son regard que mon arrivée tardive allait être un motif suffisant à une torture légale.

M. Ajoupa – Mademoiselle Perrin ! Quelle joie de vous revoir... Puisque vous êtes encore debout, profitons-en. Venez donc résoudre une merveilleuse équation à trois inconnues au tableau.

Justine – Je ne voudrais surtout pas priver quelqu'un...

Le rire de la classe, pour cette remarque qui était passée directement de mon inconscient à ma bouche sans s'attarder à la case censure, a signé mon arrêt de mort. Ajoupa s'est mis à écrire frénétiquement au tableau une équation à la limite de l'insolvable. Quand je dis à la limite, c'est parce qu'il y a Brice. Vous savez l'enfant d'Einstein, de Baudelaire et de Pasteur, celui qui nous pourrit la moyenne la plus haute de la classe depuis la sixième. Exemple : mathématiques. Note la plus basse : quatre ; moyenne de classe : neuf ; bon, jusque-là, ça se tient. Mais à cause de Brice, la suite est sanglante. Note la plus haute : dix-neuf virgule soixante-quinze !

Et là, forcément, vous avez droit à une remarque de votre père : « Si un élève arrive à avoir cette note-là, c'est que les devoirs sont faisables, alors ne me raconte pas d'histoires, tu peux obtenir au moins dix. » Sauf que ce n'est pas un élève, c'est Brice, et ça, un parent ne peut pas le comprendre !

Bon, je ne vous détaillerai pas mon massacre en live, sauf si vous avez un goût prononcé pour la corrida : des banderilles plantées à peine entrée dans l'arène, de jolies esquives avec la muleta (l'affreux chiffon rouge) et une mise à mort dans les règles. Il ne manquait plus que les olé !

Je crois que si je n'avais pas eu l'idée d'imaginer M. Ajoupa le prof de maths en torero, petit chignon haut, veste brodée, caleçon rose moule-fesses, escarpins noirs sans talons, j'aurais pleuré. Mais là, ça m'a franchement aidée à dédramatiser.

Heureusement, dans ce monde de brutes, il existe Mme Pouméroulie. Le premier jour de l'année, je n'aurais pas parié sur elle. Mme Pouméroulie, c'est ma prof de philo, et enseigner la philo en S, on peut dire que c'est un handicap.

Lorsqu'elle a commencé son premier cours sur la conscience, on rigolait tous mais depuis, je ne sais pas comment elle a fait, il y a un silence incroyable quand elle parle.

Son arrivée dans la classe après le matador m'a redonné foi en l'humanité. Surtout qu'après m'avoir regardée longuement, elle a démarré son cours sur l'estime de soi et la nécessité de l'échec pour réussir.

À un moment, elle a dit : « La confiance en soi peut se développer au fil du temps, grâce à des rencontres et des expériences qui rendent plus fort. » Elle nous a aussi parlé de Nietzsche et de sa théorie sévère sur l'échec qui fortifie les forts et affaiblit les faibles.

Peut-être que je me trompe, toutefois j'ai eu l'impression que son discours s'adressait à moi. Du coup, à la fin des deux heures, une chose était certaine : il fallait que j'aille chez le coiffeur pour me faire des mèches.

Quoi, quel rapport ? Eh bien, il y en a un. Je ne saurais pas dire exactement lequel, mais il y en a un. Il ne me restait plus qu'à convaincre Léa de m'accompagner.

Je suis donc descendue rejoindre ma meilleure amie en réfléchissant aux meilleurs arguments possibles. Après avoir imaginé un « Je me sens mal dans ma peau en ce moment, j'ai besoin de restaurer mon image narcissique comme dit Mme Pouméroulie (l'allusion à la prof de philo devrait convaincre Léa), il faut que j'aille chez le coiffeur » ou un « Si tu veux m'aider dans cette absolue nécessité de séduire le garçon que j'aime, viens avec moi chez le coiffeur », j'ai pensé que le moyen le plus radical pour la convaincre était de prendre directement rendez-vous pour nous deux.

J'ai donc téléphoné. On était mercredi, avec un peu de chance il resterait de la place pour samedi.

Justine – Allô, bonjour... Je vous appelle...

Une voix – COUPE OU COULEUR ?

J'ai détaché mon téléphone de mon oreille. Une voix de mégère venait de faire exploser mon tympan droit.

Justine – Voilà, on m'a distribué devant mon lycée un prospectus qui...

La voix – Cette après-midi quinze heures, coupe c'est ça ?

Justine – Euh non... Couleur...

La voix – Votre nom ?

Justine – Perrin.

La voix – Perrin, quinze heures, couleur.

Justine – Attendez... Je ne viens pas seule. Il y a aussi Léa Flavigny pour une couleur.

La voix – Flavigny, quinze heures, couleur.

Je n'ai pas eu le temps de lui dire au revoir qu'elle avait raccroché.

Oh, trop bien. J'aurais mes mèches ce soir pour aller chez Thibault. Je m'y voyais déjà.

J'arrive côté jardin, mon prince joue du piano, un air qui prend aux tripes, genre James Blunt. Il lève les yeux vers moi en continuant à jouer. Il me sourit avec les yeux. Les portes-fenêtres sont ouvertes, j'entre et je m'assieds à ses pieds, façon princesse des Mille et Une Nuits. Le soleil dans mes cheveux méchés fait danser la lumière et mon sultan ivre de désir se jette sur moi avec sauvagerie.

C'est dingue ça, tous les mêmes ! Il suffit qu'une blonde leur fasse un petit numéro de charme et c'est parti.

Oui, sauf que là, la blonde, c'est moi et je ne suis pas blonde, je suis méchée blonde. D'accord mais quand même. C'est agaçant ce pouvoir des peroxydées. Et les brunes alors, elles comptent pour des prunes ?

– On ne téléphone pas dans les couloirs, mademoiselle, si vous ne rangez pas votre portable je le confisque jusqu'en juin.

J'ai sursauté. La surveillante qui me regardait d'un air revêche attendait, plantée devant moi, que je fasse disparaître mon portable que je tenais toujours à la main. Quand je pense qu'il y a à peine trois ans, cette fille était une élève sympa de terminale et que maintenant elle joue les adjudants-chefs, ça ne donne pas envie d'obéir.

Mais devant la loi injuste et inflexible, il n'y a que deux attitudes possibles : la révolution ou la soumission. J'ai choisi la survie de mon portable.

Léa m'attendait devant la porte du lycée. À son air contrarié, j'ai compris qu'elle avait dû louper son devoir de philo.

Justine – Tu t'es plantée ?

Léa – Pire que ça, je me suis vautrée.

Justine – Ça va être comme d'hab, tu dis que tu as raté mais tu auras la meilleure note de ta classe.

Léa – Non, pas cette fois-ci. Le sujet était beau pourtant : « Obéir représente-t-il un obstacle à la liberté ? »

On ne va pas couper les cheveux en 4 !

Les cheveux longs sont un signe de féminité dans la plupart des cultures. Les féministes et les mouvements de libération de la femme ont donc longtemps débattu pour savoir si une longue chevelure était un signe « irréfutable de féminité » ou un stéréotype. Certaines ont décidé de couper court !!!

Justine – Ben moi, j'aurais répondu : oui. On m'a obligée il y a trois secondes à ranger mon portable et j'ai vraiment senti que c'était un obstacle à ma liberté.

Léa – Je crains que tu ne puisses pas remplir deux copies doubles avec ça.

Justine – Peut-être mais c'est ultra percutant. C'est un nouveau concept philosophique : la philo express.

Léa – Oui eh bien moi, je vais plutôt aller étudier les penseurs grecs, comme ça, la prochaine fois, j'aurai plus de chances de réussir.

Justine – T'y vas maintenant ?

Léa – Non, si tu veux, on déjeune ensemble mais après je rentre travailler.

Aïe aïe aïe ! Comment lui dire qu'on a rendez-vous chez le coiffeur à trois heures ?

Léa – Justine ?

Justine – Oui ?

Léa – C'est quoi ton problème ?

Justine – Quel problème ?

Léa – Justine...

Lorsque ma meilleure amie prononce mon prénom avec cette intonation qui annonce qu'elle me fera parler dans trente secondes, je préfère avouer tout de suite.

Justine – J'ai téléphoné pour réserver et on a rendez-vous à trois heures chez le prospectus.

Léa – Chez le prospectus ???

Justine – Chez le coiffeur du prospectus.

Léa – Mais pour quoi faire ?

Justine – Ben moi mes mèches, et toi, ton noir nuit océan. Tu n'avais pas dit que tu voulais un noir avec des reflets bleutés pour faire encore plus orientale ?

Léa – Si.

Justine – En plus, cinq euros la couleur, c'est exactement ce qu'il faut pour des fauchées comme nous. Alors s'il te plaît, on y va ?

J'ai posé cette question en prenant l'air le plus misérable possible, comme si ma vie dépendait de la réponse.

Léa – Et ma recherche sur le mythe de la caverne chez Platon, je la fais quand ?

Justine – Après...

Léa – Mais t'es sûre que c'est bien ce coiffeur à cinq euros ? C'était quel genre quand t'as appelé pour réserver ?

Ce n'était pas le moment d'affoler Léa en lui racontant l'horrible voix de mégère qui m'avait rendue sourde lorsque j'avais téléphoné. J'ai donc un peu arrangé la vérité.

Justine – Charmants. Ils ont été charmants.

Léa – Bon, puisque tu veux y aller, on y va.

Ma meilleure amie a laissé passer un petit moment et elle a ajouté en souriant :

Léa – Mais la prochaine fois, épargne-moi l'emballage marketing « Charmants, ils ont été charmants » quand tu t'es fait recevoir comme un chien dans un jeu de quilles.

Justine – « Comme un chien dans un jeu de filles » dirait notre grande amie Ingrid.

Léa – C'est ça, change de sujet !

Mais comment fait Léa pour toujours repérer mes stratagèmes « d'agente secrète » ?

Il est inutile de décrire l'état d'agitation dans lequel on a été durant les heures qui ont précédé le rendez-vous. On s'était acheté *Cosmo* et *Glamour* pour voir la densité de mèches de Jennifer Aniston et le noir bleuté de Monica Bellucci dans son dernier film. Je me suis même mis la crinière du lion en peluche de Théo sur la tête pour voir comment je serais une fois méchée.

À quinze heures pile, on était rue de Blois. La queue interminable devant le 17 nous a un peu refroidies.

Léa – T'es sûre que c'est là ?

Justine – Ouais mais il doit y avoir deux files. Celle-là, c'est certainement pour les filles qui arrivent sans rendez-vous.

Renseignement pris, il n'y avait qu'une file et on devait attendre avec les autres. De toute façon, on serait restées jusqu'au bout de la nuit s'il l'avait fallu, tellement on avait hâte d'être métamorphosées en femmes fatales.

Il était quatre heures et demie quand on est enfin entrées. On avait pris soin de téléphoner aux garçons pour les prévenir qu'on serait en retard et je n'avais pas pu m'empêcher de dire à Nicolas que j'étais chez le coiffeur pour des petits changements. Avec un peu de chance, il le répéterait à Thibault. Intrigué, mon prince m'attendait certainement avec impatience.

– Les coupes à gauche, les couleurs à droite.

Le dragon qui nous hurlait cet ordre avait la même voix suave et douce que la fille qui nous avait fixé rendez-vous.

Je me suis accrochée au bras de Léa. Depuis qu'on est petites, je fais toujours ça dans les situations périlleuses. Ma meilleure amie m'a souri, mais j'ai bien vu qu'elle s'inquiétait pour notre avenir capillaire.

Le dragon s'est approché et a commencé à compter.

Le dragon – Deux, quatre, six, huit, dix...

Elle a attrapé les dix filles avant moi, dont ma Léa, et elle a crié :

Le dragon – Vous mettez les peignoirs blancs qui sont sur le portant et vous avancez jusqu'à la ligne jaune !

Ma meilleure amie s'est retournée et m'a dit, de loin, en articulant de façon exagérée pour que je lise sur ses lèvres : « À tout à l'heure. » Je pense que j'ai dû faire une tête désespérée parce qu'après avoir hésité quelques secondes elle m'a rejointe.

Le dragon – Vous faites quoi là ? Si vous sortez du rang, vous sortez définitivement. Je ne vais pas m'amuser à recompter toutes les cinq minutes des clientes qui ne savent pas ce qu'elles veulent.

Léa ne s'est pas laissé démonter et a répondu d'une voix ferme :

Léa – Mais je sais très exactement ce que je veux : faire une couleur en étant dans le même groupe que mon amie. Je cède ma place à quelqu'un en attendant.

Je crois que Léa est une sorcière, à moins que les tyrans soient des tyrans jusqu'à ce que quelqu'un ose leur désobéir, parce que le dragon n'a pas réagi. Elle est partie avec son groupe de dix filles tremblantes.

Quinze minutes après, c'était notre tour. On a enfilé des peignoirs et on s'est assises côte à côte sur des fauteuils comme des poussins élevés en batterie. Alors qu'une fille de notre âge qui portait la même blouse rouge que le dragon passait, Léa l'a interpellée :

Léa – Excuse-moi, mais ça fonctionne comment ici ?

La fille – Vous allez être colorées puis coiffées par des stagiaires sous la surveillance de leurs profs.

Léa – Tu veux dire qu'on est des cobayes ???

La fille – On vous appelle des modèles.

Léa – Mais les stagiaires qui vont s'occuper de nous, elles l'ont déjà fait ?

La fille – Elles ont appris toute la théorie.

Léa – Oui mais la pratique ?

La fille n'a pas répondu à la question, elle a souri à Léa d'un air gêné et elle a continué son chemin. À ce moment précis, je crois qu'on aurait dû partir.

Une armée de stagiaires est arrivée et s'est placée derrière nous. Après nous avoir demandé de façon exagérément polie ce qu'on désirait, chacune a rempli un petit formulaire qu'elle a présenté à une femme brune d'une cinquantaine d'années.

La coiffeuse qui s'occupait de moi avait l'air paniquée et ça ne m'a pas du tout rassurée.

Elle a commencé à me démêler les cheveux. Démêler n'est pas le terme exact, je devrais plutôt dire qu'elle a commencé à m'arracher la moitié des cheveux.

Elle donnait des coups secs sur sa brosse à chaque fois qu'elle tombait sur un nœud et comme j'ai les cheveux fins et emmêlés, c'était un vrai calvaire.

J'ai essayé de le lui signaler discrètement mais elle ne me regardait pas. Elle semblait terrorisée par sa prof.

Je devais en être à une perte sèche de mille deux cents cheveux lorsque la chef s'est postée derrière le dos de ma petite apprentie coiffeuse. Sa voix a sifflé façon serpent à sonnette :

La prof – Dites-moi Amélie, vous comptez la rendre chauve en combien de temps ?

Amélie a jeté un œil paniqué dans le miroir et a tenté d'être plus douce. Mais elle ne contrôlait plus ses mains. La prof lui a arraché la brosse et a hurlé à la cantonade :

La prof – Regardez-moi bien, vous toutes ! Si vous démêlez les cheveux de vos clientes comme ceci, vous ne risquez pas d'avoir du monde dans votre salon.

Et joignant le geste à la parole, elle m'a arraché à son tour mille deux cents cheveux.

La prof – Tout le monde a bien observé ? Je recommence pour être certaine de ne jamais revoir un tel geste chez mes élèves.

Et mille deux cents cheveux supplémentaires ! J'ai tenté un mouvement pour lui rappeler que, sous mon cuir chevelu, il y avait un être qui existait et souffrait mais son regard noir m'a clouée sur place.

La prof – Très bien, maintenant, vous sortez vos bols et vous préparez vos mélanges pour la couleur. Je ne vérifie rien, vous devez être autonomes pour les produits.

Oh non... Il faut qu'elle vérifie, elle est là pour ça. C'est comme si je devais résoudre une équation à trois inconnues toute seule et l'appliquer directement sur une feuille pendant le bac blanc. Ça serait un désastre.

Amélie a tenté de verser une espèce de poudre dans le bol mais le flacon lui a échappé des mains. Du coup, tout le contenu du flacon s'est vidé. Durant quelques secondes, j'ai été partagée entre prévenir la prof afin qu'elle lui fasse refaire le mélange et me taire pour la protéger. J'ai été solidaire.

C'était une erreur.

Vingt minutes plus tard, j'avais du papier alu planté à la verticale sur la tête et je ressemblais à un satellite abandonné sur Mars pour y détecter une présence de vie. J'ai jeté un regard vers ma Léa. Sa couleur avait dégouliné sur son front et son cou et elle tentait désespérément de sauver ses yeux de la contamination. On s'est souri comme deux condamnées qui se croisent dans le couloir de la mort d'une prison.

Je ne peux pas expliquer avec des mots l'angoisse qui a précédé le rinçage de mes mèches. J'ai imaginé le pire.

Eh bien j'étais en dessous de la vérité !

Lorsque je me suis regardée dans le miroir, j'ai failli exploser en sanglots. J'avais des barreaux blonds tous les cinq centimètres. Une sorte de zèbre albinos. J'ai cherché du réconfort dans les yeux de Léa. Mais quelle horreur... le dosage noir nuit océan avait tourné à l'avantage du bleu et ma meilleure amie ressemblait à la Schtroumpfette.

Il y avait vraiment de quoi pleurer, mais devant le désastre on s'est mises à rire. Et pas le rire discret de filles à qui il est arrivé un truc un peu comique, non le fou rire qui vous coupe le souffle.

Un malheur n'arrivant jamais seul, les stagiaires nous ont fait un brushing final. Je ne sais pas si c'était l'effet voulu mais Amélie m'a coiffée façon *Tom et Jerry* lorsque Tom met les doigts dans la prise. Quant à Léa, elle s'est retrouvée avec des cheveux en casque de moto.

Évidemment, personne ne nous a demandé si le résultat nous plaisait. Peut-être les stagiaires étaient-elles trop sûres de la réponse. On nous a délestées de nos cinq euros et on s'est retrouvées dans la rue en moins de temps qu'il ne faut pour le dire.

Il était dix-huit heures trente.

Soit trois heures trente de galère.

Justine – Qu'est-ce qu'on fait maintenant ?

Léa – À part se raser la tête, je ne vois pas.

Justine – On ne peut pas rester dans la rue avec un look pareil, imagine qu'on croise quelqu'un qu'on connaît.

Léa – T'as encore de l'argent sur toi ?

Justine – Non, pourquoi ?

Léa – On se serait acheté un foulard ou n'importe quoi qui se met sur la tête... Tant pis, on rentre, on récupère de l'argent et on s'achète une couleur au Monoprix. Il faut essayer de camoufler le désastre.

Justine – À la maison, j'ai les cinquante euros que mon père m'a laissés pour l'achat de ma blouse et de mes lunettes de chimie. On y va ?

Léa – D'accord.

Justine – Mais on rampe jusqu'à chez moi et on rentre côté rue parce que je préfère avaler immédiatement de la ciguë plutôt qu'imaginer Thibault me voyant dans cet état.

Léa – Parce que tu crois que moi, j'ai envie de me montrer comme ça ?

Le retour a été un cauchemar. On a marché vite en regardant nos pieds et en priant pour ne rencontrer personne. À cinquante mètres de la maison bleue, on a mis au point un plan d'attaque : on raserait les murs jusqu'à la porte d'entrée et on monterait sans s'arrêter. Trois, deux, un, c'est parti.

Seulement dans la vie, il y a ce qu'on prévoit de faire et ce que le destin décide. Et là, il avait décidé de nous achever. Lorsque nous sommes arrivées dans la cage d'escalier, il y avait tous les gens qui existent sur terre et qu'on a croisés un jour : Nicolas, Jim, Ingrid, Yseult, Anna, Thibault. S'ils nous avaient tous attendues pour un anniversaire surprise, ils n'auraient pas été plus synchro !

Le moment de stupeur qui a précédé le fou rire général a été très humiliant...

Je n'oublierai jamais le regard interloqué de Thibault, allant de mes mèches folles au casque bleu de Léa, ni la phrase assassine d'Ingrid :

Ingrid – Oh Justine, tu ressembles à un ballon de basket avec tes rayures !

J'aurais aimé avoir la force de lui répondre un truc sanglant, mais avec la tête que j'avais je ne possédais plus qu'un seul et unique registre : le pathétique.

Nicolas – Mais qu'est-ce qui vous est arrivé les filles ? Vous êtes tombées dans un traquenard ou quoi ?

Jusqu'alors, je n'avais jamais compris les motivations des êtres qui massacrent leurs proches. Les psychiatres parlent d'un moment d'égarement, mais moi je sais aujourd'hui que ce n'est pas du tout un moment d'égarement, au contraire c'est un ultime éclair de lucidité ! Heureusement, la gentillesse de Jim nous a sauvées.

Jim – Elles pourraient se teindre les cheveux n'importe comment, Justine et Léa seraient toujours aussi belles.

Oh Jim, mon ami, mon ancre, mon éternel recours contre la barbarie !

Ingrid – Mais elles se sont teint les cheveux n'importe comment !!!

Justine – Ingrid, ta g... !

Je sais, ce n'était pas une réplique distinguée, mais la patience humaine a des limites et je les avais dépassées depuis longtemps.

Ingrid – C'est quand même pas ma faute si vous êtes ridicules. J'en ai marre, moi, d'être le bouc et misère !

Léa – Le bouc émissaire, Ingrid, celui que les anciens envoyaient dans le désert payer pour leurs fautes.

Ingrid – Oui eh bien, si j'ai envie de dire le bouc et misère, je dis le bouc et misère. J'aime mieux parler comme ça avec les cheveux que j'ai, qu'avoir votre culture et la tête que vous vous payez.

Pour la première fois de ma vie, j'ai été d'accord avec Ingrid mais ce n'était pas le moment de lui accorder cette victoire facile.

Justine – Peut-être. Seulement, la différence, c'est que nous, avec un bon coiffeur, on s'en sortira tandis que toi, t'es foutue. T'es faussement blonde à l'extérieur et vraiment blonde à l'intérieur !

Et sur cette phrase qui resterait dans l'anthologie de la maison bleue, nous sommes montées sous le regard médusé de nos amis. J'avoue que cette réplique m'a redonné un peu d'estime de moi, comme dirait Mme Pouméroulie.

Le hurlement de Théo quand j'ai ouvert la porte nous a remises sous pression. Il s'est sauvé comme si on était mortes depuis des années et que nos fantômes revenaient le hanter. Il est réapparu quelques secondes plus tard, caché derrière ma mère. Il y aurait aussi beaucoup à dire sur l'air catastrophé de maman quand elle nous a vues mais je n'ai pas envie de m'appesantir. C'était déjà assez douloureux comme cela.

Théo – T'es sûre que c'est les vraies, maman ?

La mère – Mais oui, mon chéri, qui veux-tu que ce soit ?

Théo – Des clones venus d'Uranus. Les extraterrestres auraient enlevé Justine et Léa et ils auraient mis ces monstres à la place. Regarde les cheveux de celle de droite, ils tiennent tout seuls en l'air, c'est pas des cheveux humains.

C'était LA remarque de trop.

Justine – Et ma main sur tes fesses, tu crois que ça va être une fessée uranusienne ?

Théo – Oui, c'est vraiment Justine.

Devant nos mines déconfites, ma mère nous a proposé un thé dans la cuisine. Là, on lui a raconté notre mésaventure et ce qu'on s'apprêtait à faire pour limiter les dégâts.

La mère – Ah non, les filles, vous ne touchez plus à vos cheveux, si vous faites une couleur par-dessus, vous risquez d'aggraver votre cas.

Lorsque j'ai fait remarquer à ma mère que je ne voyais pas comment cela pouvait être pire, elle n'a rien répondu. Son silence a été pire que les répliques entendues depuis une heure.

La mère – J'appelle ma coiffeuse pour lui demander son avis.

Peu après, ma mère nous a annoncé que sa coiffeuse était d'accord pour essayer de recolorer mes mèches et de « débleuter » le noir de Léa. J'ai de nouveau respiré, je n'aurais pas dû ! Maman n'avait pas fini sa phrase. Lorsqu'elle a ajouté : « Nous sommes mercredi et elle ne peut pas vous prendre avant samedi quatorze heures » j'ai compris qu'il nous restait encore de tristes heures et jours à vivre.

Avec Léa, on est parties s'enfermer dans la salle de bains. On ne pouvait plus supporter le regard des autres. Enfin celui de Théo.

Justine – Tu m'aimes quand même ?

Léa – Pourquoi je ne t'aimerais plus ?

Justine – Parce que c'est moi qui t'ai entraînée dans cette galère.

Léa – Ce n'est plus le moment de se lamenter, il faut qu'on trouve un moyen de limiter les dégâts jusqu'à samedi. On se lave les cheveux pour se débarrasser du brushing *Amour, gloire et beauté* et après on essaie de planquer le désastre. T'as des chapeaux ou des foulards pour qu'on essaie ?

Justine – Ouais, dans ma chambre.

Je ne dis pas que l'opération cache-misère a réglé définitivement le problème mais il faut avouer qu'un gros bandeau à la *Jeune fille à la perle* laissant juste apparaître la frange épaisse de Léa lui donnait un certain charme.

Quant à moi, avec les cheveux attachés et cachés sous un béret, on pouvait croire que j'étais jolie.

Au moment où on s'embrassait pour se féliciter, des cris ont retenti dans le jardin.

On a ouvert les fenêtres. Nos amis, debout sur des chaises, tenaient des banderoles en sopalin sur lesquelles ils avaient écrit : « Léa et Justine, on vous aime aussi en technicolor ! »

Nicolas – Alors, vous descendez, on joue ! Thibault au piano, moi à la guitare et les filles à la cuisine !

Jim – Mais t'es con ou quoi, Nicolas ? On a dit, on y va mollo.

Thibault – Allez, venez. C'est trop triste sans vous !

Mon prince a prononcé cette phrase en me souriant à bout portant. Je crois que si Léa ne m'avait pas retenue par le bras, j'aurais sauté par la fenêtre pour le rejoindre plus vite.

Cinq minutes plus tard, on était tous installés dans le salon à chanter *My Funny Valentine*. Après, on est passés au répertoire de Sting. C'était génial.

Plus personne n'a fait une seule allusion à nos cheveux. Même Ingrid.

Au moment où on se séparait, alors que Léa et moi on avait presque oublié notre sale histoire, la peste s'est quand même sentie obligée de dire :

Ingrid – Vous voyez finalement, on s'habitue à tout, même au pire.

J'allais lui hurler que moi, je ne m'habituerais jamais à sa stupidité lorsque Thibault a chuchoté en me regardant :

Thibault – Les jolies filles peuvent se permettre toutes les excentricités du monde, elles ne font que rappeler la permanence de leur beauté.

Vous voyez un chocolat liégeois, à midi, sous le soleil des Tropiques, en pleine saison chaude ? C'est exactement à ça que j'ai ressemblé après les paroles de mon prince. Il a de nouveau fallu que Léa m'attrape par le bras pour me reconduire jusqu'à la porte d'entrée, parce que, dans mon dégel, je me dirigeais droit vers sa chambre à coucher.

Je n'ai aucun souvenir du reste de ma soirée, je me souviens juste qu'au moment où j'ai fermé les yeux pour m'endormir, il n'existait plus que deux personnes au monde : Thibault mon grand amour et moi.

Ah non, il fallait qu'il y ait aussi la coiffeuse de ma mère, je ne pouvais quand même pas vivre avec mon prince en gardant une tête pareille !

L'amour en gros plan

Ingrid s'était fait un plaisir de raconter, par téléphone, notre aventure capillaire à toutes ses copines. Officiellement, la raison invoquée relevait de l'amour de son prochain : « Ben quoi ? Il faut prévenir tout le monde de ne pas aller se faire coiffer là-bas... » En réalité, la peste avait trouvé une occasion en or pour nous ridiculiser.

Nous nous sommes donc retrouvées à huit heures trente du matin, au milieu d'un comité d'accueil de filles faussement navrées qui tenaient absolument à ce qu'on enlève nos foulards pour mesurer l'étendue du désastre.

Une fille – Allez, soyez sympas, montrez-nous.

Une autre fille – Il paraît que c'est une cata, tes mèches, Justine. On peut voir ?

Une autre fille – Mais toi, Léa, tout le reste est bleu comme ta frange ?

Moi, évidemment, je n'ai pas su quoi répondre à ces assauts perfides mais, après un petit moment de stupeur, Léa a retrouvé ses esprits et a envoyé promener toutes ces vipères amatrices de drames féminins avec panache. Comme d'hab, je me suis abritée derrière ma meilleure amie, et nous sommes parties la tête haute. Enfin, les cheveux hauts.

C'est dingue ça, on parle toujours de la solidarité féminine mais il n'y a pas pire que les filles pour faire radio potins quand tu as un problème physique. Un garçon, tu peux toujours l'aveugler avec une jupe courte ou un décolleté si tu as un énorme bouton sur le front, mais une fille jamais. Elle repérera ton spot et elle avertira le lycée entier par SMS.

Justine – Maintenant, j'espère que tu as conscience de la toxicité d'Ingrid et que tu ne la défendras plus envers et contre tout.

Léa – Je ne l'ai jamais défendue envers et contre tout.

Justine – Attends, dès qu'il y a un conflit, tu es la première à dire « C'est notre amie, on doit faire des efforts ».

Léa – Je n'ai jamais dit ça !

Justine – Si, tu l'as dit.

Léa – Justine ?

Justine – Oui ?

Léa a pris son air de sorcière qui va révéler une chose fondamentale à une pauvre mortelle demeurée.

Léa – Est-ce que tu te rends compte qu'on est en train de se disputer à cause de ces pestes et que si on continue elles vont réussir leur coup ? Je te promets qu'avant la fin de la semaine, on aura pris notre revanche.

J'ai embrassé Léa. S'il y a une chose que je ne supporterais pas dans ma vie, c'est de perdre ma meilleure amie. J'ai grandi avec elle, je me suis construite adossée à elle et si jamais elle partait, je crois que je m'effondrerais.

J'aurais aimé avoir le temps de dire à Léa combien elle comptait pour moi mais la cloche a sonné.

Durant les heures qui ont suivi, j'ai été totalement lobotomisée par la prof de physique et lorsque je suis arrivée devant les distributeurs à la pause, j'étais encore perdue dans le fonctionnement des ondes mécaniques progressives.

– JUSTINE, JUSTINE !!!

Je me suis retournée, je reconnaissais la voix de Léa mais je suis tellement peu habituée à l'entendre hurler que j'ai eu un doute.

Justine – Qu'est-ce qui t'arrive ?

Léa – C'est la cata... je dois montrer le synopsis et les premiers plans de mon court-métrage lundi matin.

Justine – Quel court-métrage ?

Léa – Mais tu sais bien, pour mon option cinéma.

Ah oui, c'est vrai. Depuis un an déjà, Léa suit les cours option cinéma pour le bac. Jusqu'à maintenant, elle n'étudiait que la théorie mais, en terminale, les élèves doivent présenter une petite réalisation.

Justine – Et tu vas faire un film sur quoi ?

Léa – Je ne sais pas, j'ai plein d'idées mais rien de clair.

Justine – Et la prof ne vous guide pas ?

Léa – Elle nous a dit qu'elle interviendrait seulement sur une proposition avancée. Je dois absolument commencer à écrire quelque chose.

– Salut les meufs. Vous en voulez ?

Nicolas et Thibault étaient là, devant nous, se partageant goulûment un paquet familial de M&M's. Léa a plongé sa main dans le sachet sans même voir les garçons et a prélevé une énorme poignée de bonbons. Elle les a enfournés, tout en continuant à réfléchir.

Nicolas – Eh ben dis donc, la prochaine fois, on ne la laisse pas se servir, la goinfre, t'as vu la descente ?

Léa a regardé sa main vide comme si elle ne lui appartenait pas et s'est arrêtée de mâcher d'un coup.

Léa – Ch'en ai pris beaucoup?

On n'a pas eu besoin de lui répondre, sa difficulté à parler la bouche ultra pleine signait son geste.

Léa – Je suis désolée, je pensais à autre chose.

Thibault – Au bel Adam?

Oh Thibault, mon Julien Sorel, mon Fabrice del Dongo, mon duc de Nemours, mon groupement sur la rencontre amoureuse dans ma liste du bac français...

Léa – Non, je pensais à mon court-métrage.

Nicolas – Ton quoi?

Et Léa a réexpliqué son projet à rendre lundi et a demandé à Nicolas s'il pourrait l'aider à monter les premières scènes sur son ordi.

Nicolas – Pas de problème, je vais récupérer le logiciel mais, si tu veux, je peux jouer aussi... T'as un rôle de beau gosse qui pécho tout ce qui passe?

Justine – Mais c'est vrai ça, ça serait super si on jouait tous ensemble!

Et au moment où je prononçais cette phrase innocente, une idée incroyable a germé dans mon esprit. Un éclair de génie qui allait accélérer le cours de ma vie, qui serait une sorte de coup de pouce au destin.

Le film porterait sur une rencontre amoureuse avec, dans les rôles des deux amants, Thibault et moi et, en plan séquence, le baiser le plus long du cinéma.

Il fallait absolument que je parle seule à seule avec ma meilleure amie pour la convaincre. Mais il était l'heure de retourner en cours et je n'ai pas eu le temps de lui faire part de mon projet.

Je n'ai pas écouté une seule phrase des deux heures du cours de géo tant j'étais obsédée par le scénario que je voulais soumettre à Léa. J'ai même commencé à noter les premières idées.

Lieu : *La maison bleue. On utilisera l'appartement de Thibault comme endroit principal.*

Intrigue : *On peut imaginer qu'on a prêté cet appartement avec jardin à un groupe d'amis pour un week-end afin de fêter un anniversaire. Il y a un couple mais il y a des célibataires. Un garçon et une fille dans le groupe ne se connaissent pas, ils ont entendu parler l'un de l'autre. Surtout elle... Elle sait que c'est un dom Juan et elle se méfie (un peu comme Bridget Jones quand elle rencontre le beau Hugh Grant alors que ce serait plus simple d'aimer l'autre qui a un pull immonde). Elle arrive donc avec des préjugés mais, au premier regard, ce sera le coup de foudre, ce sera comme un éblouissement. Il ne verra qu'elle, elle ne verra que lui. Dans les autres appartements de la maison bleue, il y a des habitants qui peu à peu vont se mêler à l'histoire.*

Personnages : *Couples : Jim et Yseult (bien que ça m'agace un peu), Anna (si elle est d'accord pour participer alors qu'on ne l'a pas vue depuis longtemps) et Nicolas. Célibataires : Adam, Thibault, moi.*

C'est la première fois que j'inventais une histoire – à part celles que je me fais en permanence dans la tête – et j'ai trouvé ça très agréable. J'ai relu mes notes. J'avais l'impression qu'il manquait quelque chose. Mais quoi ?

La prof de géo – Mademoiselle Perrin, vous avez quelque chose à ajouter sur la politique agricole des États-Unis ?

TEST

LES HÉROS AMOUREUX DANS LA LITTÉRATURE

Reliez qui aime qui dans quel roman.

1. Roméo.	A. Mademoiselle de Chartres.	° Le rouge et le noir.
2. Solal.	B. Madame de Rénal.	+ La princesse de Clèves.
3. Julien Sorel.	C. Juliette.	/ Belle du seigneur.
4. Monsieur de Clèves.	D. Ariane	# Roméo et Juliette.

Réponses :

1. C#, 2. D/, 3. B°, 4. A+

Justine – Euh non.

La prof de géo – C'est étrange de vous voir écrire autant depuis tout à l'heure alors que je vous demande simplement d'observer des cartes. Vous êtes certaine d'avoir tout compris ?

Justine – Ne vous inquiétez pas madame, j'ai le synopsis bien en tête, euh la carte, je voulais dire.

Arghh !!! Ça y est, je sais.

Ce n'était pas quelque chose qui manquait, c'était quelqu'un.

Ingrid !!! J'avais oublié de la mettre dans le casting. Non ! Pas question de lui donner un rôle. Si on la laissait participer, elle s'arrangerait pour changer le scénario.

Ingrid deviendrait la célibataire top sexy qui séduit Thibault et moi, je n'aurais plus que le rôle de la pauvre fille avec mèches ratées qui mange des chips et des olives à l'anchois en regardant les autres danser. Il n'en était pas question.

Lorsque je suis arrivée à la cantine, je n'ai pas laissé à Léa le temps de plaider la cause de la peste.

Justine – Je ne veux pas qu'Ingrid soit la femme de Thibault, tu m'as bien entendue ?

Léa – Oui, je t'ai bien entendue. En même temps, ce n'est pas moi qui décide.

Justine – Comment ça, ce n'est pas toi qui décides, c'est ton film, non ?

Léa – Mais de quoi tu parles ?

J'ai réalisé soudain que je n'avais encore rien révélé à Léa de mes projets et que mes propos devaient lui sembler incohérents. J'ai donc respiré un grand coup et j'ai montré à ma Spielberg préférée mes premières notes.

Léa – Pas mal l'idée de la maison bleue.

Justine – Parce que le reste, c'est nul ?

Léa – Je n'ai pas dit ça, mais c'est un premier jet. Il faut chercher une intrigue qui tienne la route.

Justine – Mais pour l'histoire d'amour avec Thibault et moi dans les rôles principaux, t'es d'accord ?

Léa a souri.

Léa – Je monte un court-métrage, pas une agence matrimoniale !

Justine – Et si, en faisant ce film, tu faisais aussi mon bonheur ?

Léa – Ça serait formidable ! Il faut quand même en parler aux autres.

Justine – Je m'en charge.

Une heure plus tard, j'avais prévenu tous nos amis (sauf Ingrid mais c'est normal, c'est pas notre amie) et ils étaient d'accord pour venir à un premier brief chez Thibault, après les cours. Seul Adam qui était à la librairie ne pouvait pas se libérer. Il a néanmoins promis qu'il serait là pour le tournage.

L'après-midi m'a semblé légère, il faut dire que je n'ai pas décollé des bras de mon prince, il embrassait divinement bien. Enfin, dans mon scénario !

Nous sommes presque tous arrivés en même temps à la maison bleue. Jim avait pensé à apporter à boire : de la bière et du Coca light. Il n'avait pas oublié mes petits péchés mignons : un Savane de Papy Brossard et des tablettes de Crunch.

Oh Jim, mon tendre et fidèle ami, mon phare dans la tempête, mon port après des semaines de traversée. Mais il est extra ce garçon-là, est-ce que je n'aurais pas fait une terrible erreur de casting ?

Léa a pris la parole.

Léa – Tout d'abord, je voudrais vous remercier d'avoir répondu présents à mon invitation, je suis heureuse que vous participiez à mon premier court-métrage. Toutefois, je tiens à vous signaler que je suis novice en la matière et qu'il est possible que le résultat final soit...

Ma meilleure amie a semblé chercher ses mots. Pour qu'elle n'ait pas à disqualifier son travail, chacun a vite proposé un terme qui ne soit pas trop négatif.

Yseult – Pas totalement réussi ?

Jim – Avec quelques petites lacunes ?

Thibault – À retravailler un peu ?

Léa – Non !!! Ce que je voulais dire, c'est qu'il est possible que le résultat final soit... une grosse daube !

On a éclaté de rire. Nicolas aurait prononcé cette expression, cela n'aurait surpris personne mais dans la bouche de Léa...

Léa – Je comprendrais que vous ne vouliez pas que votre nom soit au générique. Imaginez-vous dans quelques années star internationale, médecin, diplomate et qu'on vous fasse chanter avec une copie de cette infâme histoire.

Jim – En ce qui me concerne, il n'y a pas de problème. Je ne fais pas d'études, je ne risque pas de devenir quelqu'un.

Léa – Tu as tort ! Tu es le plus exposé. Un judoka peut voir sa renommée détruite par un mauvais film d'amour !

Anna – Alors c'est un film d'amour ?

Léa – Oui.

Nicolas – Tu veux dire un film de cul ?

Justine – Non, d'amour Nicolas.

Nicolas – Le genre gnangnan guimauve qui prend la tête : « Oh Kelly m'a dit que Brenda avait vu Sharon et Bryan au bord de la piscine et que Jenny s'est jetée sur Bryan quand Sharon essayait de l'embrasser. J'ai deux solutions : je le tue ou je le tue, à ton avis, je fais quoi ? » C'est ça que tu comptes nous faire jouer ?

Léa – Oui, mais sans la piscine et en plus intelligent. Enfin, j'espère.

Thibault – Et tu as déjà une idée pour le scénario ?

Oui mon prince, toi et moi, la caméra qui tourne autour de nous et un flou très artistique sur le baiser le plus érotique du cinéma mondial depuis les frères Lumière. Un vrai film d'amour, quoi !

Léa – Je ne l'ai pas encore écrit mais j'ai déjà quelques idées. Ce qui est certain, c'est que l'histoire se passera à la maison bleue et essentiellement dans ton appart, si tu es d'accord.

Léa

Des baisers à la pelle !!!
Trouvé sur Wikipédia... La comédie américaine *You're in the army now* (1941) a présenté la plus longue scène de baiser (3 minutes et 5 secondes) de l'histoire du cinéma, effectuée avec brio par Regis Toomey et Jane Wyman. Record battu en 2005 par *Kids in America* (5 minutes 57 secondes).

Aujourd'hui, 18h37 · J'aime · Commenter

Justine et **Jim** aiment ça.

Léa Autre record : le *Don Juan* de 1926 remporte le record du nombre de smacks. En effet, 127 baisers sont échangés entre John Barrymore, Mary Astor et Estelle Taylor. Et dire que certains affirment que le cinéma de papa était chaste !!!

Aujourd'hui, 19h10 · J'aime

Nicolas 5 minutes et 57 secondes, petit joueur :)

Il y a 5 minutes · J'aime

Thibault – C'est un honneur, maestra.

Léa – Ce qui serait bien, c'est qu'on commence le story-board. Je dessinerai la façade de la maison pour le plan du début, les pièces qu'on peut utiliser chez toi, le jardin, et puis au moins un autre appart pour le couple qui habite ici.

Justine – Chez moi ?

Léa – Mais si on tourne les premiers plans dimanche, on va gêner tes parents.

Nicolas – On peut faire ça chez moi, mon père m'a prévenu qu'il partait avec sa pouffe ce week-end.

Justine – Ouh là, Nicolas tu nous fatigues...

Nicolas – Si le mot pouffe te gêne, je peux parler autrement ! Mon père m'a prévenu qu'il partait avec sa morue ce week-end.

Sans commentaire !

Dix minutes plus tard, on était dans le jardin. Léa voulait commencer son court-métrage par un travelling de la maison bleue, avec une voix off qui ferait la description. On avait décidé d'écrire tout de suite le texte.

Léa – Alors... *L'histoire se passe dans une magnifique bâtisse du milieu du XIX*e *siècle appelée la maison bleue, construite en hommage à une comtesse qui avait les yeux turquoise. Haute de trois étages, de grandes fenêtres s'ouvrent sur des balcons à l'italienne.*

Justine – Et les angelots, tu n'en parles pas ?

Léa – Si ! *Sculptés dans la pierre, des angelots tendant leur arc surplombent les fenêtres.*

Jim – Il faut filmer le jardin, c'est important.

Léa – D'accord... *Un jardin rectangulaire à la végétation abondante offre au regard du visiteur un très joli spectacle. Au fond, à droite, derrière un bosquet de buis centenaires, se cache une énorme fontaine de pierre. Un peu plus loin, une petite roseraie entretenue par les actuels propriétaires donne, deux fois l'an, des fleurs au parfum délicat.*

Nicolas – Putain, Léa, t'assures un max. On dirait un reportage sur Arte.

Anna – Il faut que tu parles de la vieille porte en fer forgé qui donne sur la rue.

Thibault – Tu dois absolument filmer les deux portes.

Jim – Tu pourras les utiliser pour ton histoire, avec deux entrées il y aura des possibilités de quiproquos.

Léa – OK... *La particularité de cette maison est sa double entrée. Côté jardin, une vieille porte en fer forgé, incrustée de turquoises véritables, autrefois réalisée par un artisan vénitien, donne sur une petite rue calme aux nombreuses maisons bourgeoises. Une autre porte côté escaliers donne sur la rue de l'Arlequin, rue passante qui mène au centre-ville.*

Est-ce que j'ai oublié quelque chose d'important ?

Justine – Tu ne veux pas raconter l'histoire de la comtesse pour pimenter le climat amoureux ?

Léa – Ça ne va pas être confus après ? J'ai peur qu'on mélange les deux intrigues.

Yseult – Pourquoi ? C'est quoi l'histoire de la comtesse ?

Jim a raconté à Yseult et Anna la passion de la comtesse et de son homme marié, la construction de la maison avec des pierres bleutées en hommage au regard turquoise de la belle, l'attente durant des années du bien-aimé qui ne se décidait pas à quitter sa femme, et la double fin possible.

Yseult – Mais c'est atroce ! Alors on ne saura jamais si elle est partie à l'autre bout des mers, folle d'amour pour son corsaire espagnol, ou si elle a été tuée par l'amant trompé et enterrée dans le jardin ?

Jim – Exactement.

Yseult a regardé horrifiée le sol du jardin où nous nous trouvions et elle a dit d'une voix caverneuse :

Yseult – Si ça se trouve, on lui marche dessus.

Nicolas – Ouais mais vu l'état dans lequel elle est depuis le temps, on ne doit pas lui faire bien mal.

Je dois avouer que, comme d'habitude, mon cousin a obtenu la palme d'or de la réflexion la plus gore.

Nous nous sommes quittés sur ce pur moment de poésie. Jim travaillait en nocturne au *Paradisio* et nous, on avait une tonne de boulot pour le lycée.

Dans les jours qui ont suivi, il n'a été question que du tournage de dimanche. Chacun apportait une nouvelle idée au scénario qui commençait à prendre tournure. Évidemment Léa n'avait pas encore annoncé la distribution des rôles et plus les autres ajoutaient des détails croustillants sur le couple d'amants, plus j'étais aux anges. J'accueillais les propositions avec un grand enthousiasme.

Et un baiser fougueux contre le mur, un ! Et une main sur la cuisse qui remonte dangereusement, une ! Et un glaçon dans le décolleté pour chauffer l'héroïne, un !

Comment ça un glaçon dans le décolleté pour chauffer l'héroïne ?

D'abord, je n'ai pas de décolleté, parce que pour en avoir, il faudrait des seins et je suis plutôt du genre œufs au plat. Ensuite, je ne vois pas comment un glaçon peut réchauffer quelqu'un... C'est vraiment une proposition de garçon ou plus exactement une proposition de Nicolas ! Il a dû voir ça dans un des films qu'il regarde en douce avec Jim.

La dernière séance de travail a été fixée au samedi soir. C'est à ce moment-là que Léa attribuerait à chacun son rôle. Elle n'allait tourner que quelques plans mais elle tenait à ce que tout le monde connaisse au moins les premières répliques par cœur. Elle a demandé aussi à chacun de s'habiller en respectant un code couleur : elle ne voulait que du noir et blanc.

En attendant, avec Léa il nous restait à vivre la séance recoloration chez le coiffeur et ce n'était pas ce qu'il y avait de plus drôle. Surtout que de mes cheveux dépendait la crédibilité de mon personnage d'héroïne qui falls in love. C'est vrai, on n'imagine pas un seul instant que l'actrice d'une passion amoureuse ait des mèches immondes ! Dans les films, elles possèdent toujours une chevelure parce que je le vaux bien ! Pourtant, dans la vie, parfois, une blonde avec de grosses racines et un vieux fond de défrisage raté tombe amoureuse.

Dimanche est enfin arrivé. La coiffeuse avait fait des miracles. Je ne dis pas qu'il n'y avait plus trace du drame, non, loin de là. À la lumière, mes barreaux blonds et le bleu de Léa refaisaient surface mais si on n'y regardait pas de trop près, le gros de la catastrophe avait été rattrapé.

La veille, Léa nous avait donné les dialogues de la première scène pour qu'on commence à les apprendre et le synopsis du court-métrage. Elle n'était pas satisfaite de son scénario et pensait qu'il manquait un rebondissement pour lui donner du punch. Une chose est sûre, Adam était le seul à rester célibataire tout au long du film !!! Tiens donc, mademoiselle sorcière ne voulait pas qu'on touche à son petit protégé.

Évidemment, mon cousin préféré a fait remarquer avec la délicatesse qui le caractérise que mon prince et moi avions les premiers rôles.

Nicolas – Mais dis donc, ça va être chaud le tournage si Thibault doit mettre la langue à chaque fois qu'il pécho Justine.

Léa a réagi au quart de tour et a parlé à mon cousin comme si c'était Théo.

Léa – C'est du cinéma, Nicolas, ce n'est pas la vraie vie ! Tu sais quand les comédiens meurent dans les films, c'est pour de faux. En fait, ils se relèvent après. C'est la même chose pour les baisers, c'est du cinéma ! Les gens ne s'embrassent pas pour de vrai.

Nicolas – Bien sûr, prends-moi pour un crétin et va raconter ça à Jennifer Aniston. Elle sera ravie de savoir que son petit Brad n'a pas craqué « en vrai » pour Angelina Jolie et que les avocats qui ont négocié son divorce étaient des figurants.

Oh mon cousin adoré, jusqu'à cette dernière réplique, je rêvais qu'une trachéite géante te prive de voix mais là, je jure de chanter tes louanges chaque matin jusqu'à ma mort. Alors, tu crois que je vais embrasser Thibault et qu'il va définitivement craquer pour moi ??? En une fraction de seconde, je vais me retrouver dans une villa à Malibu avec une ribambelle d'enfants venant de tous les continents... et avec Brad. Oh yes !!! je sens que je speak fluently l'english.

Thibault avait préparé un petit-déjeuner géant avec thé, café, tartines et œufs au bacon, et lorsque je suis descendue à dix heures, personne n'était encore arrivé. C'était la première fois que je me retrouvais seule avec mon prince chez lui, et je me sentais toute bizarre.

Je l'ai aidé à disposer les meubles du salon ainsi que Léa l'avait demandé. Comme il faisait doux, il a ouvert les portes-fenêtres et il a mis un CD des Killers. Au moment où je prenais la pile d'assiettes dans le placard, il a voulu m'aider, nos mains se sont frôlées, nous nous sommes regardés longuement et...

– Bonjour tout le monde !

Oh non, mais pourquoi fallait-il qu'Adam soit déjà là ? En un dixième de seconde, Thibault s'est repris. Il s'est retourné comme s'il n'avait pas été surpris en flag' de pré-baiser, il a donné une poignée de main franche à Adam. Évidemment, moi, je suis restée à sourire d'un air énamouré à une pile d'assiettes. J'ai eu du mal à réintégrer le monde des terriens dans les minutes qui ont suivi.

Les autres sont arrivés peu de temps après et, chose remarquable, Nicolas n'était pas le dernier et avait l'air réveillé. Je l'ai d'ailleurs personnellement félicité. C'est Jim qui aujourd'hui semblait avoir une panne d'oreiller. Il était dix heures et demie et il n'était toujours pas là. On a petit-déjeuné en l'attendant.

Léa – Personne n'a de ses nouvelles ? Yseult, tu l'as eu ce matin au téléphone ?

Yseult – Il ne répond pas sur son portable. Hier quand on est partis, il m'a dit qu'il m'appellerait dans la soirée et depuis, aucune nouvelle.

Léa – Bon, je vais commencer par le plan extérieur et on filmera quand il sera avec nous. Adam, t'es d'accord pour faire la voix off pendant que ça tourne ?

Adam – Avec plaisir.

Léa – Tu ne manges pas ton bacon ?

Adam – Non, je ne mange pas de porc.

Léa – Tu n'aimes pas ça ?

Adam – C'est pour des raisons religieuses.

Nicolas – T'es musulman ?

Adam – Non, je suis juif mais tu as raison, les musulmans non plus ne mangent pas de...

Il n'a pas fini sa phrase que Théo a déboulé dans le salon. Il était encore en pyjama.

Théo – Nicolas, c'est toi qui as ma confiture de framboises?

Justine – Théo, on dit bonjour, d'abord.

Théo – Bonjour d'abord.

Justine – Non, on dit bonjour, C'EST TOUT.

Théo – Bonjour c'est tout!

Pendant un instant, j'ai cru qu'il n'avait pas compris ce que je lui disais mais lorsque j'ai intercepté le petit sourire qu'il adressait à Nicolas, j'ai réalisé que mon surdoué de frère se moquait de moi.

Nicolas – Ouais c'est moi qui l'ai ta confiture, elle est sur la table de la cuisine. Tu peux aller la chercher, j'ai laissé l'appart ouvert.

Théo – Il est là, tonton?

Nicolas – Non, il est parti.

Théo – Avec sa pouffe?

Justine – THÉO!!! Qui t'a appris ce mot?

Théo – C'est Nicolas, il m'a dit qu'elle s'appelait comme ça.

Sans commentaire. Léa et Adam ont fini par revenir, assez contents de leur travail.

Léa – Des nouvelles de Jim?

Yseult – Non, ça ne répond toujours pas sur son portable.

Léa – Nicolas, tu ne veux pas essayer d'appeler chez lui?

Nicolas – Non.

Je ne sais pas si c'était une impression mais mon cousin a semblé très gêné. Je ne voyais vraiment pas pourquoi. Après tout, ce n'était pas sa faute si Jim ne s'était pas réveillé.

Léa – Bon ben moi, j'appelle. C'est quand même bizarre qu'il ne soit pas là. Ce n'est pas son genre d'être en retard.

Et elle est aussitôt partie téléphoner dans le fond du jardin. Lorsque Léa a réapparu, j'ai compris qu'il y avait un problème. Elle avait l'air très contrariée.

Justine – Qu'est-ce qui se passe ?

Léa – J'ai eu sa mère. Jim s'est disputé violemment avec son père hier et il a découché.

Justine – Ah non, ça ne va pas recommencer !

Yseult – Quoi donc ?

Apparemment Jim n'avait pas raconté à sa nouvelle copine sa période noire et il n'était pas question qu'on le trahisse.

Justine – Oh rien de grave.

Léa – Et toi Nicolas, tu n'es au courant de rien ? Il ne t'a pas appelé pour venir dormir ici ?

Nicolas – Non.

– JUSTINE !!! Il y a quelqu'un qui marche au-dessus de ma tête.

On s'est retournés comme un seul homme. Devant nous se tenait un Théo verdâtre.

Justine – Qu'est-ce que tu racontes ?

Théo – Je suis allé chercher le pot de confiture chez Nicolas et j'ai entendu quelqu'un qui marchait au-dessus.

Justine – C'est pas possible Théo, au-dessus c'est les toits et personne n'y habite.

Théo – Je te dis qu'il y a un voleur.

Comme il s'était mis à pleurer, j'ai décidé de monter avec lui pour lui prouver qu'il n'y avait personne. Les autres nous ont suivis.

Adam – Je veux la voir, moi aussi, l'horrible Baba Yaga qui dévore les petits enfants.

Léa – Adam, tu ne crois pas qu'il est assez paniqué ?

Adam – Si, mais ce que tu ne sais pas, c'est que moi aussi ! Je vais avoir besoin que quelqu'un me serre très fort dans ses bras...

Eh, il se lâchait le bel Adam ! Finies les petites remarques subtiles du genre « entre lecteurs qui aiment Colette », désormais il attaquait bille en tête comme tous les garçons.

La montée de l'escalier a été plus que joyeuse. Les filles poussaient des cris de chauves-souris tandis que Thibault et Adam imitaient le fantôme de la comtesse revenu pour se venger. Les grincements de l'escalier ajoutaient à l'ambiance train fantôme. Seul Nicolas, traînant les pieds, ne semblait pas prendre part au délire général.

Lorsque nous sommes arrivés dans l'appartement du dernier étage, Léa a exigé le silence. Durant cinq longues minutes, plus personne n'a parlé, ni même bougé ou respiré. Évidemment, nous n'avons entendu aucun bruit de pas au-dessus de nos têtes.

Justine – Alors Théo, tu es rassuré maintenant ?

Théo – Mais je te jure, Justine, que tout à l'heure, il y avait...

Justine – Oui, je sais : quelqu'un qui marchait au-dessus de ta tête. Seulement je te rappelle qu'il y a deux jours, tu es venu en pleine nuit dans mon lit parce qu'un Martien avait essayé de t'enlever, que la semaine d'avant un loup-garou volant avait tenté d'ouvrir la fenêtre de ta chambre, et qu'il y a un mois le génie de la lampe d'Aladin t'avait encore volé ta Wii. Alors écoute-moi bien : on a des choses à faire et là, je te trouve un peu pénible. Allez, on redescend.

Et on est redescendus à la queue leu leu, dans le même état d'agitation qu'à l'aller. On était presque arrivés en bas quand Théo a réclamé le pot de confiture de framboises que, dans la panique, il avait laissé sur la table.

Justine – OK, j'y retourne mais tu es vraiment pénible.

Et je suis remontée. Je n'avais pas fait deux pas dans la cuisine que j'ai entendu... quelqu'un qui marchait au-dessus de ma tête ! J'ai filé à la vitesse de la lumière prévenir les autres.

Justine – Théo a raison, il y a quelqu'un sous les toits.

Nicolas – N'importe quoi !!!

Léa a regardé mon cousin avec son air de sorcière qui te passe le cerveau au scanner et je crois bien qu'il a rougi.

Adam – Il y a une trappe pour accéder aux toits ?

Justine – Oui, mais personne n'est jamais monté.

Adam – Il faut jeter un coup d'œil.

Et on est repartis en sens inverse, suivis par Théo qui répétait : « Ne vous inquiétez pas, je vais prévenir papa, lui il est fort, il va tuer le voleur. » Adam a décroché la vieille échelle en bois qui était fixée au mur, l'a calée contre la trappe et il a gravi les premiers barreaux dans un silence de mort.

– Et vous comptiez vraiment ne pas me prévenir ?

Théo a hurlé de peur et Adam a failli tomber de son échelle. Je me suis retournée avec le cœur dans les chaussettes.

Ingrid !!! La reine de l'arrivée surprise.

Ingrid – Je répète ma question : vous comptiez vraiment tourner ce film sans me prévenir ?

Justine – Ingrid, tu nous feras ta crise plus tard, il y a un voleur sous les toits. Adam s'apprêtait à le débusquer avant ton entrée sur le plateau. Alors, tu te mets derrière nous et tu te tais.

La peste n'a pas pipé mot. Elle s'est exécutée. Adam a gravi les derniers échelons de l'échelle et, avant de soulever la trappe, il nous a fait signe de nous pousser. Le suspense était insoutenable, on se serait cru dans *Le Silence des agneaux* quand le cannibale a disparu de sa cage et qu'on s'attend à le voir surgir dans la seconde suivante.

Nicolas l'a interpellé.

Nicolas – C'est bon, Adam, tu peux descendre. On va tout vous expliquer.

Et il a crié en regardant en l'air :

Nicolas – Jim, descends...

Sur le coup, je n'ai pas compris pourquoi il s'adressait à Jim alors qu'il n'était toujours pas arrivé et puis la trappe a coulissé de l'intérieur. Le visage de Jim est apparu à contre-jour. Je me suis entendue chuchoter : « Mais qu'est-ce qu'il fait là ? »

Il nous a fallu un long moment pour nous remettre de cette apparition. Et lorsque, quelques minutes plus tard, Nicolas nous a avoué que cet immense grenier était leur planque depuis des années et qu'ils s'y réfugiaient régulièrement lorsqu'ils avaient besoin de tranquillité, j'ai éprouvé beaucoup de colère. Je me suis sentie trahie. Surtout que je comprenais maintenant bien des choses. Comment, des dizaines de fois, mon cousin absent réapparaissait soudain, comment Jim, que je n'avais pas entendu arriver le matin, se retrouvait chez Nicolas pour le petit-déjeuner. Bref, je réalisais qu'une grande partie de la vie des deux garçons qui m'étaient les plus proches m'avait échappé.

Yseult – Mais pourquoi tu n'es pas descendu ce matin avec Nicolas ?

Jim – Je n'ai pas dormi de la nuit et j'avais envie d'être seul. Et quand j'ai voulu vous rejoindre, j'ai été surpris par Théo. La suite, vous la connaissez.

Yseult – Et tu ne pouvais pas me prévenir, moi ? Tu n'as pas suffisamment confiance ?

Jim ne lui a rien répondu mais il a semblé très mal à l'aise. C'est la peste qui l'a sauvé. Pour une fois qu'elle arrange la situation !

Ingrid – On peut visiter ?

Jim – Si tu veux.

Et elle a grimpé à l'échelle, string au vent, en prenant soin, au cas où un garçon n'aurait pas regardé, de clamer en gloussant :

Ingrid – Et vous ne matez pas, hein ?!? Je vous surveille !!!

Je la hais.

Cinq minutes plus tard, on « visitait » tous le fameux « loft ». Une pièce immense mansardée qui était un vrai repaire de voyous en cavale, avec canettes de bière vides, magazines et vieux bedos écrasés. Avec un bon coup de ménage, on pourrait sûrement en faire un bel endroit. Je voyais bien un espace un peu zen avec des coussins carrés au sol dans lequel on parlerait tranquillement sans être dérangés par les adultes.

Léa était folle de joie. Elle venait de décider de tourner une scène ici et envisageait déjà de grosses modifications dans son scénario.

Alors que je n'en revenais pas de découvrir, dans un endroit si familier, un lieu inconnu, mon père a hurlé dans l'escalier :

Le père – JUSTINE !!! Il se passe quoi là-haut ? J'imagine que c'est encore une invention de ton frère, ce voleur qui se balade au-dessus de nos têtes ?

On s'est dépêchés de descendre, il ne fallait surtout pas que mes parents soient au courant. Il était évident qu'ils prétexteraient un problème de sécurité pour empêcher les garçons d'y retourner.

J'ai crié :

Justine – C'est rien, papa, il y avait un chat sur le toit. Nous redescendons chez Thibault.

Jim et Nicolas m'ont regardée avec gratitude. Une fois assise sur le canapé, je n'ai pas réussi à décrocher un mot. Il me semblait que quelque chose avait été brisé entre mon cousin, mon plus vieil ami et moi. Comment avaient-ils pu me cacher une chose si importante pendant toutes ces années ? Ils ne me faisaient pas confiance et c'est cette idée qui me causait le plus de chagrin.

Alors que je ruminais en silence, Léa s'est penchée vers moi et m'a chuchoté à l'oreille :

Léa – Après tout, c'est qu'un pauvre grenier où ils regardaient des magazines et où ils buvaient de la bière tiède. Un secret minable de garçons. Ça ne les empêche pas de t'aimer sincèrement. Ne remets pas tout en question.

Oui, c'était vrai. J'ai souri à Léa.

Léa – Bien, maintenant que tous les acteurs sont là, nous allons commencer à tourner.

Ingrid – Justement, à ce propos, je n'ai pas eu le scénario. J'imagine que tu as prévu quelque chose à la hauteur de mon talent ?

J'ai fixé Léa, droit dans les yeux, pour qu'elle ne faiblisse pas. Il n'était pas question que la peste ait le moindre début de rôle.

Léa – Pour tout te dire Ingrid...

Vas-y ma Léa, courage ! Balance-lui que tu ne veux pas d'une pimbêche dans ton film.

Léa – Je compte réécrire tout mon scénario. Grâce à Jim, j'ai trouvé le rebondissement que je cherchais. Jim est caché dans le grenier parce qu'il est recherché par la police et il va briser le couple naissant.

Mais qu'est-ce qu'elle raconte, là ? Elle ne va pas bien... Je ne veux pas de Jim comme amant qui brise mon couple naissant.

Justine – Léa ?

Léa – Oui ?

Justine – Tu peux venir juste un instant ? J'ai quelque chose à te dire.

Léa – Oui, j'arrive. Et donc, pour répondre à ta question, Ingrid, dans cette nouvelle version, je prévois bien sûr pour toi le rôle principal.

Ah la traîtresse ! C'est ça une amie de toujours ???

Léa – Je suis sûre que tu sauras jouer la dernière scène à la perfection. Je t'explique. L'héroïne trahie par les deux hommes de sa vie se retrouve en haillons, démaquillée, hagarde, les cheveux gras, couverte de boue, sur un bord de route. Elle meurt écrasée par un camion et là, fondu au noir avec flash-forward sur sa tombe couverte de broussailles, des années plus tard. Cut.

Quoi ???

Léa m'a fait un clin d'œil discret.

Ingrid – Mais tu es obligée de mettre ton héroïne dans cet état déplorable ?

Léa – Ah oui, j'envisage même un zoom très lent puis un gros plan sur ses cernes noirs et son teint blafard. Il faudra peut-être d'ailleurs penser à quelque chose de vraiment crade pour la couleur des cheveux. Surtout que maintenant, on a une bonne adresse. Ce sera une vraie performance d'actrice ! Alors le rôle te plaît ?

Ingrid – Oui... Mais...

Il ne faudrait jamais douter de ses amis.

Léa était en train de nous faire la plus grande démonstration de manipulation depuis Raspoutine. Elle conduisait Ingrid à refuser toute seule le premier rôle du film. Elle tenait notre vengeance !

Ingrid – Tu sais, j'aurais voulu jouer dans ton film mais le problème – et c'est ça que j'étais passée vous dire – c'est que j'ai un rendez-vous cette après-midi, que je ne peux absolument pas louper.

Léa – Quel dommage !

Ingrid – Oui. Et j'imagine que si je ne suis pas sur les plans que tu vas tourner cette après-midi, je ne pourrai plus intervenir après ?

Léa – Eh non !!!

Ingrid – Oh là là, je suis désolée. Bon, je vais être obligée de vous laisser. À plus tard.

Et elle est partie sous le regard amusé des garçons.

Nicolas – Vous êtes des pestes entre meufs.

Justine – Pourquoi, les cachotteries des garçons dans les greniers, c'est mieux ?

Nicolas, one point ; Justine, one point ! Égalité, balle au centre.

Léa – Ça y est ? Les règlements de comptes sont terminés ? On peut tourner ?

Le portable de Thibault a sonné. Il est allé répondre dans sa chambre. Léa m'a chuchoté à l'oreille :

Léa – Alors, tu te prépares pour la rencontre fulgurante avec le héros. Regard de feu, première danse collés serrés...

Justine – À fond. Je suis prête.

Thibault a réapparu, nous obligeant à quitter nos airs de conspiratrices.

Thibault – Léa, je suis désolé mais il faut vraiment que j'y aille. Je ne peux pas rester. Est-ce que, pour aujourd'hui, Jim ou Nicolas ne pourrait pas me remplacer ? Je te promets d'être dispo une autre fois. Bien entendu, mon appart est à vous. N'oubliez pas de fermer les portes du jardin, je ne rentre peut-être pas avant demain matin.

Il nous a fait un petit signe de la main et il a disparu.

Comment ça pas rentré avant demain matin ???

Mais il va où ???

Et avec qui ???

Nicolas – Vous croyez qu'il a un plan avec Ingrid ? C'est quand même bizarre qu'il se barre tout de suite après la miss. Si ça se trouve, elle l'a appelé pour qu'il la rejoigne. Remarque, je le comprends le garçon, elle avait un string en dentelle à exciter un moine tibétain.

Si c'est ça, je renonce aux hommes à tout jamais. S'il suffit d'un string et de trois mèches blondes pour les faire courir, je refuse de jouer. Je me ferai nonne. On ne me connaîtra plus que sous le nom de sœur Justine de la virginité du couvent de la vallée des larmes.

Toutefois, avant de renoncer au monde, il me faudrait accomplir un acte purificateur : reteindre les cheveux d'Ingrid dans leur couleur d'origine (un marron terne) et brûler l'intégralité de sa lingerie au lance-flammes.

Devant mon désespoir, Léa a tenté de me raccrocher à la vie. Elle a annoncé qu'avec le scénario modifié et le premier plan de la maison bleue, elle disposait d'assez d'éléments à montrer à sa prof. Elle reportait donc le tournage à plus tard, lorsque le beau Thibault serait libre. Dans ces conditions, il nous restait l'après-midi pour aller au cinéma. Sa proposition a été accueillie avec joie par les autres.

Léa a choisi un film dans lequel une fille déçue par la vie tombe amoureuse d'un garçon jeune, beau et talentueux. Je me suis identifiée à fond.

Et tandis que je plongeais ma main dans la boîte XXL de pop-corn, je m'imaginais mollement allongée sur le divan d'une psychanalyste new-yorkaise, racontant mes nuits torrides avec l'homme de ma vie.

Le bouquet empoisonné

Justine – C'est quoi ce jogging ?

Léa – Je te préviens, si tu prononces un mot à propos de mon survêt, je donne le premier rôle féminin à Ingrid dans mon court-métrage et toi, tu seras sa servante. Tu lui apporteras son petit-déjeuner au lit et tu assisteras à une scène où Thibault l'embrassera langoureusement.

Justine – Tu ne me ferais pas un coup pareil ???

Léa – Je vais me gêner. La prof a apprécié mon idée pour la maison bleue mais elle m'a dit que je devais encore revoir le scénario. J'ai quinze jours devant moi pour réécrire certaines scènes.

J'ai ravalé les remarques que je m'apprêtais à faire. Mais ça n'a pas été facile ! Léa en jogging noir à bandes roses, c'est aussi comique que la reine d'Angleterre en guêpière à une soirée de lords.

D'habitude, quand on a sport, même si elle troque ses jupes et ses Doc pour un bas de jogging et des baskets, elle s'arrange toujours pour avoir un haut en dentelle noire et un joli petit cache-cœur assorti. Évidemment, elle ne retire pas sa croix baroque en pierres de lune et ses sautoirs en perles noires ! Et moi j'adore la regarder lancer le poids avec ses énormes bagues en argent ou courir avec sa quincaillerie qui cliquette.

Si j'ai la chance d'avoir cours d'EPS avec Léa, c'est que les deux premières heures du lundi matin sont banalisées pour l'ensemble des classes de terminale et, du coup, on est tous mélangés. Les élèves ont dû choisir leurs options : lancer de poids ou endurance ; acrosport ou badminton ; basket ou volley. Évidemment, avec Léa, on a choisi les mêmes pour rester ensemble.

Après avoir essayé le lancer de poids, on s'est inscrites pour l'endurance. Ce n'est pas que Léa coure mieux qu'elle ne lance, on va juste dire qu'au moins elle arrive à aller dans la bonne direction. Je sais que ça peut paraître incroyable mais elle a réussi l'exploit de lancer le poids derrière elle !!! Ne me demandez pas comment elle a procédé, je serais bien incapable de l'expliquer. En tout cas, elle a failli assommer une fille qui était au moins à trois mètres de son dos ! Ça a créé un drame intersidéral. L'élève s'est plainte à la prof, qui a aussitôt cru à une volonté de rébellion.

Léa a été menacée de renvoi de cours si elle ne changeait pas rapidement de comportement et... de tenue (vêtements adaptés et bijoux laissés au vestiaire). Elle a résisté un temps et quand elle a vu que la prof refusait de noter ses « performances endurance », elle a promis d'avoir une vraie tenue de sport pour ce lundi.

Léa – Bon, tu viens ou tu comptes me regarder bêtement pendant deux heures ?

Justine – J'arrive...

La prof était déjà au stade et frappait très fort dans ses mains en hurlant, pour indiquer le rythme que devaient adopter nos pas.

La prof de gym – Et un, deux ; un, deux ; un, deux ; un, deux...

J'ai repensé à *Ben-Hur* quand le héros est envoyé aux galères et doit ramer au rythme d'un tambour. Au début, c'est lent mais au fur et à mesure ça s'accélère, et ceux qui n'arrivent pas à suivre sont fouettés jusqu'à ce que mort s'ensuive. Il y avait un peu de ça dans le geste de la prof et ça m'a vraiment stressée.

Pourtant, je suis plutôt sportive, je fais de la danse classique depuis que je suis petite et, il y a deux ans, je me suis mise à la danse africaine. J'adore bouger, transpirer, me dépasser. D'ailleurs, j'attends avec impatience la reprise des cours après les vacances de la Toussaint. Le sport au lycée, c'est totalement différent. Je ne sais pas si c'est parce que c'est obligatoire mais il n'y a aucune notion de plaisir.

On a commencé à courir et, au moment où on passait devant elle, la prof n'a pas pu s'empêcher de faire une remarque désagréable à Léa.

La prof de gym – Eh bien maintenant qu'on a l'équipement adéquat, il ne reste plus qu'à adopter la positive attitude, mademoiselle Flavigny ! Alors, on commence par respirer, c'est important la respiration si on veut aller loin.

Ma meilleure amie a souri poliment mais on n'avait pas dépassé la prof depuis deux mètres qu'elle a chuchoté :

Léa – Vieille bique ! Va te faire voir avec ton équipement adéquat et ta positive attitude.

La prof de gym – On ne parle pas, mademoiselle Flavigny, on respire. Et un, deux ; un, deux ; un, deux...

Quand on a attaqué notre deuxième tour, Léa était rouge comme une tomate et se tenait le côté droit.

Léa – Je crois que je vais avoir un problème cardiaque.

Justine – Mais non, t'inquiète. C'est juste une question d'entraînement. Si tu faisais plus de sport, ça serait moins dur pour toi. D'ici deux à trois semaines, tu courras sans difficulté.

Léa – D'ici deux à trois semaines, si je continue sur le même rythme, je serai morte.

La prof de gym devant laquelle on venait de repasser a hurlé :

La prof de gym – J'ai dit : on ne parle pas et on respire, vous le faites exprès, mademoiselle Flavigny ?

Léa a attendu d'avoir fait deux mètres pour grommeler :

Léa – Monstre sans cœur. Elle mériterait que je me mette à la magie noire.

Justine – Et tu lui infligerais quoi ?

Léa – Un bon lumbago. Elle serait obligée de rester allongée sans bouger pendant au moins un mois. Et lorsqu'elle reviendrait, fragilisée par cette conscience du corps qui souffre, elle regarderait ses élèves comme des êtres humains, pas comme un troupeau.

Ce que j'aime chez ma meilleure amie, c'est sa capacité à philosopher ! Léa a continué son délire sur la prof et, comme je m'étonnais qu'on ne se soit pas encore fait sermonner parce qu'on parlait, je me suis retournée.

Incroyable !!! Mme Pivert était en grande discussion avec Neveu le prof de SVT. Malgré ma myopie légendaire, j'ai vu qu'elle avait quitté son air revêche et qu'elle souriait à s'en gercer les lèvres. Lui avait bombé le torse et la regardait avec un intérêt certain.

Justine – Tu peux ralentir, Léa, Pivert ne nous surveille plus. Elle est en train de chauffer Neveu.

Léa – Quoi ???

Léa s'est carrément arrêtée pour les observer.

Léa – Mais c'est qu'elle le drague… Elle n'est pas mariée ?

Justine – Elle, je ne sais pas mais lui, oui. Quand je l'avais en seconde, sa femme est venue le chercher et elle l'a embrassé devant tout le monde.

Léa – Ça, ce n'est pas de l'amour, c'est du marquage de territoire.

Justine – Du quoi ?

Léa – C'est du marquage de territoire. Tu sais ce que font les chiens pour signifier aux autres qu'un coin de trottoir leur appartient ?

Justine – Ils font pipi ?

Léa – Ouais, aux quatre coins. Eh bien certaines femmes les imitent !

Je lui ai décoché une horrible grimace, Léa a éclaté de rire.

Léa – Arrête de faire l'idiote. Elles, elles embrassent juste leur mec devant leurs rivales pour dire : « Cet homme est à moi, donc pas touche. »

Justine – Et ça marche ?

– Et un, deux ; un, deux ; un, deux... mesdemoiselles Perrin et Flavigny, on court.

La prof avait relevé la tête une seconde et comme on était pile dans son champ de vision, elle nous avait repérées. On a couru le temps de se mettre à l'abri de son regard et on a repris notre discussion.

Justine – Et pour Thibault, tu crois que je devrais marquer mon territoire ?

Léa – C'est délicat, tu ne sors pas encore avec lui.

Justine – Mais c'est qui, à ton avis, les filles qui voudraient me le piquer ?

Léa – N'importe qui. À partir du moment où une fille a décidé de séduire un garçon, tous les mauvais coups sont permis.

La réflexion de Léa m'a mise dans un terrible état d'angoisse et j'ai commencé à regarder toutes les filles qui étaient autour de moi comme des rivales potentielles. La prof n'a plus eu besoin de taper dans ses mains pour me faire avancer, je voyais les filles courir et il me semblait que c'était derrière Thibault. C'est sûr, elles voulaient l'attraper. J'ai sprinté à la vitesse de la lumière pour les empêcher d'approcher. Non, elles ne l'auraient pas ! C'était mon homme. J'ai dépassé Léa qui m'a fait de grands signes. Pas le temps de m'arrêter pour lui parler, l'enjeu était trop important. J'ai continué à courir... Tiens, de nouveau Léa. Désolée, il faut que je sois la première ! Mon cœur battait dans mes oreilles, j'avais envie de vomir, mais je ne m'arrêtais pas. J'ai soudain senti un bras qui s'accrochait au mien, je me suis débattue, j'ai eu envie de hurler : « Dégage, harpie, tu ne l'auras pas, il est à moi. »

– Perrin, vous vous calmez tout de suite.

J'ai regardé qui était au bout du bras : la prof. J'ai stoppé net.

La prof de gym – Continuez à courir en décélérant petit à petit ! C'est très mauvais ce que vous venez de faire. Vous ne pouvez pas infliger n'importe quoi à votre corps. On ne doit pas se mettre à sprinter comme une perdue alors qu'on n'est pas suffisamment échauffée et s'arrêter d'un seul coup.

Mme Pivert ne m'a pas lâchée du regard tandis que j'effectuais mon tour au trot. Et alors que je repassais devant elle, elle m'a obligée à m'asseoir sur un banc.

La prof de gym – Je ne vous savais pas aussi sportive. Vous avez une belle énergie, je vous félicite. C'est étrange parce que, depuis le début de l'année, j'avais plutôt l'impression que vous faisiez partie des paresseuses.

Paresseuse, vraiment un mot de prof, ça.

C'est la première fois que je voyais Mme Pivert d'aussi près et j'ai trouvé qu'elle avait quelque chose de très doux dans les yeux. Je lui ai souri. Elle m'a rendu mon sourire.

La prof de gym – Votre belle énergie, il faut la canaliser parce que sinon c'est du gâchis. Si vous voulez, je vous y aiderai.

Elle s'est levée et a repris son « un, deux ; un, deux ; un, deux » pour les autres. C'est drôle comme une phrase et un sourire peuvent changer le regard qu'on porte sur un prof. Mme Pivert avait beau avoir repris sa voix de stentor pour exhorter sa foule d'élèves à courir plus vite, je devinais désormais la femme attentive derrière la prof exigeante.

Comme j'expliquais cela à Léa dans les vestiaires, elle n'a pas eu l'air d'apprécier.

Léa – Elle, douce ??? Tu te moques de moi ou quoi ? C'est un monstre, tu as vu l'état dans lequel elle m'a mise ? Je ne vais même pas pouvoir enfiler mes chaussures, j'ai deux énormes ampoules et je ne te parle pas des crampes dans les mollets.

Justine – Allez viens, je t'offre un Coca light et un gros sachet de M&M's pour te remettre de tes émotions.

Léa – Voilà... Quand tu me parles comme ça, je te comprends... avec un peu de douceur !

Le temps qu'on se rhabille et qu'on arrive dans la cour, la pause était presque terminée. Thibault et Nicolas nous attendaient près des distributeurs.

Nicolas – Salut les petites meufs, vous avez vu l'heure ? Il faudrait vous secouer un peu. C'est quoi, Léa, cette démarche de vieille ?

Mon pauvre cousin n'a pas eu idée de l'incongruité de ce qu'il venait de dire à ce moment précis. Toute la colère accumulée par Léa durant les deux heures de gym est ressortie d'un coup.

Je pense qu'une décharge de chevrotine tirée à bout portant aurait fait moins mal. J'ai éclaté de rire.

Nicolas – Putain elles sont folles ! Tu fais ce que tu veux Thibault, mais moi, je me tire.

Mon prince a souri avec cet air énigmatique qui n'appartient qu'à lui.

Thibault – Moi je reste, j'adore les femmes de tempérament. Elles révèlent tellement plus d'elles-mêmes dans ces moments-là.

Nicolas – Eh ben, si t'as envie de te faire un trip maso, salut.

La cloche a sonné sur le « salut » de Nicolas comme si c'était la dernière réplique d'une pièce de théâtre. Thibault a immédiatement commenté :

Thibault – Vous ne pourrez pas dire que mon copain n'a pas le sens de la mise en scène. Bon, j'y vais, j'ai physique. Vous passez ce soir après les cours ? J'ai acheté une crêpière, je fais la pâte et chacun apporte ce qu'il veut pour mettre dedans. On se fait un repas de sept à huit, ça nous laisse le temps de bosser avant et après. On voulait l'organiser dans le grenier mais il n'y a pas de prise. Il y aura Nicolas, Jim, Yseult, Ingrid, peut-être Anna. Il faut encore que j'appelle Adam. C'est OK pour vous ?

Léa – Pour moi c'est OK et toi, Justine ?

Comment ça « et toi, Justine ? », comme s'il était question que je ne vienne pas à une soirée de mon homme !

Même si l'invitation de Thibault me ravissait, elle modifiait mes plans. J'avais prévu de passer après les cours chez Léa pour qu'elle me fasse une séance épilation. Ma meilleure amie est la reine du sucre au citron, une recette qui épile à merveille et laisse la peau douce comme celle d'un bébé. Et depuis l'arrivée de Thibault à la maison bleue, je traque le moindre poil. Une première fois est si vite arrivée !!!

Imaginez la scène. Je descends chez mon prince pour lui rapporter un CD. Je frappe à sa porte, il m'ouvre, nu dans son jean. Je lui tends son disque, il me prend la main et me guide sans un mot jusqu'à sa chambre, je ne peux pas résister. Ça va enfin être ma première fois.

Je n'ai pas peur, je sais déjà tout : nos baisers langoureux, nos mains qui se tiennent et notre désir fou. Il détache mes cheveux et, au moment où je lève mes bras et qu'il m'arrache mon tee-shirt, je croise son regard horrifié...

Ooooh nooonnnn... Mes aisselles ressemblent à un catalogue de Truffaut plantations. Je suis plus poilue qu'un croisement d'orang-outan et de Nikos, l'animateur grec de la télé.

Thibault recule. Il ne peut pas cacher son dégoût. Je ramasse mon tee-shirt à la hâte pour cacher mes seins. Je sors à moitié habillée, grimpe les escaliers à la hâte et... je tombe sur mon père !

Bon, j'arrête là le scénario catastrophe mais vous comprenez maintenant l'importance d'une épilation parfaite à tout moment.

Le problème, c'est que je finissais mes cours à cinq heures, et qu'entre la séance chez Léa et le repas chez Thibault, je ne voyais pas quand j'allais faire ma carte des ressources naturelles des États-Unis, mes cinq exercices de physique et mes annales de l'académie de Strasbourg en maths.

En plus, mes parents ne manqueraient pas de m'abreuver de remarques sur mes absences répétées et mon manque de sérieux.

Comme d'habitude, ma meilleure amie a trouvé la solution.

Léa – En sortant du lycée, on passe chez moi prendre mes affaires pour demain, ma casserole, mon sucre et mon citron. Comme ça, tu travailles pendant que je prépare ma mixture et que je t'épile. Ta mère te verra bosser, elle sera rassurée. Après le repas chez Thibault, on remonte et on travaille jusqu'à dix heures. Ça te va ?

Justine – Génial, Léa, toutes les filles rêveraient de t'avoir pour amie. Tu es parfaite !

Léa – Ne dis pas ça. J'ai des défauts comme tout le monde et des pensées dont je ne suis pas toujours fière.

Justine – Ah bon lesquelles ?

Léa – Ça ne te regarde pas, occupe-toi plutôt de tes poils !!!

À cinq heures, Léa m'attendait comme prévu près de la grille et on est allées chez elle, non sans avoir fait un détour par Dupont, le meilleur pâtissier du quartier, pour acheter des religieuses au chocolat.

Eugénie était sortie mais nous avait laissé sur la table son gâteau du jour, un crumble aux fruits rouges. On a décidé de commencer par la pâtisserie maison et d'attaquer le reste ensuite.

Justine – Avec les crêpes de ce soir, ça ne va pas faire un peu trop de sucreries ?

Léa – Si, mais c'est bon. Thé aux fruits rouges ou Earl Grey ?

Justine – Earl Grey mais avec sucrettes, je fais attention à ma ligne !

Léa – Qu'est-ce que tu en as à faire de ta ligne toi ? On voit tes côtes à travers ton tee-shirt.

On a sonné à la porte. Léa est allée ouvrir. Lorsqu'elle est revenue, elle portait un énorme bouquet de roses dans les bras.

Justine – C'est pour qui ?

Léa – Je crois que c'est pour moi. Un livreur m'a tendu ces fleurs et m'a dit en souriant : « L'expéditeur de ce bouquet doit être un homme très amoureux. »

Justine – Waouh... C'est comme au cinéma ! Il ne perd pas de temps, le père Adam ! Ça a dû lui coûter un max.

Léa – Pourquoi veux-tu que ce soit Adam ?

Justine – Qui ça pourrait être d'autre ?

Pendant un instant, il m'a semblé que Léa avait l'air gênée mais elle a aussitôt plaisanté.

Test

Connaissez-vous le langage des fleurs ?

Qu'offrir et dans quelles circonstances ?

1. La rose rouge.
2. La rose jaune.
3. Le tournesol.
4. L'orchidée.

A. Je lui déclare ma passion.

B. Je déclare mon admiration à celle qui me plaît.

C. Je cherche à me réconcilier après une dispute.

D. Je lui déclare mon amour.

1D, 2C, 3B, 4A.

Léa – Tu as raison, il ne perd pas de temps Adam ! Allez, mange ta religieuse et on va chez toi. Finalement, moi, je vais me passer de gâteau. Si les affaires reprennent, moi j'ai intérêt à perdre du poids !

Au moment où ma meilleure amie sortait soigneusement les fleurs du papier de soie vert, un petit carton est tombé par terre. Je me suis baissée pour le ramasser.

Justine – Léa !!! Il y a un mot : « À Néfertiti, princesse orientale de mon cœur. » Il t'appelle comme ça à cause de ta coupe de cheveux ou c'est encore une référence à un roman de Colette ?

Léa – Je ne sais pas.

Justine – Il fantasme à mort en tout cas. C'était qui exactement Néfertiti, déjà ?

Léa – Une grande reine de l'Égypte antique, l'épouse royale d'Akhenaton. Son nom veut dire : « La belle est venue ». On raconte qu'elle se baignait chaque jour dans du miel afin de gagner la jeunesse éternelle.

Justine – Comment tu sais tout ça ?

Léa – Eugénie me racontait la vie de Néfertiti quand j'étais petite. Elle me disait que cette reine était la première féministe de l'Histoire et que je devais prendre exemple sur elle. Parfois, je me demande si je ne me suis pas coupé les cheveux au carré avec cette grosse frange pour lui ressembler !!! Allez, on change de cuisine, on va dans la tienne !!!

Justine – Tu n'appelles pas Adam pour le remercier ?

Léa – Non, j'attends qu'il se manifeste !

Justine – Alors là, tu te prends vraiment pour la reine d'Égypte !!! Moi, si Thibault m'offrait un bouquet de roses, je n'attendrais pas qu'il se manifeste, j'irais me jeter à son cou.

MÉMO

Un peu d'Histoire pour éviter les histoires !

Néfertiti fut la grande épouse royale d'Akhenaton, l'un des derniers rois de la XVIIIe dynastie. La beauté de Néfertiti est légendaire ! Outre sa beauté, elle était dotée de pouvoirs politiques majeurs : elle exerçait un rôle public et religieux si important qu'elle a été davantage représentée sur des bas-reliefs qu'Akhenaton, son époux.

Tout moi, vous ne trouvez pas ????

Eugénie

Quinze minutes plus tard, j'étais dans MA cuisine en soutien-gorge et Léa m'épilait sous le regard attentif de Théo.

Théo – Ça doit faire mal quand on arrache les poils.

Justine – Oui.

Théo – Pourquoi tu le fais alors ?

Justine – Pour être belle.

Théo – Parce qu'on n'est pas belle quand on a des poils ?

Justine – Non.

Théo – Pourquoi on en a alors ?

Justine – Pour faire parler les petits frères.

Théo – Mais c'est normal que ça fasse une peau de poulet après ?

Justine – Théo, tes commentaires, je m'en passe. Va plutôt regarder un DVD, sinon je ne viens plus jamais te chercher avant la fin de l'étude.

Le portable de Léa a vibré. Comme elle avait les mains dans son sucre au citron, elle m'a demandé de décrocher. Je l'ai fait de la main gauche pour laisser le sucre sécher sur mon aisselle droite.

Justine – Allô ?

Adam – Bonjour Léa, c'est Adam.

Justine – Ah salut Adam. Ce n'est pas Léa, c'est Justine. Deux secondes, je te la passe.

Et tandis que ma meilleure amie se lavait les mains, j'ai ajouté à voix basse :

Justine – Bravo pour le choix des fleurs, elles sont magnifiques.

Adam – Quelles fleurs ?

Justine – Celles que tu as fait envoyer à Léa tout à l'heure.

Adam – Mais j'ai rien fait envoyer.

Justine – Ben, c'est qui alors ?

Et au moment où je posais cette question sans réfléchir, je me suis rendu compte de la gaffe monumentale que je venais de commettre. Léa qui, d'après mes réponses, avait dû comprendre la situation, m'a pris le téléphone des mains en dodelinant de la tête.

Léa – Allô, bonjour Adam. Oui... Oui, on pensait que c'était toi... Non, mais ça n'a aucune importance... Tu as eu Thibault pour ce soir ?... Oui, moi j'y vais... Et pourquoi est-ce que je n'aurais pas envie de te voir ?... Quoi ?... Quel rapport avec ce bouquet de fleurs ? Écoute, tu fais comme tu veux, moi je serais contente que tu viennes, d'accord ? À plus tard.

Et elle a raccroché. Je me suis sentie super coupable.

Justine – Il est fâché ?

Léa – Non, il avait l'air surpris.

Justine – Et toi, tu es en colère contre moi ?

Léa – Non plus.

Justine – Tu es contrariée ?

Léa m'a souri.

Léa – Parfois avec tes gaffes, tu me fais penser à Théo !

Justine – Normal, c'est mon frère ! Mais dis-moi, si ce n'est pas Adam, c'est qui les fleurs ?

Léa a tenté de masquer son trouble, pourtant il ne m'a pas échappé.

Justine – Tu me caches quelque chose ?

Léa – J'ai vu Peter l'autre jour.

Justine – Quoi ??? Mais pourquoi tu ne m'en as pas parlé ? Et qu'est-ce qui s'est passé ?

Léa – Rien. On a discuté du théâtre, de mes études l'année prochaine. Il m'a promis qu'il serait toujours là pour moi. C'était un moment très doux. Je crois qu'il a de vrais sentiments à mon égard.

Justine – Pourquoi tu ne m'en as pas parlé ?

Léa – Je savais ce que tu allais me dire : « Laisse tomber ce vieux pervers, tu as la chance d'avoir rencontré Adam, c'est le type le plus sympa de la création et patati et patata... »

On est restées un petit moment sans parler. J'avais toujours mon bras droit levé et ma bretelle de soutien-gorge qui pendait lamentablement dans le vide.

Mais pourquoi est-ce que les filles sympas misent toujours sur le mauvais type ? C'est mathématique. Les gentilles choisissent des pervers qui vont les rendre malheureuses alors que les pimbêches optent pour de braves garçons qu'elles vont torturer. Ça serait quand même plus normal si les douces allaient avec les doux et les pimbêches avec les salauds.

Justine – Et qu'est-ce que tu vas faire ?

Léa – Pour l'instant, finir ton aisselle droite.

Léa a le chic pour clore une discussion qui l'ennuie. Et moi, dans ces cas-là, je ne sais pas insister. On a donc terminé la séance épilation en silence (enfin en dehors de mes cris de souris) et j'ai recopié ma carte des USA. Tant pis pour le reste de mes devoirs, je le ferai en rentrant ou je m'arrangerai avec Brice.

Il y avait une fumée blanche épaisse dans l'appartement de Thibault lorsqu'on est entrées. Nicolas a hurlé :

Nicolas – C'est rien ! J'ai déjà ouvert les portes-fenêtres du salon. Ces crétins ont mis la crêpière en marche sans penser à enlever le film en plastique qui la protégeait !

Jim – Je ne pouvais pas savoir qu'ils mettent un truc invisible pour piéger les clients.

Thibault – Pas grave, on l'enlèvera dès que l'appareil sera froid.

Nicolas – Ah non, maintenant que le film a commencé à fondre, tu ne l'enlèveras pas. Il faut le faire brûler jusqu'au bout.

Jim – On va mourir intoxiqués !

Nicolas – Non, avec une rallonge, ça cramera dans le jardin.

– Coucou les garçons !!!

Ingrid était plantée dans l'entrée, vêtue d'une robe noire en stretch qui, je pense, aurait pu concourir dans le Guinness des records pour le titre de la robe la plus courte, la plus serrée et la plus décolletée de la galaxie. Le plus incroyable avec cette fille, ce n'est pas son sens inné du ridicule, c'est qu'elle s'habille sans tenir aucun compte des conditions climatiques. Bizarrement, les garçons n'ont pas réagi aux stimuli. Ils ont continué leur lutte anti-crêpière qui fume.

Ça doit être inscrit dans le cerveau des hommes depuis la préhistoire, ça. D'abord régler le problème du barbecue de bison avant d'attraper la femelle par les cheveux pour l'emmener dans sa grotte. Ingrid n'a pas apprécié l'absence d'hommage à sa féminité, elle s'est assise sur le canapé et s'est limé les ongles en boudant.

Il a fallu un temps infini aux garçons pour récupérer la crêpière. Et il était huit heures quand on s'est mis à table. Yseult et Anna venaient seulement d'arriver de leur cours de chant et elles nous ont offert le gospel *Let My People Go* en guise d'apéritif. On les a applaudies.

Thibault – Super les filles ! Maintenant on mange... Mais pourquoi Adam n'est toujours pas là ? Il m'avait pourtant dit qu'il viendrait tôt.

Léa – À quelle heure tu l'as eu ?

Thibault – Vers midi, quand on était à la cantine.

J'ai évité soigneusement le regard de Léa. J'avais trop peur d'y lire des reproches. Il était évident qu'Adam avait préféré ne pas venir parce que je lui avais appris sans le vouloir que ma meilleure amie avait un admirateur.

Thibault – Je l'appelle pour lui dire qu'on commence sans lui. On fait une première tournée de crêpes au gruyère ?

Ingrid – Moi, si ça ne vous dérange pas, je me suis préparé une salade de crudités. Je n'ai pas envie de devenir un gros tas de graisse.

Thibault – Tu as tort Ingrid, les garçons adorent les rondeurs !!!

Et certainement persuadé qu'Ingrid allait répondre vertement à cette attaque, il s'est levé de table pour téléphoner à Adam. Léa l'a suivi du regard en souriant, visiblement contente de cette petite remarque. Oui, bon ben ça va... Tout le monde n'a pas la chance de faire un 90 C, je n'y peux rien si je suis grande et plate. Mon prince est revenu très vite.

Thibault – Adam préfère rester chez lui. Il n'a pas l'air en forme mais il ne m'a pas expliqué pourquoi.

Justine – C'est ma faute, je lui ai raconté pour les fleurs.

Ingrid – Quelles fleurs ?

Léa – Justine, s'il te plaît, c'est mon problème.

Nicolas – Alors là, vous en avez trop dit ou pas assez. On peut savoir ce qui se passe ?

Yseult – Adam t'a offert des fleurs et tu n'en as pas voulu ?

Léa – Non, ce n'est pas ça.

Anna – Tu aurais souhaité des fleurs mais lui n'a pas voulu t'en offrir ?

Léa – Non plus !

Ingrid – Alors quoi ? Vous êtes lourdes, à la fin !

Jim – Mais laissez-la tranquille, vous voyez bien qu'elle n'a pas envie de parler. C'est une dispute d'amoureux et ça ne nous regarde pas.

Nicolas – Quoi, une dispute d'amoureux ? Ils ne sont pas ensemble que je sache !

L'énervement subit de Nicolas a provoqué un grand blanc. Plus personne n'a posé de questions. On entendait juste le crépitement de la pâte dans les six petits cercles de téflon.

L'ambiance était lourde et je ne pouvais pas m'empêcher de penser que j'étais responsable de ce malentendu. Il fallait toujours que je parle trop vite. C'est Léa qui a rompu le silence.

Léa – Bon, on ne va pas en faire un drame non plus. J'ai reçu un bouquet de roses d'un inconnu et quand Adam a téléphoné, Justine l'a félicité sur le choix des fleurs. Manque de pot, ce n'était pas lui l'expéditeur.

Ingrid – C'était qui alors ?

Léa – Certainement Peter.

Nicolas – Mais tu ne l'as pas revu depuis la fois où il t'a posé un lapin.

Léa – Si !

Nicolas – Et il s'est passé quoi, pour que ce connard t'envoie des fleurs ?

Léa – Rien. Tu sais, parfois les hommes sont délicats et n'attendent pas qu'il se passe quelque chose pour offrir des fleurs. Mais c'est certainement une notion qui t'échappe.

J'ai vu que mon cousin déglutissait avec difficulté. Thibault, qui n'était pas intervenu depuis le début de la discussion et voulait sauver sa soirée avant qu'elle ne vire au drame, a dit en souriant :

Thibault – Rien ne prouve que ce soit lui, c'est peut-être quelqu'un d'autre. Un admirateur inconnu, fou d'amour pour notre belle Léa.

Ingrid – Comme quoi il faut se méfier de l'eau qui mord.

Décidément, il n'y avait pas mieux qu'Ingrid et ses expressions tordues pour détendre l'atmosphère. On a éclaté de rire.

Ingrid – Quoi ? Mais qu'est-ce que j'ai dit encore ?

Léa – Exactement ce qu'il fallait, Ingrid ! Surtout ne change rien.

Comme Jim avait apporté du saumon fumé et de la tapenade, on a essayé de nouvelles crêpes.

C'était délicieux.

Anna a raconté une histoire qui lui était arrivée l'année précédente. Son amoureux lui avait offert des fleurs qu'il avait piquées dans le bac à géraniums de la CPE et, à la sortie du lycée, alors qu'elle s'était fait coincer par la surveillante le bouquet à la main, le garçon s'était sauvé.

Anna – Ce lâche m'a laissé me faire engueuler comme du poisson pourri.

Ingrid – Pourquoi tu ne l'as pas dénoncé ?

Anna – Par amour. Du coup, j'ai été condamnée à un travail d'intérêt général ! J'ai passé trois mercredis après-midi d'affilée à changer la terre de tous les pots de la CPE et à arroser ses plantes vertes.

Nicolas – Et le mec ?

Anna – Il m'a évitée soigneusement jusqu'à la fin de l'année. Mais je ne l'en aimais pas moins, au contraire. J'avais l'impression d'être une héroïne de tragédie !

Thibault – Bon les filles, je sens que vous allez commencer votre discours sur l'horrible lâcheté masculine alors, à la place, je vous propose des crêpes sucrées. Nutella sponsorisé par Justine, confiture de framboises gracieusement offerte par Nicolas, beurre de cacahuètes apporté par Yseult. Il y a aussi du miel de montagne choisi par mes soins. Alors ?

Et comme personne ne se décidait, Thibault a ajouté en regardant Léa :

Thibault – Que désire notre princesse orientale, briseuse de cœurs malgré elle ?

Je n'ai pas tout de suite analysé la portée dévastatrice de ces quelques mots « princesse orientale, briseuse de cœurs malgré elle », mais mon corps, lui, a réagi immédiatement. J'ai senti comme un coup de poing au niveau de l'estomac. Mes jambes se sont mises à trembler.

J'ai regardé Léa et je n'ai pas supporté que ses yeux me fuient. Elle savait donc depuis le début que c'était Thibault qui lui avait envoyé ces fleurs et c'est pour cette raison qu'elle avait semblé si gênée. Elle avait inventé ses retrouvailles avec Peter pour faire diversion mais la vérité finissait par éclater. Thibault venait de me livrer la clef de l'histoire en quelques mots, les mêmes que ceux du carton. Il manquait juste « Néfertiti » mais c'était certainement un code entre eux.

Pour la première fois de ma vie, j'ai ressenti une bouffée de haine pour Léa.

Thibault – Alors Léa, tu choisis quoi ? Nutella ? Framboise ?

Je l'ai interrompu :

Justine – Il n'y a aucun doute, mademoiselle prendra du miel comme son antique modèle, pour la jeunesse éternelle.

Léa – Il faut qu'on parle toutes les deux, Justine, je crois qu'il y a un problème.

Et comme Léa mettait sa main sur mon épaule, j'ai explosé :

Justine – Tu ne me touches pas et tu ne me parles pas. Ingrid a raison, il faut se méfier de l'eau qui dort. Remarque, j'aurais dû t'écouter mieux quand tu disais que les filles sont prêtes à tout quand elles veulent un garçon et que tu avais de mauvaises pensées dont tu avais honte. Je te déteste parce que... parce que...

Ingrid – Parce que quoi ? J'ai pas bien compris le problème. Qui a piqué qui à qui ?

Je n'ai plus réussi à articuler un seul mot. J'ai été submergée par le chagrin. Je me suis levée et je suis partie en courant sous le regard horrifié des autres.

Léa m'a suivie et a tenté de m'arrêter :

Léa – Écoute-moi, ce n'est pas ce que tu crois.

Justine – Je ne veux pas de tes explications bidon. Tu as tout gâché entre nous. Vas-y, je t'en prie, rejoins-le, vous me dégoûtez tous les deux !

Ingrid – Mais qui, tous les deux ???

J'ai grimpé les escaliers quatre à quatre et je suis entrée comme une furie à la maison. J'ai claqué la porte de chez moi pour que Léa sache que, si elle comptait me rejoindre, elle n'était pas la bienvenue.

Ma mère, qui était tranquillement allongée sur le canapé, a hurlé :

La mère – Ça ne va pas ou quoi ? Vraiment Justine, tu dépasses les bornes. Tu passes ta vie en bas, avec tes copains, tu ne travailles absolument pas pour ton bac et maintenant, tu claques la porte comme si tu vivais seule dans cette maison. Mais qu'est-ce que tu crois, que c'est un hôtel-restaurant ici ?

Je n'ai pas eu le temps de lui répondre que ce n'était même pas un restaurant vu que je venais de dîner chez Thibault, quand Nicolas est arrivé sans prévenir.

Nicolas – C'est quoi ce merdier avec Léa ? Elle est partie en pleurant.

Mon père a levé la tête de son magazine d'informatique.

Le père – Eh les jeunes, vous pouvez aller faire du bruit ailleurs s'il vous plaît, il y a des gens qui travaillent dans la journée et qui aimeraient se reposer le soir quand ils rentrent.

Quelqu'un a toqué discrètement à la porte. Thibault est entré, non sans s'être excusé mille fois auprès de mes parents pour cette visite tardive. Sa politesse exagérée m'a rendue enragée. C'était de cette façon qu'il trompait son monde, docteur Jekyll et mister Hyde.

Je me suis précipitée dans ma chambre. Je ne voulais surtout pas le voir. Ma décision était prise, je partirais en pension pour passer mon bac et je ne remettrais plus jamais les pieds à la maison bleue. C'était terminé.

Si Thibault avait avoué qu'il aimait une autre fille que moi, j'aurais eu du mal à l'admettre au début, pourtant j'aurais fini par l'accepter mais qu'il aime Léa, et en cachette, m'était insupportable. Toutefois, ce n'était pas le pire. Ce qui me ravageait le plus le cœur, c'était la trahison de Léa. Elle avait dissimulé, menti. Elle avait continué à faire semblant d'être mon amie pour mieux me contrôler. Ils avaient dû rire ensemble de ma naïveté.

Désormais tout devenait clair, les petites phrases sans importance prenaient leur sens. Les absences de Thibault, Thibault disant à Ingrid que les hommes aiment les filles rondes, Léa m'expliquant que les femmes sont prêtes à tout quand elles sont amoureuses. Plus je réfléchissais, plus je découvrais des indices de leur amour.

J'ai mis ma tête sous l'oreiller et j'ai pleuré. Si j'avais pu choisir de disparaître de la surface de la terre, je l'aurais fait à ce moment-là.

Alors que j'étais perdue dans mon chagrin, j'ai soudain senti une main qui me caressait l'épaule. J'ai sursauté. Nicolas était accroupi près de mon lit.

Nicolas – Qu'est-ce qui t'arrive mon petit bouchon ? C'est quoi ce gros chagrin ? Raconte-moi tout.

On aurait pu croire que la présence et les mots de mon cousin me consoleraient, mais au contraire mes pleurs ont redoublé d'intensité. Je me suis mise à trembler.

Nicolas – Pourquoi tu t'es fâchée avec Léa ? C'est la première fois que je vous vois dans cet état toutes les deux. Il s'est vraiment passé quelque chose de grave ?

Justine – Oui.

Nicolas – Tu ne veux pas me dire ?

Justine – Demande à ton copain en bas, il t'expliquera. Mais un conseil, méfie-toi de lui, c'est le type le plus hypocrite de la terre.

Mon cousin a tourné la tête vers la porte et j'ai réalisé que Thibault était là, debout, à l'entrée de ma chambre. Il a semblé ulcéré par ma remarque.

Thibault – Je peux savoir ce que j'ai fait pour mériter que tu parles de moi comme ça ?

Il était encore plus perfide que je le pensais. Je me suis redressée comme un diable qui sort d'une boîte.

Justine – Tu as vraiment besoin que je te le rappelle ?

Thibault – Oui. C'est une accusation grave qui mérite des explications.

Justine – Néfertiti, ça te dit quelque chose ?

Thibault – Une reine d'Égypte qui était très belle, je crois.

Justine – Ah oui, tu crois seulement ???

Thibault – Où est-ce que tu veux en venir ?

Nicolas – Excuse-moi Justine mais c'est vrai, on ne comprend pas bien ce que tu racontes.

Justine – Toi, c'est normal mais lui, crois-moi, il saisit très bien le sens de mes propos.

Thibault – Ah non !!! Je ne comprends rien. Alors je souhaiterais que tu t'exprimes clairement, s'il te plaît.

Justine – Le bouquet de fleurs à Léa, j'ai compris que c'était toi. Tu n'as pas été très prudent avec ta princesse orientale.

Thibault – Qu'est-ce que tu dis ? Je n'ai jamais envoyé de fleurs à Léa. Pourquoi est-ce que je l'aurais fait ? Et c'est quoi cette histoire de princesse orientale ?

Justine – Tu l'as appelée comme ça tout à l'heure.

Thibault – Oui et alors, ce n'est pas la première fois. Elle se maquille de khôl et a les cheveux noirs comme les filles d'Orient mais je ne vois pas le rapport avec le bouquet.

Soit Thibault était le manipulateur le plus habile du XXIe siècle, soit je venais de commettre la plus grande méprise de ma vie.

Justine – Tu n'as pas envoyé ces fleurs à Léa, tu le promets ?

Thibault – Je te le jure.

Justine – Et il n'y a rien entre Léa et toi ?

Thibault – Non ! Je l'apprécie parce que c'est quelqu'un de bien et j'aimerais vraiment être son ami mais c'est tout.

Ivre de joie à l'annonce de cette merveilleuse nouvelle, je me suis jetée sur Thibault et je l'ai embrassé sauvagement sur la bouche. Ses lèvres étaient exactement comme je les avais imaginées : douces et charnues. Un peu comme une fraise sucrée en été. Il s'est d'abord laissé faire puis il a reculé d'un pas, l'air très contrarié.

Thibault – Excuse-moi Justine mais je crois que ce n'est pas une très bonne idée.

J'ai eu la sensation que la terre s'ouvrait sous mes pieds. Je faisais vraiment n'importe quoi depuis le début de cette soirée.

Si Thibault avait dit la vérité – et je pressentais qu'il n'avait pas menti –, j'avais lu les événements récents à travers le filtre délirant de ma jalousie. J'avais condamné Léa sans appel. J'avais beau me dire qu'une série de quiproquos m'avait induite en erreur et que j'étais victime de mon imagination, je ne m'en sentais pas moins coupable.

J'avais blessé Léa, Thibault, Adam, et j'avais introduit le doute et la suspicion entre nous. Jamais ils ne me pardonneraient.

Et maintenant, pour couronner le tout, je venais de me jeter sur Thibault pour l'embrasser et il m'avait repoussée.

Je me détestais.

C'en était fini de la maison bleue et des rires qui fusent. J'avais brisé l'équilibre fragile de nos belles amitiés.

J'ai demandé aux garçons de me laisser seule, je n'arrivais plus à parler, je voulais seulement pouvoir pleurer sur ce que je venais de perdre. Lorsque j'ai éteint la lumière de ma chambre, je n'avais aucune idée de ce que pourrait être demain.

De cinq à six !

La mère – Mais enfin Justine, c'est ridicule, il y a bien un moment où il faudra que tu présentes tes excuses à Léa ! Tu ne vas pas rester enfermée dans ta chambre toute ta vie. Tu dois retourner au lycée. J'accepte de justifier ton absence de huit à neuf mais je ne veux pas que tu rates une heure de plus, je te préviens.

Justine – Je ne remettrai jamais les pieds au lycée, maman. Et tu peux prévenir la police, l'armée et le FBI, ça m'est égal. Je ne veux plus jamais voir Léa, j'ai trop honte.

La mère – Mais c'est ta meilleure amie !

Justine – Justement, après ce que je lui ai fait, ça m'est impossible de la regarder en face. Je me suis conduite comme... je me suis conduite comme...

Je n'ai pas pu finir ma phrase, je me suis remise à pleurer. Maman m'a prise dans ses bras.

La mère – Tu t'es conduite comme une tigresse ! Tu es très amoureuse du charmant Thibault et tu as cru que Léa et lui sortaient ensemble. Alors tu as inventé un scénario de haute trahison, à partir d'un simple bouquet de fleurs.

Justine – Tout concordait, je te jure ! Léa semblait gênée depuis le début, Thibault l'a appelée « princesse orientale » comme sur le petit carton. Il y avait vraiment de quoi se tromper. Comment imaginer que les fleurs étaient pour Eugénie ?

La mère – Pourquoi ? D'après toi, passé dix-huit ans, on n'existe plus en tant que femme ? Il n'est plus crédible d'avoir un amoureux qui vous envoie des fleurs ?

Ouh là là... Terrain miné ! J'avais intérêt à rectifier le tir tout de suite, sinon en plus d'être fâchée avec ma meilleure amie, j'allais l'être avec ma mère. Elle allait me resservir son couplet favori. « Tu crois quoi ? Que je ne suis bonne qu'à faire la cuisine et le ménage ? Mais je suis une femme et si j'avais voulu... » Pitié, c'était vraiment pas le moment.

Justine – Bien sûr maman, qu'on peut avoir un amoureux à soixante-dix ans... Eugénie est la grand-mère de Léa et excuse-moi, j'ai tendance à la voir davantage dans le rôle de la mamie gâteaux que dans celui de sex bomb. Tu te rends compte, il avait écrit : « À Néfertiti, princesse orientale de mon cœur »... Tu l'imagines avec une jupette en voile en train de faire la danse du ventre ? Il y a des limites !

La mère – D'après ce que j'ai compris lorsqu'Eugénie a téléphoné tout à l'heure, c'est un homme qu'elle a connu il y a longtemps et qu'elle a revu la semaine dernière. L'allusion à Néfertiti sur le carton est une sorte d'hommage à leur passé. Thibault n'a rien à voir avec l'envoi du bouquet.

Justine – Et qu'est-ce qu'elle a dit d'autre ?

La mère – Rien, elle voulait surtout savoir ce qui était arrivé avec Léa. Il paraît qu'elle est rentrée dans un état déplorable hier soir.

L'idée d'avoir blessé Léa et d'avoir gâché pour toujours notre amitié m'a de nouveau submergée. Je l'ai imaginée, rentrant chez elle seule et désemparée après ma crise de jalousie, et je me suis détestée.

La mère – Allez ma Justine, les choses vont s'arranger. Vous êtes de vraies amies et ce n'est pas une broutille de ce genre qui peut vous séparer. Prends ton courage à deux mains et va lui demander pardon.

Justine – J'y arriverai pas. J'ai tellement honte de ce que j'ai fait...

Ma mère m'a souri et m'a dit d'un air énigmatique :

La mère – Ce n'est certainement pas moi qui te jetterais la pierre. Dans le genre réaction hystérique, je remporte le prix spécial du jury.

Justine – Comment ça ?

La mère – Oh un vieux dossier avec ton père.

Mais qu'est-ce qu'elles ont toutes, ce matin, les mères et les grands-mères à vouloir raconter leur vie amoureuse mouvementée ? D'accord, on a compris qu'elles sont des femmes avec un vrai potentiel de séduction mais elles pourraient le mettre en sourdine.

J'ai fait semblant d'être intéressée.

Pour raconter son histoire, ma mère a pris l'air de la peste des feuilletons américains au moment où elle se venge de Brenda qui lui a piqué Jeff alors qu'ils sortaient ensemble depuis deux jours et demi.

La mère – J'avais vingt et un ans et...

Dans la mesure où elle en a quarante-quatre aujourd'hui, j'en avais pour vingt-trois ans de romance. Je préférais encore aller au lycée...

La mère – Un matin, j'arrive à la bibliothèque de la fac et je vois un garçon tout à fait séduisant qui attendait près de l'entrée. C'était ton père !!! Au moment où je passe devant lui, il me regarde avec des yeux... comment dire ? Des yeux...

Justine – Bleus.

J'ai ajouté, au cas où elle souhaiterait pousser plus loin la confidence.

Justine – Papa a les yeux bleus, non ? Il les avait déjà à l'époque, je suppose ? Donc il t'a regardée avec ses deux yeux bleus.

J'ai bien senti que je lui coupais son effet mais c'était voulu. Je n'avais pas l'intention de voir, même en virtuel, mes parents dans les rôles de Roméo et Juliette du X.

La mère – Oui, donc, il me regarde et paf... Une petite voix me dit : « C'est lui, l'homme de ta vie. C'est avec lui que tu vas te marier et faire des enfants. »

Oh exactement comme moi avec Thibault ! Alors c'est possible ? Ça existe le coup de foudre de conte de fées éternel ?

Soudain l'histoire de mes parents m'est apparue comme un modèle et j'ai invité ma mère à tout me raconter.

La mère – Comme je ne pouvais pas lui déclarer là, dans cette bibliothèque, qu'il venait d'être élu, parmi des milliards d'hommes, Mari et Père de mes futurs enfants, je me suis assise à la table la plus proche. Je me suis évidemment mise de profil pour le surveiller discrètement. Je faisais semblant de lire depuis dix bonnes minutes lorsqu'une des bibliothécaires est venue lui annoncer que le livre qu'il avait réservé n'était toujours pas disponible. Il a eu l'air catastrophé. J'avais entendu le titre et je lui ai dit que j'en avais un exemplaire chez moi.

Justine – Tu l'avais ?

La mère – Pas du tout. Mais je l'aurais écrit s'il le fallait.

Justine – Et de quoi ça parlait ?

La mère – C'était un bouquin sur la créativité : *Rêvez votre vie pour vivre vos rêves.*

Justine – Quel rapport avec les études de papa ?

La mère – Je ne sais pas mais une chose était sûre, ce livre était un lien entre lui et moi et je devais absolument le trouver.

Justine – T'es gonflée !

La mère – Je te fais grâce de ma journée à écumer toutes les librairies de la ville et des environs pour mettre la main sur le livre en question. Je ne te parlerai pas non plus du prix exorbitant de cet ouvrage... Bref, l'important est que le lendemain, comme prévu, j'avais rendez-vous avec ton père devant l'entrée de la bibliothèque. Il m'attendait un café à la main et lorsqu'il m'a souri, j'ai eu confirmation de ma révélation de la veille : oui, c'était lui et bien lui qui partagerait ma vie.

Justine – Oh c'est beau maman, c'est comme dans les films ! Et il t'a embrassée ?

La mère – Même pas... Monsieur était très pressé et devait s'en aller. Pourtant mon cœur a fait des bonds quand, en me prenant le bouquin des mains, il m'a dit : « Tu as des yeux qu'on ne peut pas oublier. » Je lui ai murmuré qu'il pouvait me rapporter le livre quand il le désirait, qu'il n'avait qu'à m'appeler au numéro de téléphone que j'avais noté sur la première page.

Justine – T'es une super maligne toi !

La mère – À la guerre comme à la guerre, en amour tout est permis...

Justine – Ah oui, tu penses ça toi aussi !

La mère – Inutile de te dire que j'ai vécu les jours suivants sur des charbons ardents. J'attendais qu'il m'appelle en me repassant la bande de « Tu as des yeux qu'on ne peut pas oublier ».

Eh bien maintenant, je sais de qui je tiens quand je délire sur Thibault, c'est génétique en fait !

Justine – Et alors, il t'a rappelée quand ?

La mère – Il ne m'a pas rappelée.

Justine – Oh le salaud...

La mère – Justine, tu ne parles pas comme ça de ton père !

Ah oui mince, j'avais complètement oublié !

La mère – En fait, il a fait pire que de ne pas me rappeler... Il ne m'a même pas reconnue lorsqu'on s'est croisés des semaines plus tard, dans les couloirs de la fac.

Justine – T'es sûre qu'il n'a pas fait semblant parce qu'il ne t'avait pas rendu ton livre et qu'il était gêné ?

La mère – Non, c'était plus grave que ça. Il y avait dans son regard la petite lueur qui signifie qu'on connaît vaguement la fille en face, mais qu'on est incapable de se rappeler où on l'a rencontrée. Extinction totale des feux... Le néant.

Justine – Et vous ne vous êtes plus jamais revus ?

La mère – Justine, c'est ton père !!! Il faut bien que je l'aie revu !

Ah oui, c'est vrai... Je suis tellement à fond dans l'histoire que je n'arrive plus à intégrer qu'il s'agit de celle de mes parents.

Justine – Et après ? Raconte la suite...

La mère – Je suis rentrée chez moi, effondrée, avec l'intention de rompre.

Justine – Rompre quoi puisqu'il ne s'était rien passé ?

La mère – Rompre avec le mari dont j'avais eu deux enfants virtuels. Mais, on n'échappe pas à son destin... Un jour, alors que je n'attendais plus rien, il m'a téléphoné.

Justine – Il était d'accord pour se marier ?

La mère – Non, juste pour m'offrir un café et me rendre mon livre.

Justine – C'est un début prometteur.

La mère – Il n'était plus question de début, je te rappelle qu'il ne m'avait même pas reconnue lorsqu'il m'avait croisée dans les couloirs.

Justine – Enfin maman, fais un effort... Il n'avait peut-être pas ses lunettes. Tu sais bien qu'il ne voit rien sans ses lunettes.

La mère – À l'époque, il n'en portait pas. De toute façon, ma décision était prise, il allait payer pour sa muflerie. Je lui ai donc donné rendez-vous dans un café l'après-midi même, mais ce n'est pas moi qui m'y suis rendue. Après tout, moi ou une autre, ça ne changerait pas grand-chose puisqu'il ne se souvenait pas de mes « yeux qu'on ne peut pas oublier ».

Justine – Qui y est allé ?

La mère – Une de mes copines que j'avais briefée et qui trouvait très drôle de prendre ma place.

Justine – T'as pas eu peur qu'elle te le pique ?

La mère – Pas du tout.

Elle a baissé les yeux et elle a ajouté en souriant :

La mère – J'en avais choisi une pas très jolie et puis surtout je l'ai suivie au café et je me suis mise à une distance raisonnable pour les espionner...

Oui, je reconnais mon sang à ce noble courroux !

La mère – Pourtant, une fois sur place, elle n'a pas hésité à lui faire un véritable numéro de charme...

Justine – Oh la traîtresse. T'as réagi au moins, j'espère ?

La mère – Ah ça oui, je lui ai hurlé ses quatre vérités. Crois-moi, elle s'est tétanisée sur la banquette.

Justine – Bien fait. On ne touche pas comme ça à papa quand je ne suis pas encore née !

La mère – Le plus drôle dans cette histoire, ça a été la tête de ton père. Il m'a regardée, il a regardé mon amie, il m'a regardée de nouveau et il a commencé à comprendre.

Justine – Et alors ?

La mère – Je me suis approchée et je lui ai crié dans les oreilles : « Tu te souviens maintenant de mes yeux qu'on n'oublie pas ? Pauvre type ! » Il est devenu rouge comme une pivoine. Oh, il était encore plus beau en technicolor ! J'ai pris l'air le plus digne possible et je suis sortie la tête haute, mon livre à la main et le cœur dans les chaussettes.

Justine – Et alors ?

La mère – Je n'avais pas fait dix pas qu'il m'a rattrapée et m'a proposé de rejouer la scène comme si c'était notre première rencontre. J'ai d'abord eu envie de le gifler pour avoir saboté le début de notre histoire et puis... ma colère contre lui s'est évanouie d'un coup.

Justine – Yes !!!

La mère – On a passé la journée ensemble et le soir, je ne suis pas rentrée chez moi.

Justine – Tu veux dire que...

Je me suis arrêtée net, il y a des situations dans lesquelles il est impossible d'imaginer ses parents. Même si on se doute bien qu'ils ne jouent pas au scrabble la nuit.

Ma mère a semblé soudain gênée de s'être laissée aller à ce genre de confidences plutôt intimes avec sa fille, elle a immédiatement changé de sujet.

La mère – Tu vois que même si on agit n'importe comment parce qu'on a peur de perdre l'homme qu'on aime, on doit à un moment déposer les armes. C'est pareil en amitié. Va au lycée et demande pardon à Léa. Je suis certaine qu'elle comprendra.

Justine – Tu crois ?

La mère – J'en suis sûre. Et après, il faudra aussi t'excuser auprès de Thibault.

Je savais qu'elle avait raison mais dans la vie, « on a beau voir le meilleur, on fait parfois le pire ». Et il me semblait plus facile de souffrir seule, dans mon coin, de la perte de deux êtres que j'aimais plutôt que de les affronter et de risquer de les voir me repousser.

Justine – Je n'y arriverai pas.

La mère – Bien sûr que si. L'amitié, c'est un vieux sac en cuir, il est plus beau quand il a été patiné par la vie avec des coups, des rayures, le soleil et des miettes de croissant !!!

Justine – Et l'amour ?

La mère – C'est la même chose en plus compliqué. Allez va prendre ta douche, je te dépose au lycée si tu veux.

Sa proposition de m'accompagner était une façon de s'assurer que je ne sécherais pas le lycée aujourd'hui, mais ça m'était égal. J'avais besoin d'elle pour parcourir les premiers mètres qui me séparaient de Léa.

J'avais les jambes en coton quand je suis entrée dans la cour, c'était l'heure de la pause et je priais pour que ma meilleure amie – voulait-elle l'être encore ? – ne soit pas descendue. J'avais trop peur de la voir et je me disais que l'heure du repas serait finalement mieux choisie pour des explications. En réalité, je retardais le moment de l'affrontement. J'ai marché et, pour la première fois de ma vie, j'ai remercié le ciel d'être myope. Aucun visage n'est identifiable de loin...

Seulement le problème, quand on a une mauvaise vue, c'est surtout qu'on ne voit rien arriver. Et j'avançais droit sur Léa qui buvait son Paic, pardon son thé au citron. Il m'a fallu être presque nez à nez avec elle pour la reconnaître. Mon amitié pour elle l'a emporté sur ma peur. J'étais tellement contente de la voir.

J'ai tenté un sourire pour amorcer notre réconciliation mais Léa m'a lancé un regard méprisant et m'a tourné le dos.

Je suis restée scotchée sur place et je ne trouve pas les mots pour décrire ce que j'ai ressenti dans les secondes qui ont suivi. Un truc horrible : l'impression d'avoir un trou dans l'estomac qui s'étend petit à petit au reste du corps et l'angoisse soudaine de devenir vide. J'ai marché jusqu'aux toilettes, il fallait absolument que je m'enferme quelque part, à l'abri des regards.

Un malheur n'arrivant jamais seul, Ingrid a surgi de je ne sais où.

Ingrid – Salut la pimbêche ! Tu passes devant moi et tu fais semblant de ne pas me voir ?

Justine – C'est pas le moment, Ingrid.

Ingrid – Ouh là, ça va pas toi... C'est quoi ce teint de laitue ? T'es verdâtre !

Je n'ai pas trouvé la force de lui répondre. Je me suis barricadée dans les premières toilettes libres et j'ai fermé les yeux. Ma mère s'était trompée, je n'aurais jamais dû venir au lycée ce matin : l'amitié que Léa et moi partagions depuis notre enfance n'avait pas résisté aux coups, aux rayures, au soleil et aux miettes de croissant.

Comme je n'avais pas l'énergie d'aller en cours, je suis restée dans les toilettes jusqu'à l'heure du repas. C'était le lieu le plus sûr si je ne voulais pas me faire attraper par une surveillante et conduire « manu militari » dans ma classe.

Demeurer assise sur le couvercle d'une cuvette de W.-C. avec des gens qui tambourinent toutes les cinq minutes pour voir si les toilettes sont libres, c'est horrible. Surtout quand vous mesurez l'étendue du désastre.

La sonnerie de treize heures a fini par retentir. Je suis sortie à toute allure. Le temps que les élèves rangent leurs affaires et descendent les escaliers, je serais loin du lycée. Je ne voulais plus qu'une seule chose : rentrer chez moi et rester seule.

C'était sans compter sur le flicage de ma mère qui, comme par hasard, avait oublié un « truc » à la maison et était exceptionnellement rentrée déjeuner. Elle s'est fait un malin plaisir de me réchauffer une pizza surgelée et de me ramener une heure plus tard au lycée.

J'ai bien vu qu'elle stationnait dix mètres plus loin en faisant semblant de remettre du rouge à lèvres. En réalité, elle vérifiait dans le rétroviseur que j'entrais dans la cour.

C'est bon, ça va, j'y vais. Si elle croit qu'elle a réussi, pendant le repas, à me convaincre d'avoir une discussion en tête à tête avec Léa, elle se trompe. Je vais filer en classe parce que je n'ai pas les moyens d'agir autrement mais il n'est pas question que je parle à qui que ce soit.

– Ben, t'étais passée où ? C'était sinistre ce déjeuner à la cantine...

Mon Dieu, donnez-moi la patience de supporter cette fille. Pourquoi Ingrid m'adresse-t-elle toujours la parole quand je n'ai vraiment pas envie de lui parler ? Remarquez, je n'ai jamais envie de lui parler.

Ingrid – Léa est rentrée déjeuner chez elle, Thibault avait un rendez-vous et Nicolas a mangé en trois minutes et il est parti. Il n'y avait pas homme qui vive...

Justine – Pas « âme » qui vive, Ingrid ! Tu vois dans la vie, il n'y a pas que les garçons. Il existe des êtres de sexe féminin. En dehors de toi, je veux dire.

Ingrid – Oui, enfin le résultat est le même, j'étais seule.

Justine – Vraiment, t'as pas trouvé un beau brun à te mettre sous les ongles ?

Ingrid – Comment tu sais pour le beau brun ? Je suis folle amoureuse. Et celui-là, crois-moi, j'ai l'intention de le garder.

Oh non, pitié !!! Si elle me parle de son irrésistible pouvoir de séduction, je lui fais avaler son gloss.

Ingrid – Bon, je te raconte comment je l'ai rencontré !

Justine – STOOOOP !!!!! Je me contrefiche de ton histoire, j'ai autre chose à penser.

Les écrivains des Lumières

Voltaire, Diderot, D'alembert, Montesquieu, Rousseau.

Une œuvre collective : « L'Encyclopédie », projet éditorial, philosophique et scientifique mené par Diderot et D'alembert dans l'esprit de la philosophie des Lumières, a été publié de 1751 à 1766.

Les cibles privilégiées des philosophes : les inégalités sociales, les préjugés nobiliaires, la superstition, la bigoterie, l'esclavage, la guerre.

Ingrid – Ce que tu peux être agressive, j'essaie de t'aider, moi ! T'es seule et tu le vis mal mais c'est pas ma faute si Thibault ne veut pas de toi et si Léa te supporte plus. Je vais quand même pas me crever les yeux pour que les garçons arrêtent de me regarder et perdre tous mes amis comme toi.

C'est fou comme cette fille a l'art de dire exactement ce qu'il ne faut pas, au moment le plus mal choisi. Je ne devais surtout pas lui répondre. Totale maîtrise...

Ingrid – Après tout, chacune ses armes ! Toi, t'es intelligente, moi, j'ai le sex-appeal.

J'ai filé en cours à la vitesse de la lumière pour ne pas lui prouver qu'en plus de mon intelligence, j'avais aussi une main droite qui adorerait atterrir sur sa joue gauche !

La prof de physique avait déjà aligné ses craies par couleur (rouge, bleue, verte, jaune) lorsque je suis entrée dans la salle. Au moment où je passais devant elle pour rejoindre le dernier rang, elle m'a fait signe de m'asseoir devant son bureau. Mais qu'est-ce qu'elles avaient toutes depuis ce matin à me contrarier ? J'ai balancé avec fracas mon sac sur la table afin de lui montrer mon mécontentement. Ça a fait trembler ses pauvres craies.

La prof de physique – Si vous mettez autant d'énergie à réussir vos exercices qu'à jeter votre sac, vous allez exceller aujourd'hui, mademoiselle Perrin !

Très drôle. Il n'y a pas pire qu'un prof qui essaie de faire de l'humour. C'est, comment dire, une sorte de... paradoxe.

L'après-midi, j'ai eu du mal à me concentrer. Je travaillais et soudain ma vie avec Léa me revenait en mémoire. Je ne pouvais pas m'empêcher de songer à tout ce que nous avions vécu ensemble.

Les révisions intensives de l'oral de français, coachée par ma meilleure amie, quel souvenir ! Elle ne m'avait pas lâchée d'une semaine, me faisant réciter inlassablement des listes d'auteurs du XVIIe, du XVIIIe et du XIXe siècles. Dès que je plaçais un écrivain à la mauvaise époque, j'avais droit à un cours d'histoire littéraire.

Léa – Voltaire est à l'initiative de la Révolution française, il s'est battu pour l'abolition de l'esclavage, l'égalité sociale et la fin des privilèges. Comment peux-tu le faire vivre au XIXe ? Allez, on recommence tout sinon tu vas te faire laminer à l'oral.

Justine – Oh non pitié, Léa... Viens, on va boire un Coca dans la cuisine.

Léa – Tu le boiras quand tu sauras tes fiches auteurs. Et je te préviens, après on attaque les définitions des figures de style. Oxymore, chiasme, métonymie, métaphore... Je ne tolérerai pas une seule hésitation.

Le jour J aussi, elle avait été là pour moi. Elle était convoquée le lendemain, pourtant elle avait tenu à m'accompagner pour me faire réviser jusqu'au dernier moment et elle m'avait attendue pour que je ne me sente pas trop seule.

C'est idiot, mais la savoir derrière la porte m'avait rassurée et j'avais passé l'oral en toute confiance.

Début juillet, au moment des résultats, elle était venue à la maison pour qu'on découvre ensemble nos notes sur Internet. J'avais tellement peur que je m'étais cachée dans le salon pour ne pas les voir s'afficher.

VÉRIFIER SES CONNAISSANCES

Qui a écrit quelle œuvre ? Reliez auteur et œuvre.

Voltaire	•	•	*La Religieuse.*
Rousseau	•	•	*Les Lettres persanes.*
Montesquieu	•	•	*Candide.*
Diderot	•	•	*Émile ou De l'éducation.*

Voltaire-*Candide*; Rousseau-*Émile ou De l'éducation*; Montesquieu-*Les Lettres persanes*; Diderot-*La Religieuse.*

Quand Léa m'avait rejointe, elle avait son petit sourire de sorcière satisfaite.

Léa – Bien... Tu peux sortir le Coca, on a des choses à fêter.

Justine – Comme quoi ?

Léa – Comme un treize à l'écrit et un quatorze à l'oral pour toi, et un seize à l'écrit et un dix-huit à l'oral pour moi !

Justine – Waouhhh !!! Mais ça nous fait combien de points d'avance ?

Léa – Un certain nombre, ma grande !

Justine – Nicolas et Ingrid, ils ont quoi comme notes ?

Léa – Je ne sais pas, je ne pouvais pas regarder sans leur numéro de convoc. Mais pour nous, c'est le jackpot !!! Je suis fière de toi, ma Justine. Je peux te l'avouer maintenant, il y a encore un mois, je n'aurais pas parié une cacahuète sur ton sort.

Justine – Comment ça pas une cacahuète ? Tu n'arrêtais pas de me répéter que j'étais super bonne en français.

Léa – Les petits mensonges sont parfois nécessaires. Et puis, j'avais lu dans les cartes que ce serait une réussite, donc j'ai anticipé !

Justine – Sorcière, va !

Léa – Meilleure amie de sorcière !

Le souvenir de cette scène m'a fait monter les larmes aux yeux. J'étais en train de les essuyer discrètement avec un vieux kleenex lorsque la nouvelle surveillante est entrée dans la classe avec la délicatesse du héros de *Gladiateur* qui revient se venger après qu'on a assassiné sa femme et son fils et qu'il a passé des années en esclavage.

La prof de SVT elle-même a sursauté.

La surveillante – Perrin, vous n'étiez pas là ce matin ?

Justine – Non, j'étais malade.

La surveillante – C'est pas mon problème, où est votre mot ? Je vous rappelle que vous ne pouvez pas vous rendre directement en cours quand vous avez été absente. Vous devez passer d'abord au bureau des surveillants du lycée.

Justine – Je vous apporterai mon mot demain, ma mère n'était pas là quand je suis partie à treize heures.

Faites qu'ils n'appellent pas ma mère pour la prévenir...

La surveillante – Je ne veux pas le savoir, vous allez en permanence et j'appelle votre mère.

La prof, qui avait été très agacée par l'entrée fracassante de miss Pitbull et n'appréciait pas qu'on renvoie un élève de son cours sans son consentement, est intervenue :

La prof de SVT – Dites-moi, mademoiselle, mademoiselle comment déjà ? Il ne me semble pas que vous vous soyez présentée quand vous êtes entrée ni que vous ayez frappé à la porte d'ailleurs... Si vous tenez à ce que les élèves respectent les règles de savoir-vivre, il serait judicieux que vous vous y pliiez vous-même. Si je me souviens bien, vous étiez élève dans cet établissement il y a peu et vous n'étiez pas à cheval sur le règlement.

Mes camarades ont tous éclaté de rire. J'étais sidérée par la façon dont la prof de SVT avait cassé la surveillante. Miss Pitbull est sortie à reculons, sur la pointe des pieds, après s'être excusée platement. La prof a attendu qu'elle ait refermé la porte pour me régler mon compte.

La prof de SVT – Ne croyez pas, mademoiselle Perrin, que j'ai agi ainsi pour vous sauver la mise. Je déteste le manquement à la règle, quel qu'il soit. Je ne sais pas pourquoi vous vous êtes autorisée à assister à mon cours après votre absence de ce matin, ni pourquoi vous n'avez pas fourni un billet d'excuse à la surveillante. Pour autant, je n'ai pas l'intention de vous renvoyer de mon cours, vous avez mieux à faire que de traîner dans les couloirs. En revanche, vous ferez une heure de colle ce soir. Je vais vous confier des annales de bac sur lesquelles exercer votre belle intelligence.

Il y a des journées où il vaudrait mieux rester couchée...

J'ai donc purgé ma peine jusqu'à dix-huit heures et je suis rentrée chez moi sans aucun espoir pour l'avenir. Je n'avais pas franchi le seuil de ma chambre que le téléphone a sonné. Une voix noyée de larmes s'est fait entendre.

– Justine ?

Justine – C'est qui ?

Ingrid – C'est moi, Ingrid...

Justine – Tu pleures ?

Ingrid – Oui... ça ne va pas du tout.

Justine – Qu'est-ce qui se passe ?

Ingrid – J'ai un énorme problème mais je ne peux pas t'en parler au téléphone. Tu peux venir là, maintenant ?

Justine – T'es où ?

Ingrid – Dans le petit café près du grand gymnase.

Justine – Tu ne peux pas m'en dire plus ? C'est vraiment grave ? Tu veux que je prévienne quelqu'un ?

Je n'avais pas fini de poser ma question qu'elle avait déjà raccroché. C'était la première fois que j'entendais Ingrid appeler au secours, elle devait avoir un sérieux problème. J'ai essayé de la rappeler, je suis tombée sur sa boîte vocale. Décidément, un sort avait été jeté sur le club des CIK ou quoi ?

J'ai buté sur ma mère en sortant. Elle venait de récupérer Théo à l'étude et comptait sur moi pour aller acheter du pain.

J'ai évidemment été obligée de trouver une excuse.

Justine – Ah non là tout de suite, impossible. J'ai une course à faire, je le prendrai en rentrant.

La mère – Mais tu vas où à cette heure ?

Ce n'était vraiment pas le moment d'expliquer à ma mère que je rejoignais Ingrid dans un café. Inutile d'aggraver mon cas alors qu'il me faudrait lui avouer ce soir que j'avais séché les cours du matin pour obtenir un mot.

Justine – Ma voisine de classe a embarqué mon livre de maths sans le faire exprès. Je file en vitesse le récupérer, j'en ai besoin pour des exos ce soir.

La mère – Tu veux que je t'accompagne en voiture ?

Justine – Non, c'est tout près. Elle habite près du grand gymnase. J'en ai pour cinq minutes à pied. J'achète ton pain bio au levain coupé en tranches en revenant.

Sur le chemin, j'étais vraiment inquiète. Qu'est-ce qui avait bien pu arriver à Ingrid pour qu'elle m'appelle en larmes ? Pourvu que personne ne lui ait fait du mal.

Est-ce que j'allais savoir l'aider? En temps normal, j'aurais tout de suite prévenu Léa qui aurait réglé la situation en deux temps trois mouvements, mais là, j'étais seule.

J'ai marché le plus vite que j'ai pu.

Finalement, j'aime bien Ingrid, je ne supporterais pas qu'il lui arrive quelque chose de grave. Même si je l'envoie balader tout le temps, elle fait partie de ma vie.

Je suis enfin arrivée au café. J'ai cherché Ingrid du regard, elle n'était nulle part. Je m'apprêtais à interroger le serveur lorsque j'ai reconnu le rire aigu de ma « super amie ». Elle était à la terrasse, lovée dans les bras d'un grand black qui lui susurrait des trucs à l'oreille.

Je rêve ou quoi ? Ne me dites pas que mademoiselle m'a dérangée pour rien et, qu'après une petite crise de larmes passagère, elle a déjà trouvé refuge contre le torse musclé d'un inconnu ?

Bon d'accord, très musclé le torse, le genre de torse dont on rêve toutes, mais ce n'est pas une raison !!!

Je me suis ruée sur Ingrid.

Justine – Je crois que tu me dois des explications.

Ingrid – Salut Justine, ça va ?

Je la tue d'abord et je lui pose des questions ensuite ?

Oui, parce que là, ça me détendrait de l'étrangler à mains nues devant Monsieur corps d'ébène.

Justine – TU TE FICHES DE MOI ???

Monsieur corps d'ébène – Cool sister... Cool.

Ingrid – Oui, cool Justine...

Je retire ce que j'ai dit, je ne la tue pas devant son grand black, je les tue tous les deux.

Justine – Je peux savoir ce que je fais là ? Tu as besoin de moi pour t'occuper de monsieur ? Tu ne t'en sors pas toute seule ?

Monsieur corps d'ébène – Pas de problème les filles, je suis total open.

Justine – Oui et moi, je suis totale énervée alors Ingrid a intérêt à s'expliquer très vite. Et toi, t'es gentil, tu restes en dehors de cette histoire.

Monsieur corps d'ébène – O.K., O.K. Allez salut, moi j'aime pas les embrouilles. Tu m'appelles, Ingrid ?

Ingrid – D'accord mon chou.

Justine – Alors ?

Ingrid – Assieds-toi. Tu veux boire quelque chose ?

Justine – NON MERCI, je ne suis pas d'humeur à boire quoi que ce soit. Et surtout pas avec toi. Je ne serai jamais ton amie, Ingrid. Je préfère encore rester seule. Ma seule amie c'est...

Ingrid – C'est elle, je sais.

Ingrid a dit ces derniers mots en montrant du doigt quelqu'un dans la rue. J'ai immédiatement reconnu Léa.

Justine – Qu'est-ce qu'elle fait là, elle aussi ?

Ingrid – Je lui ai joué la même scène qu'à toi, j'étais sûre que vous viendriez. Trop forte, non ?

Justine – Mais pourquoi ?

Ingrid – C'était insupportable de vous voir fâchées, toutes les deux. Et puis à cause de vos gamineries, tout le monde est triste. Alors je me suis dit, Ingrid, il est temps de mettre ton brin de sel.

Léa s'est arrêtée à notre table et nous a regardées d'un air agacé. J'ai immédiatement dénoncé Ingrid pour qu'elle ne croie pas que j'étais à l'initiative de cette machination.

Justine – Je n'y suis pour rien. Je viens d'arriver moi aussi.

Ingrid – Oui, c'est moi qui ai tout manigancé. D'ailleurs, les autres victimes sont à l'heure...

On s'est retournées et on a vu Thibault qui accrochait la chaîne de son scooter à un poteau. Sur le trottoir d'en face, Nicolas et Jim marchaient dans notre direction.

Ingrid – Et voilà le travail !

Lorsque les garçons nous ont vues plantées à la terrasse du café, ils ont fait une tête bizarre. Déjà qu'ils avaient été surpris de se retrouver...

C'est Nicolas qui a décongelé l'atmosphère.

Nicolas – Putain, il y a de la belle meuf ici !

Pour une fois, personne n'a fait de remarques sur son langage de charretier. Je crois qu'on lui était tous reconnaissants de rompre l'horrible silence qui nous glaçait.

Nicolas – On va pas rester debout comme des cons. On s'assied, on boit un verre ?

Léa hésitait mais Nicolas l'a prise par la taille et l'a entraînée à la table la plus proche. Jim m'a poussée sur la chaise à côté d'elle. Cinq minutes plus tard, on était installés devant nos consommations, et on aurait pu entendre une mouche voler. Il était vraiment temps que je présente mes excuses.

Justine – Léa et Thibault, je voudrais vous dire que je regrette la façon dont je me suis conduite hier. Je ne sais pas ce qui m'a pris de vous parler comme ça. J'ai cru que vous m'aviez trahie et ça m'a rendue complètement dingue. Et maintenant, je ne sais plus comment me faire pardonner.

Ma voix s'est cassée sur la dernière phrase et j'ai senti que j'allais me mettre à pleurer si je continuais. Jim s'est levé pour m'embrasser. Ingrid a applaudi.

Jim – T'es trop mignonne ma Justine ! Allez Léa et Thibault, donnez-lui un signe, c'est parce qu'elle vous aime trop tous les deux qu'elle s'est conduite comme une sale gosse.

Léa – Un peu facile, non ? On balance tout et n'importe quoi et puis le lendemain, on fait son mea culpa devant les copains. Je ne suis pas d'accord.

Ingrid – Allez Léa. Sois sympa...

Léa – Ce ne sont pas tes paroles qui m'ont blessée, Justine, c'est le fait que tu aies pu croire un instant que je t'avais menti à ce point. Il faut être très pervers pour imaginer pareille trahison. Nous n'avons pas la même conception de l'amitié.

Les yeux de Léa lançaient des éclairs lorsqu'elle a prononcé ces quelques phrases et j'ai été totalement foudroyée. Les autres aussi, d'ailleurs, parce qu'un silence réfrigérant nous est tombé dessus.

Le garçon qui nous avait apporté les boissons a demandé à se faire payer parce qu'il terminait son service. Ça a fait diversion pendant au moins cinq minutes mais l'ambiance glaciale a de nouveau fondu sur nous.

Nicolas – Putain, c'est lourd.

Thibault – En ce qui me concerne, et parce que je n'ai visiblement pas été aussi blessé que Léa, j'ai déjà tout oublié. C'était un malentendu et il arrive parfois qu'on réagisse de façon trop impulsive. C'est d'ailleurs ce qui fait le charme de Justine, non, cette façon d'extérioriser ses émotions ?

En temps normal, j'aurais sauté de joie pour une remarque pareille mais vu mon agressivité la veille et la façon dont il m'avait repoussée quand je l'avais embrassé, je suis restée les yeux dans mon Coca. J'ai vu le niveau du verre augmenter, mes larmes se mélangeaient aux bulles. J'ai senti une main sur mon épaule. Au bout : Léa.

Elle m'a souri. Tout le stress accumulé depuis le début de la journée s'est libéré d'un coup. J'ai été secouée de gros sanglots.

Nicolas – Putain, les filles vous abusez. C'est pas normal de se mettre dans des états pareils pour des conneries.

Léa – Nicolas, tu pourrais reformuler ton idée ? Sur le fond, tu as raison mais la forme est difficile à supporter.

Nicolas – Tant qu'elles étaient fâchées, elles me foutaient la paix, maintenant qu'elles sont réconciliées, elles vont me faire chier !

Léa – Bien, si je récapitule, nous avons en deux phrases : « putain, conneries, foutaient, chier », l'équivalent du vocabulaire de base d'un berger allemand.

On a tous éclaté de rire. Je crois qu'on aurait ri de n'importe quoi tant la tension avait été forte. Jim a appelé le nouveau garçon.

Jim – Vous pouvez nous resservir la même chose ? C'est ma tournée. Il faut trinquer à notre amitié !

J'ai respiré un grand coup et j'ai pris la parole :

Justine – Avant de fêter notre amitié, je voudrais remercier Ingrid sans laquelle nous ne serions pas réunis ce soir. Elle s'est conduite comme une vraie amie et je ne l'oublierai jamais.

Ingrid s'est jetée dans mes bras et m'a embrassée.

L'émotion a dû être contagieuse parce que les autres se sont précipités pour l'embrasser aussi.

Ingrid – Alors, vous m'avez trouvée comment dans mon rôle de tragédienne lorsque je vous ai téléphoné ? Vous ne croyez pas que j'ai un vrai talent d'actrice ?

On devait le reconnaître, pas une seconde on n'avait douté de ses larmes.

Ingrid – Je ne ressemblais pas à Angelina Jolie dans *Mr & Mrs Smith*, quand elle veut faire croire à Brad qu'elle est toute douce alors qu'elle a l'intention de lui planter un couteau dans le dos ?

Angelina Jolie, rien que ça...

C'est dingue mais je n'arrive pas à la supporter plus de deux minutes.

Jim a brandi son verre et a proclamé d'une voix solennelle :

Jim – Bien, je voudrais moi aussi proposer un toast. Le club des CIK qui, depuis de longues années, n'a pas admis de nouveaux membres, propose d'introniser Thibault de l'Amétrine. Nous changerions alors de nom pour devenir les CIK+1. La cotisation demandée au membre entrant s'élèverait à une soirée pizza ce soir dans son appart. Tous les CIK seraient invités.

Thibault s'est redressé à son tour, son Coca à la main.

Thibault – Chers amis, vous me voyez honoré par votre proposition que j'accepte avec joie. J'espère être à la hauteur de votre club si sélect. Et afin que mon adhésion reste un souvenir inoubliable, je propose d'accompagner nos pizzas avec le champagne que je tiens au frais chez moi. La première coupe sera pour Ingrid qui a su, avec un talent inégalable, nous réconcilier.

C'est bon, elle a pleurniché trois secondes au téléphone, pas besoin d'être passé par le conservatoire pour ça.

Léa m'a chuchoté à l'oreille :

Léa – Elle mérite qu'il lui rende hommage. Tu peux arrêter de jalouser, il ne l'a pas demandée en mariage.

J'ai souri à ma meilleure amie. Oui, l'amitié reprenait ses droits ! Nous allions de nouveau être réunis malgré mon petit dérapage. Je me réjouissais de cette soirée impromptue quand un klaxon insistant a retenti dans la rue.

Jim – Justine, c'est pas ta mère au volant, là ?

Oh non, je l'avais oubliée, elle et son pain bio au levain. J'ai regardé ma montre. Il était plus de huit heures et j'étais au café.

Elle allait me massacrer. Jamais je ne pourrais lui expliquer mon mensonge de tout à l'heure. Je me suis levée comme une condamnée à mort.

Justine – Je crois que vous allez boire le champagne sans moi ce soir.

Ma mère a klaxonné de nouveau.

Nicolas – Putain, elle a l'air vénère !

Justine – Je vais me faire tuer !

Thibault – Si tout le monde est d'accord, on remet mon intronisation à samedi. Sans Justine, elle ne serait pas accomplie. En plus, si on attend jusque-là, ça nous donnera l'occasion de fêter le premier jour des vacances de la Toussaint.

Et se levant pour me dire au revoir, Thibault m'a soufflé :

Thibault – Tes lèvres étaient très douces hier, j'aimerais bien y goûter à nouveau.

Je suis retombée sur ma chaise.

Après, je ne peux pas vous raconter. Ou alors, un truc comme : ma mère hurlait sans le son dans la voiture pendant que des petits oiseaux roses et bleus volaient autour de moi sur une chanson de James Blunt. Le mot love était inscrit en rose fluo sur mes lèvres.

Il y a des jours où ça vaut vraiment le coup de se lever !!!

Burger love

Léa – Quoi, t'es pas encore prête?

Justine – Si, j'enfile un jean, mes Converse et je décolle.

Léa – C'est vraiment pas le moment d'être en retard. On aura zéro crédibilité si on n'arrive pas à l'heure.

J'ai filé dans ma chambre à toute allure. Depuis notre altercation à propos de qui vous savez, je ne voulais pas que Léa ait la moindre raison de se plaindre de moi. Je l'ai entendue crier depuis le salon :

Léa – Et n'oublie pas de prendre un élastique ou une barrette pour attacher tes cheveux.

Je suis revenue avec une petite queue-de-cheval. Léa m'a regardée en dodelinant de la tête.

Léa – Il a dit : « pas de jean troué ».

Justine – Aucune importance, il doit nous fournir un uniforme.

Léa – Oui, mais quand même, il ne veut pas voir ses employés arriver avec des jeans troués. T'as coupé tes ongles à ras?

Justine – Ouais.

Léa – Bon, alors change vite de jean et on y va. Tu me raconteras en chemin ton rendez-vous avec la famille Frappadingue.

Cinq minutes plus tard, on était assises dans le bus, direction le Mac Do. Objectif : après-midi d'essai pour un job de serveuse. On était jeudi et en raison d'une journée pédagogique au lycée, on n'avait pas cours. L'occasion inespérée de prouver qu'on pouvait être « des équipières de choc ».

Léa et moi, on avait passé notre après-midi de la veille à prospecter afin de trouver un petit boulot durant les vacances de la Toussaint et on n'avait pas eu d'autre choix que le Mac Do.

Enfin, pour être très honnête, on avait eu d'autres propositions. La mère de Léa lui avait déniché un emploi de demoiselle de compagnie auprès d'une vieille dame et la boulangère en bas de chez moi m'avait parlé d'une mère de famille qui cherchait une lycéenne pour s'occuper de ses enfants. On pourrait penser qu'on n'avait aucune raison valable de refuser des opportunités pareilles mais en réalité ce n'étaient pas des opportunités, c'était l'enfer assuré.

Léa s'était présentée au domicile de la personne âgée où elle avait été reçue par sa fille. Un cauchemar ! Ma meilleure amie s'était sauvée au bout de cinq minutes et avait débarqué chez moi. Devant un Coca, elle m'avait tout raconté :

Léa – J'arrive, je sonne et c'est sa fille Marylou qui m'ouvre, une femme charmante qui me remercie d'être venue. « Attendez un instant, me dit-elle en restant dans l'entrée, avant que vous rencontriez ma mère je voudrais vous parler un peu d'elle. »

J'ai pensé que la mamie était malade ou qu'elle souffrait de troubles de la mémoire et que sa fille voulait me prévenir afin que je ne sois pas choquée. Grave erreur. La vieille dame était dans une forme éblouissante mais semblait avoir un caractère difficile.

« Ne vous inquiétez pas, lui ai-je répondu, je vis avec ma grand-mère et j'ai l'habitude des tempéraments un peu rudes. » « Alors que Dieu vous vienne en aide » a répliqué Marylou d'un air grave.

Je ne voyais pas en quoi j'avais besoin de l'aide de Dieu pour tenir compagnie à une vieille dame. Je suis donc entrée plutôt confiante dans le salon.

Elle m'attendait assise sur son fauteuil, les deux mains posées devant elle sur sa canne. « Tiens, a-t-elle dit en me jaugeant, une nouvelle petite gourde. Mais celle-ci n'est pas anorexique, elle aurait même besoin de faire un régime. » « Maman, a aussitôt réagi sa fille, tu ne pourrais pas être un peu agréable ? » La vieille peste ne s'est pas donné la peine de lui répondre, elle a continué : « Et celle-ci, elle parle français ? Remarque, elle est blanche, c'est déjà ça. Tu lui feras enlever les colifichets qu'elle porte autour du cou, c'est d'un mauvais goût. » Je n'ai pas eu envie d'en entendre davantage de cette vieille peste raciste. Je n'avais aucune intention de devenir son souffre-douleur.

« Je n'enlèverai rien du tout, lui ai-je dit, il n'est pas question que je supporte vos aigreurs de vieille dame méchante. Votre fille a bien du courage de s'occuper de vous. Vous seriez ma grand-mère, je vous aurais déjà perdue dans un bois. » Au moment où je partais sans me retourner, je l'ai entendue murmurer : « Et de douze ! Celle-là, elle n'a pas tenu une minute en selle ! Dommage, elle a du caractère, je me serais bien amusée. »

J'avais tellement aimé cette histoire que j'avais demandé à Léa de me la raconter plusieurs fois. On rencontre parfois dans la vie des situations plus consternantes que dans les fictions !

Léa – Et toi, ton rendez-vous d'hier avec la famille Frappadingue...

Justine – Presque aussi dramatique que celui que tu as eu la semaine dernière sauf que moi, ils étaient sympas, mais... complètement fous !!! Hier donc, lorsque j'ai sonné, c'est un petit de quatre ans qui m'a ouvert la porte. Trop mignon. Tout à fait le genre d'enfant qu'on va avoir avec Thibault !

Léa – T'emballe pas, il t'a dit qu'il voulait goûter à nouveau à la douceur de tes lèvres, il ne t'a pas proposé une carte famille nombreuse.

Justine – Ça viendra !!! Je demande au petit qui m'avait ouvert : « Tu peux appeler ta maman et lui dire que Justine Perrin est là ? » Le gamin m'a sauté au cou en hurlant : « Mary Poppins est arrivée ! Mary Poppins est arrivée ! » À ce moment-là, quatre enfants ont surgi de je ne sais où. Ils se sont mis en rang d'oignons pour m'embrasser, on aurait dit les Dalton sauf qu'ils étaient cinq : Tom (quatre ans), Léo (cinq ans), Max (sept ans), Sam (huit ans), Gad (dix ans).

Léa – Une vraie équipe de basket !

Justine – Ouais ! En moins d'une minute, ils se sont mis à faire plus de bruit qu'un avion à l'atterrissage. Comme chacun essayait de monopoliser mon attention en m'attrapant par mon pull, j'ai fini par m'asseoir par terre et je leur ai proposé de chanter. Un peu d'harmonie dans ce monde de brutes ! Je n'aurais jamais dû, ils ont entonné chacun une chanson différente et se sont mis à se taper dessus. Impossible de rétablir le calme. J'avais déclenché malgré moi la guerre atomique. Au bout d'une demi-heure, la mère est passée dans la pièce. Elle m'a fait un petit signe de la main comme s'il était tout à fait normal que je sois assise à six heures du soir sur la moquette de son salon et elle a soulevé son tee-shirt.

Léa – Quoi ???

Justine – Oui, elle avait un bébé dans les bras et c'était l'heure de la tétée.

Léa – Elle a six enfants !

Justine – Oui, mais la dernière était une petite fille, elle portait une grenouillère rose.

Léa – Tu as fait quoi ?

Justine – J'ai attendu... Les enfants m'avaient apporté des livres, des gommettes, de la pâte à modeler, des jeux vidéo. Le salon ressemblait à un vide-greniers. Tom et Léo, les deux petits, se sont partagé mon corps et se sont installés sur moi. Ils ont même tracé une ligne imaginaire pour savoir où était la frontière. Max qui venait d'avoir sa ceinture jaune de judo a tenu à me montrer sa prise « torsion des cervicales ». Évidemment son frère Sam n'a pas voulu être en reste et m'a aussitôt tordu la main gauche pour prouver que le karaté était l'art martial le plus efficace. Mais le pire est arrivé quand Tom s'est mis à vociférer qu'il avait faim. Ça a donné des idées aux autres. J'ai eu droit à un concert de hurlements.

Léa – Leur mère était là, ils n'avaient qu'à lui demander.

Justine – Non, elle était partie dans sa chambre avec le bébé. Alors je suis allée dans la cuisine pour leur trouver un truc à grignoter en attendant le repas.

Léa – Et alors ?

Justine – Je leur ai fait des frites.

Léa – Des frites ?

Justine – C'était le seul moyen d'avoir la paix, ils ne voulaient rien manger d'autre. Mais l'heure de ma délivrance a fini par sonner. Vers huit heures, un monsieur est entré dans la cuisine et les gosses se sont tous levés d'un coup en hurlant « Papa ! » Il avait des bonbons plein les poches et il a commencé sa distribution.

Léa – En plein milieu du repas ?

Justine – Ouais, ça n'a pas eu l'air de le déranger. Les enfants étaient fous de joie et il a chahuté avec eux. J'en ai profité pour lui dire que je devais rentrer parce qu'il était tard. « Je vous en prie », m'a-t-il répondu très gentiment. Et il a continué à faire des prises de judo à ses fils.

Léa – T'es repartie sans avoir parlé à la mère ?

Justine – Ben oui !

Léa – Et tu n'as pas dit au père que tu refusais le job pour les vacances de la Toussaint ?

Justine – Ben non !

Léa – Incroyable ! Eh, on descend là...

La rue piétonne était déserte lorsque nous sommes arrivées, il était à peine dix heures et les magasins étaient encore fermés. Le manager nous a reçues dans son bureau.

Le manager – Bonjour, asseyez-vous, je reviens tout de suite.

Il était à peine sorti que Léa m'a murmuré :

Léa – Il est plutôt pas mal le chef.

Justine – Bof !

Léa – Ah c'est sûr, il n'a pas la classe de ton beau Thibault.

Justine – Personne n'a la classe de mon Thibault, il est unique !

Léa – N'exagérons rien. Il n'est pas très grand et il est quand même un peu coincé, non ?

Justine – Non, pas du tout. Pourquoi tu dis ça ?

Léa – Tu préfères que je te dise que je le trouve merveilleux et qu'il me plaît infiniment ?

Léa a prononcé cette dernière phrase avec son petit sourire de sorcière et elle a ajouté :

Léa – Je ne m'y risquerais pas, j'ai vu comment tu te métamorphoses quand tu crois qu'on te pique ton mec.

Cette allusion directe à notre dispute m'a fait froid dans le dos.

Si Léa, depuis notre réconciliation, arrivait à plaisanter sur ma folie destructrice, moi je me sentais toujours aussi coupable. Je ne réussissais pas à comprendre comment une telle hystérie s'était emparée de moi et m'avait fait dire des horreurs à ma meilleure amie et à l'amour de ma vie.

D'ailleurs, à propos de mon grand amour, depuis sa déclaration sur la douceur de mes lèvres il évitait soigneusement mon regard.

Moi, j'attendais samedi soir. Il avait finalement été décidé qu'on fêterait en boîte son entrée au club des CIK+I et le début des vacances de la Toussaint. Grâce à la semi-obscurité, la danse et un petit-verre-de-je-ne-sais-quoi, j'allais trouver le courage de l'embrasser pour de bon.

Finie la Justine un peu gourde ne sachant comment agir avec le garçon qu'elle aime. Désormais, je prenais notre avenir en main. Thibault avait fait le premier pas (enfin, si on ne comptait pas mes allers et retours) et moi, j'accomplirais le reste du chemin !

Le manager – Bien, mesdemoiselles je serai direct. Si je vous ai proposé un essai aujourd'hui, c'est parce que trois de mes équipiers me font faux bond pour les vacances. D'habitude je n'embauche jamais pour deux semaines. C'est trop court. Le challenge est donc le suivant : soit vous faites l'affaire immédiatement pour le job, soit c'est non.

Léa – Pour être direct, vous êtes direct !

Le manager – Pour commencer, ici tout le monde se tutoie. Des équipiers au superviseur en passant par les managers et le directeur, on se dit tu. Moi, je m'appelle Paul et vous ?

Léa – Moi, c'est Léa.

Justine – Justine.

Le manager – Très bien, alors Justine et Léa, vous allez vous rendre au vestiaire enfiler vos uniformes : chemise bleue rentrée dans le pantalon noir, surchaussures en caoutchouc et casquette. Je vais vous expliquer comment ça marche ici. Si jamais vous travaillez en cuisine, n'oubliez pas de mettre un filet protecteur sur vos cheveux.

Léa – Et quand allez-vous, pardon, et quand vas-TU nous dire si on est caissière ou cuisinière ?

Le manager – On forme des équipiers polyvalents, un matin ici, un après-midi là... Il faudra savoir tout faire, même passer la mop dans le lobby.

Justine – La quoi dans quoi ?

Le manager – La serpillière dans la salle clients. Ici, on a tout un tas de mots qui viennent des States. Vous allez vous y faire. Aujourd'hui, vous serez coachées par des équipiers qui ont l'habitude. J'aime mettre les gens directement dans le bain, ils apprennent plus vite comme ça.

On l'a suivi jusqu'au vestiaire pour enfiler nos déguisements. Moins sexy, tu meurs.

À peine était-on sorties que Paul a chopé Léa.

Le manager – Il faut que tu enlèves tes colliers et tes boucles d'oreilles, question d'hygiène et de sécurité. Et pour la prochaine fois, le maquillage doit être plus discret. Ordres de la direction. Ça te pose problème Léa ?

Léa – Non, bien sûr.

Le manager – Alors n'oublie pas de sourire. Ici c'est SBAM pour tout le monde.

Léa – Pardon ?

Le manager – SBAM : Sourire, Bonjour, Au revoir, Merci. Alors on commence tout de suite.

Léa s'est exécutée mais il y avait une telle dose d'agacement dans son regard que j'ai failli éclater de rire. Je m'en suis bien gardée, Paul était en train d'expliquer la cuisson des steaks pour les hamburgers.

Le manager – C'est compris ? Pas de viande trop cuite. Sinon, on est obligé de la jeter.

Ingrid

Pour Léa et Justine, tenez les filles, j'ai trouvé ça sur le site www.jobetudiant.net pour vos petits boulots de vacances. Il y a un cerveau sous ma crinière blonde !!!

Aujourd'hui, 11h44 · J'aime · Commenter

Ingrid

À partir de quel âge peux-tu travailler, et combien vas-tu gagner ?

En France, la scolarité est obligatoire jusqu'à 16 ans. Tu ne peux donc travailler de façon régulière avant cet âge. Mais, à partir de 14 ans, tu peux faire des petits boulots. Si tu n'as pas encore 17 ans, ton salaire doit être au moins équivalent à 80 % du salaire minimum légal (le SMIC, ou salaire minimum interprofessionnel de croissance). De 17 à 18 ans, ton salaire doit représenter au moins 90 % du SMIC. Légalement, tes parents peuvent contrôler l'usage que tu feras de ce salaire. Dans la pratique, on te reconnaît le droit de le recevoir et d'en disposer librement.

Peux-tu exercer n'importe quel métier ?

En France, tu ne peux exercer qu'une activité en rapport avec ton âge et tes forces. La loi protège enfants et adolescents de l'exploitation économique.

Et les petits boulots ?

Tu as besoin de l'autorisation de tes parents pour les petits boulots si tu es mineur(e), même pour les travaux d'été. Ton employeur doit avoir leur autorisation, obligatoire pour les moins de 16 ans.

Peux-tu signer seul(e) ton contrat de travail ?
Non si tu as moins de 16 ans. Tes parents eux aussi doivent obligatoirement le signer. Si tu as entre 16 et 18 ans, tu peux le signer seul(e). Mais c'est une exception, car, en principe, un mineur n'est pas autorisé à passer un contrat. Tes parents doivent quand même te donner leur accord. Sinon, ils peuvent faire annuler un contrat que tu aurais signé sans le leur dire. Dans tous les cas, ils n'ont pas le droit de signer à ta place et contre ton gré.

Aujourd'hui, 11h47 · 1 personne aime ça

Léa – O.K. !

Justine – O.K. !

Le manager – En ce qui concerne le pain, il faut le griller dans les règles de l'art. Donc vous le posez là et...

J'ai souri à une fille qui emballait les hamburgers. Elle travaillait à une vitesse prodigieuse sans regarder ce que faisaient ses mains.

Le manager – Justine, tu m'écoutes ?

Justine – Bien sûr.

Il a encore fallu l'écouter près d'une heure. Les pistolets de sauce à dose unique, l'assemblage des hamburgers, les différents types de menus, les sachets de ketchup ou les assaisonnements pour salades, on a eu droit à tout dans le moindre détail. J'étais en train de contempler les petits dessins de hamburgers et de nuggets sur les touches de la caisse enregistreuse et de penser que ce serait pratique si Thibault avait des touches avec des sentiments dessinés dessus : amour (touche 1), envie de bisous dans le cou (touche 2), jalousie (touche 3), regard énamouré (touche 4), lorsque la voix du manager a retenti à mes oreilles.

Le manager – Eh bien Justine, puisque tu as l'air passionnée par la caisse, tu vas commencer par là. Quant à toi, Léa, tu t'occupes de la cuisson de la viande. Je reste dans les parages au cas où vous auriez besoin d'aide et bien sûr vos coachs vous managent toute la journée.

J'ai regardé ma meilleure amie, paniquée. Ce n'était pas du tout la façon dont j'envisageais notre travail. J'étais persuadée qu'on allait rester ensemble au début. En plus, pour être honnête, je n'avais pas vraiment tout écouté sur le fonctionnement des caisses. Léa m'a souri et malgré mes yeux qui lançaient des S.O.S., elle est partie rejoindre ses steaks.

Le manager est resté derrière moi quelques minutes, histoire de m'expliquer la nécessité de sourire aux clients tout en enregistrant attentivement leur commande.

J'ai pris l'air de la fille qui assume à fond ses nouvelles responsabilités et, visiblement rassuré, il est allé dans le lobby inspecter l'état des tables.

De toute façon, si j'avais le moindre problème, Agathe, ma voisine, que dis-je, ma sœur de caisse était là pour me coacher. C'était une petite black joviale qui m'avait fait un clin d'œil de bienvenue dès mon arrivée.

J'étais en train d'essayer de comprendre comment ouvrir le tiroir-caisse lorsqu'un type que je n'avais pas vu arriver a demandé un menu Best of. Je suis restée un moment à l'observer en attendant qu'on le serve lorsque je me suis rappelé que la serveuse, c'était moi !

Justine – Euh... Tout de suite !

Mince, j'ai oublié de lui sourire. Si le manager me surveillait, j'aurais droit à une remarque. Je me suis donc plantée en face de mon client et j'ai arboré mon plus éclatant sourire.

Il m'a regardée bizarrement et a répété :

Le grand type – Un Best of, s'il vous plaît...

Oui c'est bon, j'ai compris, je ne suis pas sourde, je respecte la clientèle.

Justine – Que désirez-vous pour accompagner le hamburger ? Frites, potatoes ou salade ?

Le grand type – Frites.

Justine – Et comme boisson ?

Le grand type – Un Coca.

Justine – Light ?

Le grand type – Non.

Justine – Je vous le conseille, c'est le même goût avec des calories en moins.

Le grand type – Moi, ce que j'aimerais, c'est mon menu avec les commentaires en moins.

Je me suis mise à rire. Quel sens de l'humour !

Ah non, ce n'était pas de l'humour...

Devant l'air sinistre de mon premier client, j'ai ravalé mes conseils et je lui ai servi ce qu'il m'avait demandé. Agathe m'a aidée à encaisser. On l'a regardé mettre sa monnaie dans un minuscule porte-monnaie en prenant soin de séparer les pièces de dix et de vingt cents. Il a fini par partir.

Justine – T'as vu comment il m'a parlé ?

Agathe – Oh là, c'est rien... Attends le rush du déjeuner, tu vas découvrir de quoi est capable le genre humain lorsqu'il a faim et qu'il n'a pas tout de suite son hamburger. Hier, un mec a entièrement écrasé son cheese sur la caisse de Laura parce qu'il voulait un fish et qu'elle s'était trompée.

La remarque de ma sœur de caisse ne m'a pas rassurée.

Agathe – Mais ne t'inquiète pas, il y a des avantages aussi. La caisse, c'est une mine à mecs. Tu rencontres plein de types craquants qui n'hésitent pas à revenir boire un truc juste pour te parler. D'ailleurs, il est pas idiot le manager, il met presque toujours des filles à la caisse. Tiens, regarde les deux beaux gosses qui arrivent, comment ils nous matent.

J'ai tourné la tête. Mais qu'est-ce qu'ils faisaient donc là, eux ???

Près de l'entrée, Nicolas et Jim me fixaient d'un air amusé. On n'aurait jamais dû leur confier qu'on faisait une journée d'essai. Ils se sont approchés de la caisse et m'ont parlé comme s'ils ne me connaissaient pas. Je les sentais prêts à me faire une blague monumentale.

Jim – Bonjour mademoiselle !

J'allais leur dire de se calmer lorsque j'ai vu le manager qui m'observait, il devait vérifier la manière dont je me débrouillais avec la clientèle. J'ai arboré mon sourire de vendeuse, un truc totalement mécanique qui n'engage que les muscles de la bouche.

Justine – Vous désirez ?

Nicolas – Un sanglier rôti pour moi et mes braves ! Et que ça saute !

Si mon cousin s'était contenté de prononcer cette phrase à voix basse, j'aurais pu lui servir n'importe quoi comme s'il m'avait passé commande et lui glisser discrètement que mon boss me surveillait mais non, il avait hurlé.

Tout le monde s'est retourné. Les yeux du manager zoomaient sur mon visage, il fallait absolument que j'assure.

Justine – Pour des appétits d'irréductibles Gaulois, nous avons le menu Maxi Best of !

YES ! Je suis trop forte... La référence à Astérix quand un client moqueur me demande du sanglier, le chef va apprécier. En plus, je lui colle le menu le plus cher, je fais grimper le chiffre d'affaires, je suis l'employée dont tous les patrons rêvent !

Nicolas – Et t'es obligée de prendre cet air con pour me parler ?

Agathe, qui n'avait pas compris la situation, m'a crue en difficulté et a tenté de me venir en aide.

Agathe – Messieurs, si vous voulez bien changer de caisse, ma collègue va fermer mais je vais me faire un plaisir de vous servir.

Jim – Ah non, nous on veut celle-ci ! On ne raterait un truc pareil pour rien au monde.

Comme je ne voulais pas que mon boss me prenne pour une incapable, j'ai répliqué avec un grand sourire :

Justine – Pas de souci, Agathe, je m'occupe de ces messieurs. Alors, vous avez choisi ?

Nicolas – Ouais, on a choisi mais on attend Thibault, il arrive, il gare son scooter. On ne sait pas ce qu'il veut bouffer.

Thibault ici ? Oh non !!! Émue, j'allais être incapable de servir les garçons sans me planter. Il était certain que j'allais tout mélanger ou renverser. Je me voyais déjà couverte de ketchup, ramassant des hamburgers baignant dans le Coca. Jamais Thibault ne sortirait en boîte avec une fille maladroite et ridicule qui porte une casquette rouge et des surchaussures en caoutchouc. Il fallait absolument que je sauve mon couple.

Je me suis penchée discrètement vers Agathe.

Justine – Je dois aller faire pipi.

Agathe – Tu ne peux pas laisser ta caisse en plein milieu d'un shift.

Justine – D'un quoi ???

Agathe – D'un shift, d'un temps de travail. Tu dois patienter jusqu'au break.

Justine – Le quoi ?

Agathe – Ta pause.

J'ai aperçu le reflet de Thibault dans la vitre de la porte. Il fallait que je fasse vite un choix : mon honneur d'employée ou mon amour. J'ai foncé me planquer.

Léa qui venait de jeter discrètement une série de steaks calcinés m'a vue me précipiter derrière l'armoire frigorifique. Elle m'a suivie du regard, un point d'interrogation dans les yeux. D'un signe de la tête, je lui ai montré ma caisse. Elle n'a pas compris. Elle a fini par abandonner sa plaque de cuisson.

Léa – Qu'est-ce que tu fabriques ?

Justine – Thibault et les garçons sont à ma caisse.

Léa – Oui et alors ?

Justine – Ça va être la cata si je les sers.

Léa – Pourquoi ?

Justine – Je sais pas, je le sens pas...

Léa – Il faut que tu y retournes sinon tu vas te faire virer. Courage ma Justine, je suis sûre que tu vas être formidable.

Justine – Thibault ne sortira jamais avec une gourdasse maladroite qui porte une casquette rouge.

Léa – Mais avec une véritable bombe sexuelle qui manie le ketchup avec sensualité, oui. S'il est venu jusque-là, c'est pour te voir. Allez, va...

Et joignant le geste à la parole, elle m'a poussée pour que je sorte de ma cachette. Je me suis retrouvée devant ma caisse avec un air totalement tarte.

Agathe a dodeliné de la tête et Thibault m'a fait son sourire de garçon bien élevé que rien ne surprend.

Thibault – Bonjour Justine!

Justine – Bonjour!

Vite, il faut que je la joue professionnelle, je ne me laisse pas submerger par mes émotions. Je lui demande du ton le plus détaché possible ce qu'il veut manger.

Un, deux, trois... Go!

Justine – Tu me désires? Euh, je voulais dire : tu désires? Enfin, tu désires manger quoi?

Mais c'est monstrueux ce que je viens de dire! S'il existe une puissance extraterrestre dans l'univers, qu'elle m'emmène dans une autre galaxie où je disparaîtrai à jamais.

Nicolas – Et nous, tu ne veux pas savoir ce qu'on veut bouffer alors que ça fait deux plombes qu'on t'attend?

Justine – Ben si...

Nicolas – Moi, comme d'hab un Maxi Best of avec deux hamburgers en plus. Tu me files du Sprite et des frites. Ah oui, un Mac Fleury Crunch aussi. Mets la dose pour le Crunch, on est de la famille quand même!

Thibault et Jim m'ont passé commande à leur tour et je n'ai presque pas eu besoin de l'aide d'Agathe.

Remarquez, elle était très occupée par Nicolas qui lui révélait sa passion pour le chocolat noir. Cette allusion à peine masquée à la couleur de peau de ma sœur de caisse m'a semblé ridicule. Cela n'a pas été le cas d'Agathe qui a joué de la métaphore filée.

Agathe – C'est sûr que c'est le plus corsé et le plus chaud. Lorsqu'on y a goûté, on devient totalement accro.

Je les ai laissés à leur love attraction, je tenais à me concentrer pour mener ma tâche à bien.

Lorsque les garçons sont partis s'asseoir à la table en face pour manger, j'étais super fière de moi. Finalement, je n'étais pas si gourde que ça ! Je trouvais même que j'avais mûri dans ma relation à Thibault. J'arrivais à le regarder sans dire trop de bêtises – si on excepte le « Tu me désires ? » qui, à bien y réfléchir, pouvait passer pour du second degré subtil.

Agathe, visiblement intéressée par Nicolas, est venue aux renseignements.

Agathe – Tu le connais bien ?

Justine – Mieux que ça !

Agathe – C'est ton ami ?

Justine – Non, mon cousin.

Agathe – Il est super mignon.

Justine – Ouais ? Je ne sais pas, je le vois pas comme un garçon. C'est Nicolas, c'est tout.

Agathe – Il a quelqu'un en ce moment ?

Justine – Je ne crois pas mais c'est difficile de tenir à jour la comptabilité des fiancées de mon cousin. Il y a du mouvement !

On n'avait pas terminé notre conversation sur la vie amoureuse de Nicolas que des vrais clients sont arrivés. À part pour une carte bleue et un paiement par chèque, je n'ai pas eu besoin de demander d'aide à Agathe. Je commençais à me sentir à l'aise. Surtout que de temps en temps, je croisais le regard de mon prince.

Comme il n'était pas très loin, je distinguais parfaitement son visage, son sourire, et je n'avais pas besoin de plisser les yeux comme une vieille taupe. Qu'est-ce que c'est bien de se sentir sereine et calme parce qu'on a enfin trouvé sa place dans le cœur de l'autre...

Justine – Bonjour, vous désirez ?

Un couple super mignon se dévorait d'un regard énamouré devant moi. Il a fallu que j'attende quelques secondes avant qu'ils s'aperçoivent de ma présence. Ils étaient trop occupés l'un par l'autre pour se rendre compte que le reste du monde existait. Je me suis sentie très proche d'eux. Plus que deux jours pour que Thibault et moi leur ressemblions.

Au fait, elle en était où la lumière de mes jours avec son Cheeseburger ?

J'ai penché la tête légèrement à gauche et, à la place de mon Thibault, j'ai vu une grande giguasse en minijupe.

Ben, il est où mon homme ?

J'ai demandé aux amoureux de se pousser un peu. Là, un spectacle insupportable s'est offert à ma vue : trois poufi... pardon, trois filles libres s'étaient assises à la table des garçons et plaisantaient avec eux. La grande bringue avec minijupe avait même commencé à entreprendre sérieusement Thibault !

Mais elle se croyait où ? Elle voulait que je lui explique ce qui allait lui arriver si elle s'approchait encore plus ? Je l'ai fixée d'un air haineux mais comme elle ne me regardait pas, elle a continué son cirque en toute tranquillité. J'ai tapé sur ma caisse pour attirer son attention et celle de mon prince.

Rien.

– Une boîte de douze nuggets, des potatoes et deux Coca, s'il vous plaît.

J'ai continué à taper. Ils allaient finir par m'entendre.

– Excusez-moi : une boîte de douze nuggets, des potatoes et deux Coca. Mademoiselle, votre caisse est bien ouverte, non ?

J'ai sursauté. Ah oui, le couple d'amoureux ! Ils ne pourraient pas se lâcher un peu les mains ? C'est vrai, c'est ridicule ces gens qui s'agrippent en permanence comme s'ils avaient peur de se perdre. Ça va, on va pas te le prendre ton homme, t'as pas besoin de rester ventousée comme si tes pieds étaient dans le vide et que tu devais ta survie aux bras salvateurs de ton Superman.

Justine – Je vous sers tout de suite.

Je leur ai préparé leur commande sans quitter des yeux mon beau Thibault. Au moment où j'encaissais, l'amoureux transi a vérifié son plateau.

L'amoureux transi – Je vous ai demandé des nuggets, des potatoes et deux Coca.

Justine – Oui et alors ?

L'amoureux transi – Vous m'avez servi deux Royal Bacon, une salade et deux jus d'orange.

Justine – Et vous n'aimez pas ?

Il m'a fixée, interloqué.

Justine – Vous pourriez vous pousser ? Je ne vois pas ce qui se passe derrière vous.

La grande bringue proposait maintenant à Thibault de mordre dans son hamburger et mon prince lui souriait. J'ai eu l'impression d'avoir mis les doigts dans une prise électrique.

L'amoureux transi – Vous vous fichez de moi ?

Non, mais elle allait voir de quoi j'étais capable cette voleuse de mari ! Je me sentais prête à la trucider et à la découper en morceaux.

Ensuite je prendrais la place de Léa à la cuisson des steaks. Viande d'origine humaine certifiée...

L'amoureux transi me dévisageait d'un air inquiet.

Justine – C'est quoi le problème ?

L'amoureux transi – Vous ne nous avez pas servi ce qu'on vous a demandé.

Agathe s'est penchée discrètement vers moi.

Agathe – T'abuses, Justine. Donne-leur ce qu'ils ont commandé.

J'ai repris le plateau et j'y ai posé leurs nuggets. Je croyais que les amoureux vivaient d'amour et d'eau fraîche !

Nicolas s'était levé et racontait avec enthousiasme son histoire favorite. Une blague nulle sur les blondes. Pas besoin de dresser l'oreille pour la reconnaître : les gestes de mon cousin ne varient jamais quand il fait son show. Miss jupe « ras le string » a explosé de rire au moment de la chute et en a profité pour mettre la main sur l'épaule de mon Thibault.

Là, c'en était trop !

J'ai traversé la cuisine à grandes enjambées et j'ai foncé jusqu'à la salle des clients.

Vous voyez l'énergie dévastatrice d'un taureau quand il a des banderilles plein le dos et qu'on lui donne la possibilité de foncer sur le torero ? Eh bien, à côté de moi, c'était le Nobel de la Paix !

Je me suis ruée sur la giguasse. J'étais à cinquante centimètres d'elle lorsque j'ai entendu crier mon prénom. Je me suis retournée.

Léa – Justine, tu viens s'il te plaît.

J'ai hésité un quart de seconde. Je voulais d'abord régler son sort à mon ennemie. Mais devant le regard noir de Léa, j'ai obéi, je l'ai rejointe. Elle a chuchoté :

Léa – Il se passe quoi encore ?

Justine – Tu vois l'allumeuse là-bas, elle drague Thibault sous mes yeux depuis dix minutes.

Léa – Et tu comptes faire quoi avec ton éponge à la main ?

Justine – La démaquiller à la Javel.

Léa – T'es vraiment pas normale. Tu comptes tuer toutes les filles qui s'approchent à moins d'un mètre de Thibault ? Franchement être ton amie, c'est un boulot à plein temps ! Oups ! À propos de boulot, j'ai oublié mes steaks...

Léa n'avait pas fini sa phrase qu'on a entendu des cris qui provenaient de la cuisine. On s'est précipitées. Trop tard. Dix morceaux de charbon gisaient sur la grande grille. Le manager, alerté par l'odeur et la fumée, est sorti de son bureau pour constater le carnage.

Le manager – On peut savoir, Léa, pourquoi tu as carbonisé cette viande ?

Ma meilleure amie a baissé les yeux sans me dénoncer. Sa loyauté m'est allée droit au cœur. J'ai voulu, à mon tour, faire acte de bravoure.

Justine – C'est ma faute, elle a voulu m'aider et a abandonné son poste pour me suivre dans le lobby.

Parfois dans la vie, on veut arranger un problème et, au moment où on agit, on se rend compte qu'on l'a rendu définitivement catastrophique.

Le manager nous a accordé cinq minutes pour quitter nos uniformes et disparaître de sa vue.

Le manager – Je crois qu'il est inutile de vous expliquer pourquoi votre journée d'essai ne se conclut pas par une embauche ?

Oui, c'était inutile. Encore une fois, j'étais responsable de la situation. Léa ne m'a pas dit un mot tandis que nous nous rhabillions. Je la comprenais. Je n'étais pas une amie, mais les douze plaies d'Égypte réunies !

Les garçons nous ont accueillies avec joie lorsque nous sommes sorties quelques minutes plus tard du vestiaire. Pas un mot sur mon attaque frontale.

Jim – Vous avez déjà fini ? Ça se passe comme ça chez Mac Donald's ?

Il plaisantait ou quoi ? J'ai regardé Léa, interloquée. Elle m'a chuchoté à l'oreille :

Léa – Ils ne se sont rendu compte de rien. Donc inutile de leur raconter. T'as déjà paumé un job, tu ne vas pas risquer de perdre ton grand amour à cause de tes crises d'hystérie...

Nicolas – Venez, qu'on vous présente de nouvelles copines.

Ah ça non, il n'en était pas question !

Ma meilleure amie m'a pincé le bras et m'a obligée à m'asseoir. Elle a dit de façon très diplomatique :

Léa – Juste une seconde alors parce qu'on n'a pas envie de traîner ici.

Jim – C'est sûr, si vous devez y passer toutes vos vacances...

Léa – Oh non, on va chercher autre chose. C'est pas très sympa comme boulot et on a préféré l'annoncer franco au manager. Il avait l'air désolé parce que trois de ses équipiers l'ont lâché mais on ne va pas se forcer pour lui faire plaisir.

Nicolas – Je croyais que vous vouliez absolument travailler dans un Mac Do.

Léa – Oui, mais c'était avant d'essayer. Je n'ai pas pour vocation de griller en même temps que des steaks.

Jim – Même chose pour toi, Justine ?

Justine – Ben...

Aucun mensonge acceptable ne me venait à l'esprit lorsque j'ai croisé le regard bovin de la giguasse.

Justine – Ah ouais, c'est pénible. Surtout quand tu dois servir des crétines en minijupe. Enfin, quand tu te rends compte qu'elles ne viennent pas pour manger mais pour se ravitailler en chair fraîche. Ça fait pitié...

Léa m'a fusillée du regard.

Léa – Allez, nous, on y va. Il faut absolument qu'on trouve un autre job d'ici la fin de la semaine. Vous faites quoi les garçons ?

La grande giguasse – Ils restent avec nous !

Cette fois, Léa a anticipé ma réaction, elle m'a attrapée par le bras et on est sorties comme des météorites traversant la stratosphère. Ma meilleure amie a attendu qu'on parvienne à une distance raisonnable du Mac Do pour me dire sa façon de penser.

Léa – Tu veux m'expliquer pourquoi tu es incapable de te maîtriser lorsque ce type est en face de toi ?

Justine – Je ne sais pas. Quand Thibault n'est pas là, je te jure, je fais tout bien mais dès que je suis en sa présence, je suis capable de n'importe quoi.

– Je crois que ça s'appelle être amoureuse.

Je me suis retournée.

Jim qui nous avait rejointes m'a souri.

Jim – Dis donc, tout à l'heure tu comptais vraiment tuer la jolie brune qui draguait Thibault ?

Justine – Vous vous en êtes rendu compte ?

Jim – C'était difficile de ne pas le voir. Quand t'es sortie de derrière le comptoir, ton éponge dégoulinante à la main, on a cru qu'on allait tous y passer.

Justine – Thibault s'est moqué de moi ?

Jim – Non, aucun commentaire. Monsieur est un gentleman !

Justine – Il est encore avec cette fille ?

Jim – Non, il est parti aux toilettes pendant que Nicolas donne son numéro à Agathe et ils nous rejoignent. Thibault a proposé qu'on aille prendre le café chez lui. Je reste une heure avec vous, après je vais bosser.

Dix minutes plus tard, on marchait tous les cinq dans la rue. Je n'osais pas dire un mot. Nicolas, qui avait rendez-vous à six heures avec Agathe, essayait de négocier avec Thibault qu'il lui prête son appartement pour la soirée. La discussion était animée. Moi, dans mon coin, je réfléchissais...

Pour une fille qui avait frôlé la prison ferme pour tentative de meurtre sur giguasse et complicité dans un début d'incendie au Mac Do, je ne m'en sortais pas trop mal.

J'ai soudain pris conscience que c'était une vraie chance d'avoir des amis si aimants et je me suis dit que je devais essayer d'être à la hauteur. Il me fallait faire une promesse et la tenir quoi qu'il arrive.

« Je jure que c'est la dernière fois que je perds le contrôle de moi-même. Dorénavant, si une fille parle à Thibault, je saurai me montrer sereine et calme. En moins d'une semaine, la vie m'a donné deux leçons que je n'ai pas su écouter, aujourd'hui je prends un nouveau départ. »

Dommage que les autres n'aient pas pu entendre ce serment solennel, ils auraient saisi le changement incroyable qui s'opérait en moi. Peu importe, ils verraient le résultat.

– Eh ben, vous étiez où les filles ? Je suis allée vous chercher au Mac Do, on m'a dit que vous aviez été virées.

Ingrid était sur le trottoir d'en face et nous regardait d'un air navré.

Nicolas – Vous avez été virées ?

Est-ce que quelqu'un a du chatterton double face pour museler cette traîtresse ?

Léa – Non, pas vraiment.

Jim – Juste un peu ?

Léa – Juste ce qu'il faut.

Jim – Alors, on va fêter ça !!!

Et tandis qu'Ingrid nous rejoignait, juchée sur des escarpins roses assortis à sa jupe timbre-poste, je me suis dit que Jim avait toujours les mots qu'il faut pour réparer le cœur des autres.

Ingrid – Waouh, t'es sexy Thibault avec ce tee-shirt noir... On voit super bien tes pecs. Je peux toucher ???

Mais elle délire ou quoi ? Elle veut ma main en travers de la...

Non !!! Non !!! Non !!! C'est fini, la Justine nouvelle est arrivée.

INSPIRE... EXPIRE...

INSPIRE... EXPIRE...

INSPIRE... EXPIRE...

Sexy
théorie

Justine – Bonjour tout le monde !

Lorsque je suis entrée dans la cuisine ce matin, on aurait dit un reportage sinistre de *Zone interdite* sur les familles qui n'arrivent plus à vivre ensemble et sont au bord de l'implosion. Mon père buvait son café en regardant par la fenêtre et ma mère déchiquetait d'un air mécontent sa galette bio de riz soufflé comme si c'était un vieux morceau de polystyrène. Théo, navré, les observait en se grattant la tête façon bébé chimpanzé comme à chaque fois qu'il stresse.

Ambiance...

Ma première envie à la vue de ce spectacle a été la fuite mais j'ai été rattrapée par le syndrome de la bonne fée et je suis restée. Je n'aurais pas dû !

Le problème des gens en crise c'est que, lorsque vous tentez de les aider à sortir de la spirale infernale de l'énervement, ils vous entraînent malgré vous sur les territoires volcaniques de la colère.

Justine – Ça va la petite famille ?

Aucune réponse. J'ai tenté la parole zen qui rappelle tous les bienfaits dont on bénéficie et qui permet de relativiser les petits tracas quotidiens.

Justine – On a vraiment de la chance. On est en bonne santé, on vit dans une belle maison, on...

La mère – Une belle maison, il faut le dire vite. Tu as vu l'état de ta chambre ???

Justine – Oui, c'est vrai, il y a un peu de bazar mais demain, c'est les vacances, je vais avoir le temps de ranger.

La mère – Tu dis toujours ça mais tu ne le fais jamais. Tu te souviens de la fois où Françoise, ma sœur, venait pour le week-end et que je t'avais demandé de lui prêter ta chambre. Elle a dormi dans un bazar, la pauvre... Mais un bazar...

Ça y est, c'est parti. Elle est en train de visualiser les strates de vêtements qui traînent au pied de mon lit.

La mère – Elle ne savait plus où poser ses affaires. J'ai eu honte mais honte...

J'ai remarqué une chose avec ma mère, c'est que lorsqu'elle commence à se chauffer sur un sujet, elle répète deux fois le même mot. Bazar mais un bazar. Honte mais honte. Un peu comme si elle faisait de l'autotraining. J'ai essayé de la brancher sur un nouveau sujet.

Justine – Et alors, vous faites quoi pour l'anniversaire des Dubois, dimanche ?

Ma mère a esquissé un léger rictus qui ne laissait présager rien de bon.

La mère – Je ne sais pas. Monseigneur n'a pas encore décidé.

Ouh là... Alerte rouge. S'il y a bien une chose que mon père ne supporte pas, c'est que maman l'appelle Monseigneur.

Le père – Et depuis quand c'est moi qui décide dans cette maison ? C'est nouveau ça ! Parce qu'en général, Madame l'adjudante-chef décide pour tout le monde.

Là, c'est la guerre.

J'ai attrapé Théo qui était accroché à son bol de céréales (une valeur sûre en période de dispute parentale), et on a filé dans ma chambre. Mon petit frère avait l'air désolé.

Théo – Tu crois qu'ils vont divorcer ?

Justine – Oh non ! C'est une dispute, c'est tout.

Théo – Oui mais ça dure depuis hier soir.

Justine – Ce n'est pas grave. Maman est fâchée à cause de la remarque que papa lui a faite au dîner et comme il ne s'est pas excusé, elle continue à bouder.

Théo – Pourtant, moi j'ai trouvé ça rigolo ce qu'il a dit papa.

C'est vrai que c'était drôle ! Je vous raconte...

En ce moment, ma mère traverse une intense période bio. Elle a déclaré la guerre aux pesticides, antibiotiques, colorants, conservateurs, exhausteurs de goût. Du coup, elle vérifie la composition de tout ce qu'elle achète et on ne mange plus de viande. Elle ne fait plus que des légumes aux céréales et, les jours de fête, un dé à coudre de poisson bouilli.

Jusqu'à la semaine dernière, mon père ne disait trop rien mais je sentais son agacement lorsqu'il découvrait le contenu de son assiette. Et hier, il a craqué.

Quand maman, très fière de préserver sa petite famille de l'empoisonnement généralisé, a présenté sa « farandole de crudités, émincé de courgettes et d'aubergines accompagné de son tofu », il a lâché sans un sourire : « Sympa le menu, t'as encore invité des lapins ? »

Ma mère, qui avait passé plus d'une heure à préparer le repas, n'a pas goûté la dimension comique de la remarque et a pris ça pour une attaque personnelle.

Elle a donc claqué la porte de la cuisine avec fracas non sans avoir jeté auparavant son tablier au visage de papa. Geste doublement symbolique : elle rendait son tablier et le provoquait en duel.

Mais si, dans les romans du XIXe siècle, les hommes règlent leurs différends à l'épée en deux temps trois mouvements, mes parents préfèrent la joute verbale sur une durée indéterminée. Et dans ces cas-là, c'est Théo et moi qui en faisons les frais !

Théo – Moi je suis comme papa... J'aime pas les repas pour les lapins. Je préférerais que maman invite des lions, j'adore les steaks !

Justine – Des vieux lions sans dents alors, parce que tu ne manges que des steaks hachés. Allez, je vais prendre ma douche sinon je vais être en retard au lycée. Tu peux finir tes céréales sur mon lit mais attention de ne rien renverser.

Théo – Promis juré.

L'ambiance n'était pas meilleure quand je suis sortie de la salle de bain. Mon père finissait d'habiller Théo en grommelant : « Mais qu'elle ne fasse plus rien dans cette maison, ça m'est parfaitement égal. On mangera des pizzas surgelées et on fera le ménage quand on pourra ! Si elle croit m'effrayer avec ses menaces de grève, elle se trompe. »

Ma mère, quant à elle, s'était enfermée dans sa chambre. J'étais vraiment heureuse de m'en aller.

Je sortais de la maison bleue quand maman a hurlé par la fenêtre :

La mère – JUSTIIIIINE !!!!!

Ça, ça sent le « Tu passes prendre Théo à l'étude ce soir parce que moi, j'ai une réunion qui risque de s'éterniser. » J'ai respiré profondément.

Justine – Oui, maman ?

La mère – Tu passes prendre Théo à l'étude ce soir parce que moi, j'en ai assez d'être à votre service.

Tiens, une variante que je ne connaissais pas encore.

J'ai bien été tentée de lui rétorquer que Théo était son fils et que moi non plus, je n'étais pas à son service mais je n'ai pas eu envie de devenir son punching-ball.

Justine – Pas de problème, maman ! À ce soir...

J'ai juste eu le temps d'embrasser Léa lorsque je suis arrivée au lycée. La cloche venait de sonner et j'avais cours d'anglais. Remarquez, je pouvais me permettre d'être en retard, je ne risquais pas grand-chose.

Mme Myriami a tellement peur de ses élèves qu'elle ne dit jamais rien. Résultat : son cours est une immense foire durant laquelle tout le monde va et vient, fait des maths, de la physique ou n'importe quoi d'autre mais jamais d'anglais. Au dernier cours, Michaël a imité les animaux de la création et le jeu consistait à les identifier et ensuite à faire le cri de leur femelle. C'était intenable.

Au bout de dix minutes, le prof de la classe à côté est entré totalement excédé et a dit sans sourire : « Je préviens les habitants de cette ménagerie que je possède un permis de chasse et que je n'hésiterai pas à tirer. » Il y a eu un silence post big bang.

Mme Myriami s'est ratatinée sur son estrade et a bafouillé des excuses. J'ai vraiment eu de la peine pour elle. J'imagine l'angoisse horrible qu'elle doit ressentir chaque matin avant de venir au lycée.

J'avais mal à la tête à dix heures lorsqu'elle est sortie de la classe et le retour à l'ordre avec le prof de maths m'est apparu comme une bénédiction. Comme quoi, tout est relatif !!! J'ai vite déchanté, le premier exercice des annales de Toulouse a eu raison de mes nerfs. Si je tombe sur un truc pareil au bac, c'est sûr que je repique.

Évidemment Brice a fini en moins de dix minutes et a demandé au prof s'il pouvait « liquider » le second en attendant. Moi, il m'a fallu les deux heures.

Je le hais !

– Tu comptes les revendre à la sortie ?

Léa regardait d'un air inquiet ma main droite. J'ai suivi son regard et j'ai réalisé que je venais d'empoigner une vingtaine de fourchettes pour les mettre sur mon plateau. J'avais beau être arrivée à la cantine, mes équations de la cinquième dimension continuaient à me perturber.

Justine – Mais qu'est-ce que je fabrique, moi ? Ça ne va pas...

Léa – Non, ça n'a pas l'air.

J'ai reposé dix-neuf fourchettes et j'ai choisi mon entrée. Enfin, choisir n'est pas le bon terme parce qu'il laisse entendre que nous pouvons hésiter entre deux choses qui nous plaisent pareillement. Or ce n'est pas le cas. À la cantine, le choix se fait par défaut : nous ne prenons pas le meilleur, nous nous résignons au moins pire. Je sais, ce n'est pas français mais c'est pourtant le reflet exact de la réalité.

Léa – T'avais maths ?

Justine – Comment tu sais ?

Léa – Il suffit de te regarder. Tu as le teint brouillé de ceux qui viennent de faire les annales de Toulouse et qui n'ont pas dépassé le premier exercice.

Incroyable ! Cette fille est incroyable, elle est capable de localiser sur ma peau l'origine de mes équations. C'est une vraie sorcière...

Comme je la contemplais d'un air admiratif, Léa a éclaté de rire.

Léa – Ne me fixe pas comme ça, on dirait que tu viens de voir atterrir un ovni. J'ai croisé Aurélie, c'est elle qui m'a dit pour les annales de Toulouse.

Justine – Ah c'est malin ! Sorcière de supermarché, va.

– Salut les filles !

Oh cette voix dans mon dos... Qu'on mette de la cire dans les oreilles de mes compagnons et qu'on m'enchaîne au mât du bateau ou je plonge immédiatement dans les flots déchaînés.

Léa – Bonjour Thibault.

Thibault – Coucou Léa !

Nue sur le rivage, sauvée in extremis par Athéna, je replongerai quand même dans les eaux bouillonnantes pour entendre encore une fois le son mélodieux de cette voix enchanteresse. Léa s'est penchée vers moi et m'a chuchoté à l'oreille :

Léa – Il y a un problème avec Thibault ? Tu ne lui dis pas bonjour ?

J'échapperai à Charybde et Scylla, je crèverai l'œil du cyclope, j'évincerai Calypso, Nausicaa, Circé et cette hypocrite de Pénélope et c'est avec moi que Thibault dormira dans le lit d'olivier, son grand arc à la main.

Nicolas – Dis donc Justine, c'est de choisir entre des concombres trop salés et des radis creux qui te fait soupirer comme ça ?

Quoi ? J'ai soupiré ?

Devant le sourire moqueur de Thibault, je me suis sentie mortifiée. J'ai pris le premier plat qui se présentait devant moi et suis allée m'asseoir.

Léa – Alors Nico, cette soirée avec Agathe, c'était comment ?

Nicolas – Le chocolat est cent pour cent cacao mais ne se laisse pas facilement croquer. Elle vient avec nous en boîte demain.

Léa – T'es lourd mais c'est bien, ça fera un peu de couleur dans le club des C1K+1 !

Je n'ai pas écouté la suite de la conversation, Thibault s'était assis près de moi et j'ai senti sa cuisse frôler la mienne. Impossible qu'il ne le fasse pas exprès. Je l'ai regardé et il m'a souri d'un air complice.

D'où vient l'expression « ne pas écouter le chant des sirènes »

Dans l'Odyssée, les Sirènes représentent avec Charybde et Scylla et les Roches Planctes l'une des trois épreuves que va affronter Ulysse après avoir quitté l'île de Circé. Heureusement, la déesse lui a inspiré une ruse pour échapper aux Sirènes, êtres monstrueux dont les voix douces et harmonieuses entraînent ceux qui les entendent vers la mort. Après avoir bouché les oreilles de ses compagnons, Ulysse, attaché au mât de son navire, peut écouter le chant merveilleux des sirènes sans risques.

Oh Thibault, mon roi d'Ithaque, tu peux partir vingt ans, je t'attendrai, tissant le jour le linceul de ton père et défaisant la nuit mon ouvrage. Pas un prétendant ne touchera mon corps nu. Je boirai la fiole, me faisant passer pour morte, et je te laisserai un SMS sur ton portable pour que tu ne te méprennes pas sur mon décès...

D'accord, ce n'est pas la même histoire mais il vaut mieux mettre toutes les chances de notre côté.

J'en étais encore à m'imaginer assise en croupe sur le cheval de Thibault galopant à travers les forêts giboyeuses pour échapper à la vengeance des Capulet, des Montaigu et de Poséidon réunis lorsque le cours de SVT a commencé. Mme Chabret, la prof, nous a distribué une liste sans expliquer de quoi il s'agissait.

J'ai lu :

– la subduction
– la collision des plaques tectoniques
– la datation relative et absolue
– les remaniements chromosomiques
– la procréation
– les défenses immunitaires
– la prévention des MST.

La prof de SVT – Voici la liste des exposés obligatoires de l'année. Chaque sujet comporte quatre questions. Vous devez donc choisir le thème et la question que vous traiterez.

Michaël – On est obligé d'en prendre une ?

La prof de SVT – Non, bien sûr que non... Surtout si vous pouvez vous permettre d'avoir un zéro coefficient 2 dans votre moyenne.

Elle me fait rire cette prof... Jamais un mot plus haut que l'autre mais elle remet en place tous les élèves qui la provoquent.

Elle a continué :

La prof de SVT – Chaque élève devra me rendre un travail documenté qui ne doit surtout pas être un copier-coller d'Internet. Je signale à ceux qui voudraient tenter leur chance que j'ai repéré la plupart des sites sur les sujets proposés et que je reconnaîtrai sans difficulté les emprunts. Suivant un calendrier annuel que je vous communiquerai tout à l'heure, chacun présentera à la classe durant dix minutes le fruit de ses recherches. Vous êtes vingt-huit, il y a vingt-huit questions différentes, je vais vous demander de sélectionner celle qui vous intéresse.

J'ai relu la liste tandis qu'une forêt de doigts se levait.

Moi, j'hésitais : collision des plaques tectoniques ou subduction ? Ça m'a fait le même effet qu'à la cantine, lorsqu'on doit choisir entre un hachis Parmentier à base d'une viande improbable ou un cabillaud qui n'a pas vu la mer depuis plusieurs générations.

La prof de SVT – Il me reste deux sujets et donc deux élèves qui ne se sont pas manifestés : Justine et... Michaël. Honneur aux demoiselles ! Alors Justine, la partie 3 de la défense immunitaire ou la partie 2 de la prévention des MST ?

Justine – Euh... Je ne sais pas...

La prof de SVT – Je vais choisir pour vous alors. J'ai besoin du plus grand sérieux pour la partie 2 de la prévention des MST, donc je vous inscris. D'accord ?

Justine – Euh d'accord...

La prof de SVT – Il vous faudra profiter des vacances de la Toussaint parce que c'est le deuxième exposé après la rentrée. Rappelez-moi de vous donner le matériel dont vous aurez besoin pour l'exposé.

Tandis que la prof commençait son cours, j'ai lu cette fameuse question de la prévention des MST et j'ai compris pourquoi personne n'en avait voulu : « Quel est le rôle du préservatif dans la prévention du sida ? » Génial... Je ne voyais vraiment pas comment j'allais pouvoir parler de ça devant une classe d'agités. J'imaginais déjà les ricanements et les remarques en tous genres !

Lorsque la cloche a sonné, Mme Chabret m'a demandé de rester quelques minutes après les autres. Elle a attendu que les élèves aient quitté la salle pour aller chercher un sac en plastique dans son armoire métallique. Elle m'a invitée à me rasseoir.

La prof de SVT – Je suis contente que ce soit vous, Justine, qui vous chargiez de cette partie de l'exposé. C'est un sujet quelque peu sensible.

Oh comme je n'aime pas ce préambule avec voix doucereuse et regard plein de compassion. Ça sent la désinfection douce avant l'horrible coup de scalpel.

Elle a ouvert son sac.

J'avais tort, ce n'était pas la désinfection douce avant l'horrible coup de scalpel... C'était pire ! Le calme sur la plage d'Hawaï avant l'attaque de Pearl Harbor.

Je n'en ai d'abord pas cru mes yeux. J'ai même pensé, durant un court instant, que Mme Chabret était une perverse polymorphe qu'il fallait que je dénonce sur-le-champ à l'Éducation nationale. Mais son discours ultra scientifique sur l'objet qu'elle me tendait m'a fait douter.

La prof de SVT – Ceci est un pénis en plastique et, comme vous pouvez l'observer, il a été moulé en phase d'érection. Cela permet d'expliquer la mise en place du préservatif. Je vous le confie ainsi que cinq préservatifs pour que vous puissiez vous entraîner et expliquer à vos camarades son rôle actif dans la prévention du sida et autres MST. Je précise que cela fait strictement partie du programme de terminale S en SVT. Ça ira ?

Je ne crois pas, non... Je ne vois pas comment je vais sortir cet objet en cours sans ruiner ma réputation. Il faut absolument que je le lui dise. Allez courage Justine, c'est un sujet qui est peut-être au programme, mais ce n'est pas une raison pour accepter de faire n'importe quoi.

La prof de SVT – Bien... Je vous souhaite de bonnes vacances, Justine.

Non, il ne faut pas que je parte dans ces conditions, je dois trouver le courage de lui expliquer...

Justine – Vous aussi, madame.

Je me suis levée, j'ai pris la chose que la prof avait emballée et je suis sortie de la salle sans un mot.

Léa a explosé de rire, lorsque, une heure plus tard, cachée derrière un arbre de la cour, je lui ai montré mon matériel pédagogique.

Léa – Finalement, j'aurais dû faire une S, c'est beaucoup plus sexy qu'il n'y paraît.

Justine – C'est tout ce que tu trouves à dire ?

Léa – Tu préférerais que je te demande en rougissant de me prêter ton nouveau jouet ?

Justine – Je crois que tu n'as pas bien compris la situation. Je te réexplique : il va falloir que je sorte ce truc devant une classe de trente élèves dont quatorze garçons totalement obsédés. Et qu'en plus je leur fasse une démonstration en live sur la pose du préservatif.

Léa – Voilà un travail d'utilité publique, on peut te féliciter d'œuvrer pour la santé des jeunes de ce pays ! Sais-tu que le préservatif est le seul moyen de se protéger du sida ?

Justine – Tu te fiches de moi là ?

Léa – Oui !!! Très franchement, je n'aimerais pas être à ta place mais il ne faut pas en faire un drame. Tu dois juste t'entraîner pour avoir le geste sûr, le jour de l'exposé. Plus tu la joueras technique, moins tu prêteras à rire. Dans les pubs à la télé pour vendre des Tampax avec l'ouverture en corolle, ce n'est pas évident non plus... Eh bien, les comédiennes prennent un ton super scientifique avec blouse blanche et lunettes de chercheur, et ça passe ! Si tu veux, on peut commencer tout de suite à s'entraîner.

Justine – Il faut d'abord que j'aille chercher Théo.

Léa – Quand je te disais tout de suite, je ne comptais pas commencer derrière l'arbre, je pensais bien qu'on allait attendre d'être chez toi.

Justine – Très drôle !

Léa – Allez Justine, rigole. Tu vas devenir celle qui met les capotes plus vite que son ombre. Ça te sera utile le jour où Thibault et toi, vous...

Justine – Parce que c'est à la fille de poser le préservatif ???

Léa – Pourquoi pas ?

Justine – Maladroite comme je suis, ça sera une cata.

Léa – Bon, en attendant le drame sous la couette, on va chercher Théo et j'offre une tournée de meringues au chocolat et de tartes à la framboise. Ma mère m'a donné une partie de son salaire pour sa dernière pige, je suis pétée de thune comme dirait Nicolas.

Justine – Yes ! Manger des gâteaux, voilà un plaisir simple qui se savoure sans plastique.

Théo m'attendait tout triste sur un banc de l'école. Quand il m'a vue, il s'est levé d'un bond. J'ai pu lire sur ses lèvres qu'il criait mon prénom. Il s'est jeté dans mes bras.

Justine – Pourquoi tu angoisses comme ça ?

Théo – J'avais peur que tu m'oublies.

Justine – Je t'ai déjà oublié ?

Théo – Oui, une fois.

Justine – C'est vrai mais c'était il y a longtemps et je t'ai demandé pardon mille fois.

Théo – Tu m'as même acheté un cadeau pour que je ne le dise pas à maman.

Justine – Plus exactement, j'ai été victime d'un chantage : soit je t'achetais ta maquette d'avion soit tu racontais tout à maman.

Théo – Et je lui ai rien dit.

Justine – Il ne manquerait plus que ça... Qu'en plus d'être un maître chanteur, tu sois un menteur.

Théo – Et là, dans le sac en plastique, c'est un cadeau pour moi ?

Durant un dixième de seconde, j'ai imaginé Théo m'arrachant le sac des mains et sortant le pénis en plastique devant Mme Bougnat, la directrice revêche de son école. J'ai hurlé en protégeant mon bien :

Justine – Non, ce n'est pas pour toi.

Et devant l'air déçu de Théo, j'ai vite ajouté pour me faire pardonner :

Justine – Regarde, il y a Léa, là-bas. Elle nous a acheté plein de gâteaux.

Théo – OUAIS !!!

Arrivés à la maison, j'ai fait chauffer de l'eau pour le thé et on s'est installés dans la cuisine pour le goûter. On a trinqué aux vacances de la Toussaint en cognant nos meringues au chocolat.

Léa – Tchin Justine...

Justine – Tchin Léa...

Théo – Et moi, je suis trop petit pour tchiner?

Léa – Non !!! Tchin, Théo chéri.

Dès qu'on a eu fini de se goinfrer de sucres hyper rapides, j'ai installé mon petit frère devant son DVD du *Monde de Nemo* pour qu'il nous laisse tranquilles. Il fallait absolument que je règle avec Léa cette histoire de préservatif. Je n'avais pas envie que ça me pourrisse les vacances.

On s'est enfermées dans ma chambre et j'ai sorti le matériel. On n'a évidemment pas pu s'empêcher de piquer un fou rire.

Justine – Tu crois que c'est aussi grand dans la réalité?

Léa – À certains moments, oui...

On a frappé à la porte. Totalement paniquée, j'ai jeté la chose sous le lit. Ingrid a passé la tête :

Ingrid – Je dérange?

Justine – Euh non...

Ingrid – On ne dirait pas! Qu'est-ce que vous faites?

Et tandis que je cherchais une activité avouable, Léa a déclaré avec un sourire diabolique :

Léa – On parlait sexe.

Ingrid – Alors je reste!

Après tout, ai-je pensé, avec son expérience des garçons, elle va sûrement pouvoir nous aider. J'ai ressorti mon nouveau jouet sans aucune explication. Je dois avouer que j'ai été très fière de mon petit effet. Ingrid nous a dévisagées avec des yeux comme des soucoupes.

Ingrid – Alors vous, vous n'y allez pas avec le pot de la cuillère.

Léa – Non, plutôt avec le couvercle!

Et joignant le geste à la parole, Léa a montré les préservatifs qu'elle avait en main.

Justine – Ingrid, tu vas nous aider...

Ingrid – Ah bon, comment?

Justine – Ceci est un pénis en plastique.

Ingrid – Merci, j'avais reconnu.

Justine – Je n'en doute pas, je te sais familière de ces... de ce... Bref, je sais que tu connais. Pour un exposé de SVT, je dois expliquer le rôle du préservatif dans la prévention du sida et au cours de ce travail, je dois montrer comment on met une capote. Dans la mesure où nous n'avons aucune expérience de la chose, nous comptons sur ton aide précieuse et experte!

Ingrid – Ah...

Léa – Ça t'ennuie?

Ingrid – Non, bien sûr. Je suis la première à l'imposer à mes mecs, au moins je suis sûre d'être bien protégée.

Justine – Alors, après vous, miss!

Ingrid a déchiré une pochette et a sorti le préservatif avec un drôle d'air. Elle l'a entièrement déroulé et a essayé ensuite de l'enfiler sur le matériel pédagogique.

Je tentais de mémoriser chacun de ses gestes pour être aussi performante qu'elle lorsque j'ai vu que Léa souriait.

Léa – T'es sûre que tu sais t'y prendre, Ingrid?

Ingrid – Euh non... Euh oui... Enfin... C'est que je n'ai pas l'habitude de le faire sur un truc en plastique devant des copines.

Et elle a continué à s'acharner. À force d'insister, le préservatif a fini par se déchirer. Elle a essayé avec deux autres capotes. Même résultat.

Ingrid – Je vous assure que c'est beaucoup plus simple en vrai.

Léa – Certainement, surtout quand on l'a déjà fait !

Ingrid – Qu'est-ce que tu insémines ?

Léa – Qu'est-ce que j'insinue plutôt ? Mais le problème est bien là... Je crois, chère Ingrid, que tu n'as jamais mis une capote sur quoi que ce soit et même que tu n'as sans doute jamais couché avec un garçon. Tu joues les filles hyper libérées mais tu racontes des bobards. Pour ton information, je vais te montrer comment on procède : on déchire la pochette bien en haut avec le bout des doigts en évitant d'utiliser ses ongles, pour ne pas percer le préservatif. Ensuite, on sort le préservatif en pinçant légèrement la partie supérieure appelée réservoir. On pose la capote encore enroulée – je répète : encore enroulée – sur le pénis et avec l'autre main, on la déroule tout doucement jusqu'en bas.

Évidemment, Léa ne s'est pas contentée d'un discours, elle l'a accompagné d'une démonstration impeccable. Elle n'avait ni blouse blanche ni lunettes mais sa démo était très scientifique. Cette fois-ci, c'est moi qui l'ai dévisagée avec des yeux ronds comme des soucoupes.

Ingrid, quant à elle, a attrapé son sac et elle a déclaré d'un air théâtral :

Ingrid – Et alors, qu'est-ce que ça peut te faire que j'aie jamais couché avec un garçon ? C'est une obligation légale ? En revanche, comment se fait-il que tu saches si bien t'y prendre, toi ?

Et elle a claqué la porte de la chambre. J'ai regardé ma meilleure amie, elle fixait le bout de ses chaussures. Il y a eu un lourd silence. Effectivement, comment Léa savait-elle tout ça ?

Toutes mes certitudes s'écroulaient d'un coup. Ingrid venait d'avouer qu'elle était encore vierge et il y avait une gigantesque zone d'ombre sur la vie amoureuse de Léa.

Justine – Alors ?

Léa – Alors quoi ?

Justine – À la question « Comment se fait-il que tu saches si bien t'y prendre ? », quelle est la réponse ?

La porte s'est de nouveau ouverte. Évidemment, une seule sortie théâtrale ne suffisait pas à Ingrid, elle revenait à la charge. Je ne me suis même pas retournée.

– Et moi aussi, j'ai le droit d'avoir des ballons ?

J'ai fait un bond. Ce n'était pas la peste mais Théo qui, de l'entrée, observait avec intérêt les capotes qui jonchaient le sol. Léa s'est déplacée habilement sur la droite pour cacher le sexe en plastique.

Justine – Théo, tu sors immédiatement de ma chambre.

Théo – Non... Vous êtes des méchantes, vous voulez jouer toutes seules avec vos ballons et votre gonfleur.

Justine – Quel gonfleur ?

Théo – J'ai bien vu que Léa, elle cache un gonfleur derrière son dos pour pas que je le voie.

J'aurais voulu garder mon sérieux mais devant Léa qui se contorsionnait pour tenter de faire disparaître l'objet du délit sous mon bureau, j'ai explosé de rire. Théo a cru que je me moquais de lui et il est parti en pleurant. Léa s'est mise à rire à son tour...

Décidément depuis que cet objet était entré dans ma vie, c'était de la folie douce !

Léa – Je le mets où le gonfleur ?

Justine – Je ne sais pas. Il va falloir le planquer parce que Théo va chercher à le retrouver. Au fait, tu ne m'as toujours pas dit comment tu étais devenue experte en capotes ?

Léa a perdu sa belle humeur d'un seul coup. Elle a pris son inspiration comme quelqu'un qui va parler mais rien. Elle s'est mordu la lèvre inférieure, m'a fixée droit dans les yeux, a de nouveau inspiré puis elle a soupiré longuement.

Justine – C'est si grave que ça ?

Léa – Non, seulement tu vas m'en vouloir, Justine.

Justine – Tu as suivi des cours de pose de préservatif sur pénis en plastique sans me le dire et maintenant tu ne sais pas comment me l'avouer ?

Léa semblait tellement mal à l'aise que je n'ai trouvé que cette plaisanterie fumeuse pour la détendre.

Léa – J'ai voulu t'en parler des tas de fois cet été mais tu étais tellement remontée contre lui que je n'ai pas osé. Et puis j'étais bouleversée...

Justine – De quoi tu parles ? Contre qui j'étais remontée ?

Léa – Peter...

Justine – Eh ben quoi, quel rapport entre Peter et...

Je n'ai pas fini ma phrase. Comment n'y avais-je pas pensé avant ? Léa avait couché avec Peter. Je l'ai regardée, horrifiée.

Justine – Et tu m'as caché ça ? Mais t'es dégueulasse... On s'était promis que la première qui le ferait raconterait tout à l'autre. Et ça dure depuis longtemps ?

Léa – Juste un soir. Le jour des résultats du bac français. En fait, il m'avait donné rendez-vous dans un café pour fêter mes notes et j'ai fini la soirée chez lui.

Je suis restée un long moment à digérer ma colère contre Léa. Et puis, j'ai réalisé que ça avait dû être très dur pour elle de dissimuler un événement pareil. Surtout que, si je comprenais bien la situation, Peter n'avait pas cherché à la revoir après. Enfin si, deux mois plus tard, pour lui donner un rendez-vous auquel il n'était même pas venu.

Léa

À tous celles qui rêvent de tomber passionnément amoureuses, je conseille de lire ça. C'est pas pour dire mais les histoires d'amour finissent mal, en général !!!

Aujourd'hui, 22h10 · J'aime · Commenter

Jim et **Ingrid** aiment ça.

Léa Tous ces personnages sont morts à cause de l'amour : Roméo et Juliette, Tristan et Iseult, Paul et Virginie, Manon Lescaut, Marguerite Gautier, Phèdre... Vous remarquerez que dans ma liste, soit les amants meurent tous les deux, soit c'est la fille qui meurt. Dans tous les cas, il y a 100 % de mortalité chez les filles !
Alors, toujours envie de tomber passionnément amoureuses ???

Aujourd'hui, 22h12 · J'aime

Je lui ai chuchoté à l'oreille :

Justine – Alors, cette première fois, c'était bien ?

Léa a souri avec des étoiles dans les yeux.

Justine – Si bien que ça ???

Léa – Mieux encore...

Justine – T'as eu peur ?

Léa – Pas une seconde.

Justine – Ça fait mal ?

Léa – Au contraire...

Justine – Tu vas tout me dire ?

Léa – Seulement ce que la décence m'autorisera !

Et c'est assise sur le parquet de ma chambre que Léa s'est confiée à moi. Je savais que ce jour arriverait où l'une de nous deux raconterait à l'autre sa première expérience sexuelle, j'étais d'ailleurs certaine que ce serait Léa mais ça m'a fait drôle.

C'est idiot, je me suis mise à pleurer.

Léa – Pourquoi tu pleures ?

Justine – Je ne sais pas... Parce que ça y est, t'as couché avec un garçon, après le bac on quittera le lycée pour toujours, on partira tous de la maison bleue et on prendra un appart près de la fac...

Léa – Ben c'est génial ! Tu n'attends pas ça avec impatience ?

Justine – Si... Mais on ne sera plus jamais des petites filles.

Léa – Non, c'est sûr, on ne sera plus jamais des petites filles.

Après un court moment de silence, ma meilleure amie a ajouté :

Léa – Être des femmes, c'est pas mal non plus, tu sais ! Il ne faut pas que tu t'inquiètes. Les choses vont se faire tout doucement et puis on aura toujours la possibilité de revenir ici pour doubler *Pretty woman* avec fraises Tagada et Nutella.

Et attrapant sous le bureau le sexe en plastique, elle me l'a mis sous le nez. J'ai éclaté de rire.

Léa – Est-ce que j'ai besoin de te remontrer la mise en place d'un préservatif ou ai-je été assez claire ?

Justine – Parfaitement claire. D'ailleurs file-moi le matos, je vais te prouver sur-le-champ que l'élève dépasse le maître.

Et alors que je brandissais de la main gauche le superbe moulage et de l'autre un préservatif, la porte de ma chambre s'est de nouveau ouverte avec fracas.

– C'est quoi cette sombre histoire de ballons et de gonfleur que vous ne voulez pas prêter à Théo ?

Si je n'avais pas vu Thibault derrière mon cousin, j'aurais pu rire de la situation mais là, je dois avouer que j'ai vécu un grand moment de solitude. Je suis restée pétrifiée, les mains en l'air.

Nicolas m'a regardée bizarrement. J'ai voulu lui expliquer.

Justine – Je m'avance pour mon exposé de la rentrée.

Nicolas – Oui, ça se voit...

Mon cousin a dit cette dernière phrase en fixant lourdement les préservatifs qui traînaient par terre. Thibault a souri. J'ai évalué à sa juste valeur le ridicule de la situation.

Nicolas – Allez, on vous laisse travailler, les filles. Viens Théo, je te prête mon ballon de foot.

Théo – Le beau en cuir de quand t'étais petit ?

Nicolas – Oui... Il faut se soutenir entre garçons ! Léa et Justine, vous nous rejoignez en bas quand vous avez fini votre atelier ballons, d'accord ?

Il m'a fallu plus d'une heure pour oser descendre chez Thibault. Malgré le coaching intensif de Léa, je ne savais pas comment j'allais pouvoir soutenir le regard de mon prince. Dans l'escalier, elle m'a rassurée.

Léa – Laisse-moi expliquer les choses avec simplicité et tout se passera pour le mieux.

En réalité, Léa n'a pas eu l'occasion de plaider notre cause. Jim et Yseult étaient en train de boire un verre avec les garçons et la discussion tournait autour du permis de conduire.

Nicolas – C'est super cher. Le code, ça va encore mais t'as vu le prix d'une heure de conduite : 38 euros ! Quand tu penses qu'il en faut vingt au minimum.

Yseult – Vingt ? Tu plaisantes ! J'ai une copine, elle en est à quarante heures et ils ne l'ont toujours pas présentée au permis.

Nicolas – Oui, mais c'est une copine.

Yseult – Et alors ? Je ne comprends pas.

Nicolas – C'est une fille, il lui faut plus d'heures !

Tout le monde aux abris... Léa vient d'arborer son sourire de sorcière, elle va enfourcher son balai et partir à l'assaut de la misogynie primaire.

Léa – Les filles et les garçons n'ont pas les mêmes aptitudes à la conduite ?

Nicolas – Ah non vraiment pas.

Léa – Pourquoi ? C'est avec ce que vous avez dans le caleçon que vous appuyez sur les pédales ?

C'est court, efficace, percutant. Ça ressemble à du Nicolas, je pense qu'ainsi présenté, il va se taire.

Nicolas – Décidément, vous êtes obsédées par ce qu'on a dans le caleçon, les filles !

Oh le traître ! J'avais presque réussi à surmonter l'épisode « moulage en plastique » et voilà qu'il en reparlait devant tout le monde.

Nicolas – À ce propos, Thibault et moi on se demandait ce que vous faisiez enfermées toutes les deux, dans la chambre, avec du matériel de sex-shop ?

Les regards se sont tournés vers nous. Jim m'a fixée, interloqué. Je lui ai souri bêtement. Vite, il fallait que je trouve un truc pour calmer le jeu. Euh...

Léa – C'est du matériel pédagogique de SVT en vue d'un exposé sur la prévention du sida, mon petit Nicolas. Mais on ne peut pas t'en vouloir de ne pas savoir faire la différence, tu es un peu jeune. Tu comprendras quand tu seras grand. En attendant, reprenons la discussion sur la conduite féminine, je suis passionnée par ta thèse !

Léa : ten points, strike, la banque du Monopoly, la cagnotte du Loto un vendredi treize... Léa, la très grande !!! Léa, mon amie de toujours, future dialoguiste des meilleurs films français.

Thibault – Désolé de vous interrompre mais est-ce que vous restez tous dîner ?

Nicolas – Oui, mais seulement si on muselle mademoiselle « ni pute, ni soumise » !

Léa – L'époque où on faisait taire les filles est révolue, Nicolas, il fallait naître il y a un siècle ou alors il faut que tu ailles vivre ailleurs. Il y a encore plein de pays où les femmes n'ouvrent pas la bouche. Difficile derrière un bâillon de tissu ou de grillage !

Thibault s'est penché vers moi et m'a chuchoté à l'oreille :

Thibault – Si on les laissait se disputer et qu'on allait tous les deux dans la cuisine préparer des petits trucs à manger ?

Je me suis levée d'un bond. Résultat, j'ai donné un grand coup de tête dans la bouche de mon prince qui n'avait pas eu le temps de se redresser. Il a essuyé rapidement avec le dos de sa main le sang qui perlait à sa lèvre.

Justine – Oh pardon ! Je suis désolée, t'as mal ?

Thibault – Non, c'est rien...

Justine – Je suis si maladroite.

Thibault – C'est pour ça que tu me fais craquer.

Vous avez entendu ? Il a dit : « C'est pour ça que tu me fais craquer. » Je répète parce que je ne suis pas certaine d'avoir bien compris : « C'est pour ça que tu me fais craquer. »

Non, non, c'est bien ça.

Il m'a vraiment susurré à l'oreille : « C'est pour ça que tu me fais craquer. » Je peux donc intégrer l'idée que ce garçon pense lorsqu'il me voit : « C'est pour ça que tu me fais craquer. »

Excusez-moi, je sais que je suis un peu lente mais j'ai besoin de me le répéter pour en être certaine : Thibault, mon prince, le garçon dont je suis amoureuse depuis des années (bon, je ne le connais que depuis quelques semaines, mais j'étais déjà dingue de lui avant de le rencontrer), vient de me déclarer : « C'est pour ça que tu me fais craquer. »

Thibault – Ça va Justine ?

Justine – Oui...

Thibault – On va dans la cuisine ?

Justine – Oui...

Thibault – Tu es sûre que tu veux m'aider à préparer des choses à grignoter ?

Justine – Oui...

Et tandis que je marchais d'un pas rapide, éperdue d'amour, prête à suivre mon bel amant jusqu'au bout du monde, j'ai entendu tout le monde hurler : « Attention Justine !!! »

Trop tard. J'ai ressenti une douleur très forte sur le nez.

Nicolas – Pourquoi elle a foncé dans la porte-fenêtre qui donne sur le jardin ?

Thibault – Je ne sais pas, je lui ai demandé de venir avec moi dans la cuisine mais elle est partie en sens inverse.

Léa – Au lieu de discuter, allez chercher de la glace sinon elle va avoir le nez comme une patate.

Jim – Ça va Justine ? Elle a l'air complètement sonnée.

Yseult – Elle s'est pris un sacré choc.

Ah oui... Un sacré choc... Vous avez entendu ce qu'il m'a dit : « C'est pour ça que tu me fais craquer... » Oh je le redis, c'est trop bon : « C'est pour ça que tu me fais craquer... »

Mise en boîte

Justine – Aïe, tu me fais mal !

La mère – Désolée, mais si tu crois que c'est facile de te mettre de l'arnica sur le nez quand tu bouges...

Justine – J'ai mal à la tête, ce matin.

La mère – C'est à cause du coup d'hier. Tu as une énorme bosse sur le front. Comment as-tu fait pour ne pas voir la porte-fenêtre ?

Justine – Je ne sais pas.

La mère – En tout cas, ça veut dire que les vitres de Thibault sont impeccables.

Vraiment une réflexion de ma mère, ça. Je frôle le traumatisme crânien et elle s'extasie sur l'utilisation d'Ajax vitres du voisin.

La mère – Avec la tête que tu as, les Dubois vont penser qu'on te maltraite.

Justine – Ils viennent ici ce soir les Dubois ?

La mère – Non ! Ah c'est vrai, on ne t'a pas prévenue... Ton père et moi, on a décidé de réserver deux chambres d'hôtel dans le petit village à côté de chez eux.

Justine – Oui et alors ? Je ne vois toujours pas le rapport.

La mère – Eh bien on part ce soir et tu viens avec nous ! Ça te fera du bien un long week-end à la campagne.

C'est de l'humour ou quoi ?

Un week-end entier avec mes parents et leurs ringards de copains. À la campagne en plus !!! Non, mais elle délire ! Sans compter que ce soir c'est LA Soirée boîte avec Thibault. Si elle croit que je vais laisser passer la chance de ma vie pour aller prendre un bol d'air avec leur club du troisième âge, elle se trompe ! Ma mère a le chic pour les idées nulles. À se demander si elle n'a pas inventé ce week-end à la campagne juste pour gâcher mes plans.

Bon, d'accord, elle ne pouvait pas savoir pour la boîte. Je ne lui en ai pas encore parlé. D'ailleurs, pour être tout à fait honnête, je n'en avais pas l'intention. Je me disais que si papa et maman partaient chez les Dubois, je pourrais peut-être éviter le dossier « sortie ».

Est-ce que les parents sont vraiment obligés de connaître à la minute près l'emploi du temps de leurs enfants ?

La réponse est non.

En plus, je connais par cœur les arguments auxquels j'aurais droit :

– Tu es beaucoup trop jeune pour fréquenter ce genre d'endroit.

– Il paraît qu'on met de la drogue dans le verre des filles pour les violer.

– Tu connais les statistiques d'accidents de la route chez les moins de vingt-cinq ans au retour de boîte ?

– Et puis ton bac ? Tu y penses à ton bac ?

Bon, je m'arrête là.

La mère – Alors ? Tu es contente de ce petit week-end au vert ?

Justine – Désolée maman. J'aurais adoré passer du temps avec vous seulement j'ai déjà des projets.

Vous avez admiré la totale maîtrise ?

Je n'ai pas hurlé : « Je n'en ai rien à faire de ton week-end de daube avec tes copains, à compter les tracteurs. » Non, j'ai valorisé la prestation proposée et décliné l'offre en douceur.

Finalement, avec un peu de doigté, c'est facile de manipuler ses parents.

La mère – Projets ou non, tu viens avec nous. Tu peux quand même consacrer un week-end à ta famille, non ?

Justine – Je vous vois toute la semaine, on n'est pas obligé d'y ajouter des week-ends en tête-à-tête !

GHB

Non, les mères ne racontent pas n'importe quoi. Justine, lis ce qu'une collègue a trouvé.

Le **GHB**, appelé aussi *drogue du violeur,* est l'ennemi des soirs de fête. Il suffit de quelques gouttes glissées dans un verre pour que la drogue, indétectable au goût et à l'odorat, fasse son effet. Peu à peu la victime n'est plus maîtresse de ce qu'elle fait. L'agresseur peut alors abuser d'elle en toute impunité, sachant que la drogue entraîne souvent une amnésie.

Les précautions à prendre :

- Ne bois jamais dans le verre d'un autre.
- Ne laisse pas traîner ton verre n'importe où, garde-le à l'œil.
- Ne laisse pas un inconnu t'offrir un pot.
- Fais un pacte avec tes copines : surveillez-vous régulièrement les unes les autres afin de toujours savoir où vous vous trouvez et avec qui.
- Reste vigilante, même avec les garçons que tu connais, ou les amis d'amis.

La mère – On se voit toute la semaine ? Tu plaisantes j'espère ? Tu passes ta vie en bas avec tes amis et le reste du temps, tu es au lycée.

Justine – Excuse-moi de faire des études. Si tu veux, j'arrête sur-le-champ.

La mère – Ah c'est intelligent comme remarque ! Ce que je veux te dire c'est qu'on n'est plus jamais tous les quatre comme avant.

Justine – Oh sois honnête, tu t'en moques complètement qu'on soit tous les quatre ! Ce que tu veux c'est apparaître comme une famille idéale aux yeux des Dubois. Tu vois, moi aussi, j'ai envie de passer un week-end avec mes amis mais tu t'en moques de mon désir, tu ne penses qu'à toi. Est-ce que je t'impose de rester avec mes copains ici alors que tu as envie de partir à la campagne avec papa ?

Alors là, je viens d'appliquer ce que la prof de philo nous a expliqué en cours : repérer la faille de raisonnement chez l'adversaire et l'utiliser pour démolir son argumentation.

Trop forte ! Je suis le Platon du XXIe siècle ! D'ailleurs, ça la laisse sans voix. Elle a zéro argument à m'opposer !

La mère – De toute façon, c'est décidé, tu viens avec nous, point final.

Ça ce n'est pas un argument, mais de la tyrannie parentale.

– Il se passe quoi ici, pourquoi vous hurlez ?

Il ne manquait plus que mon père. Il n'est pas parti faire son jogging ?

La mère – Ta fille ne veut pas venir avec nous à la campagne, elle a prévu autre chose.

Le père – Ah, il y a un problème alors !

La mère – C'est tout ce que tu trouves à dire ?

Mon père a baissé la voix pour que je n'entende pas :

Le père – Déjà qu'il n'y aura aucun jeune de son âge, si en plus elle loupe un truc ici, elle va être infernale.

Waouh !!! Mon père tenant tête à ma mère sur un sujet concernant leurs enfants, c'est une grande première.

La mère – Mais j'ai déjà réservé les deux chambres d'hôtel et puis... son bac, tu y penses à son bac ? Là-bas, elle pourra travailler un peu. Il n'y aura rien pour la distraire.

Oh la traîtresse ! Si elle croit que quiconque peut être convaincu par des arguments aussi fallacieux !

Je rêve ou il a l'air de chercher un moyen d'éviter l'affrontement ?

Le père – Bon, je vais être obligé de vous laisser régler ce petit problème entre filles parce que je dois absolument vérifier la pression des pneus et prendre de l'essence.

La mère – C'est ça... Va t'occuper de la voiture.

Trop content d'échapper à la situation, mon père a pris ses clefs et a disparu comme par enchantement.

Je viens de comprendre pourquoi depuis la préhistoire, les hommes acceptent les défis pénibles du genre chasse au bison, bricolage ou tonte du gazon : c'est pour éviter les problèmes domestiques ! Ce qu'on prend pour un formidable courage : « Reste dans la grotte avec les enfants, ma chérie, je vais, au péril de ma vie, affronter les dangers de la jungle pour rapporter de quoi nourrir ma famille. » doit se traduire ainsi : « Occupe-toi des gosses, du ménage et de la cuisine et je reviendrai avec deux steaks Auchan quand tu auras réglé tous les problèmes. »

C'est pour cette raison que nos mères passent pour des harpies et qu'on se dispute toujours avec elles : elles sont les seules à assumer les conflits ! Mais en même temps, personne ne leur demande d'endosser ce rôle-là, elles doivent l'aimer au fond...

La mère – Eh bien, Justine, qu'as-tu prévu de si important qui t'empêcherait de faire plaisir à tes parents et de passer exceptionnellement un peu de temps avec eux ?

Prudence !!! Pas un mot sur la soirée en boîte ! Si je voulais saisir ma chance, il fallait que je la joue hyper soft.

Justine – Avec Nicolas, Thibault et Léa, on a décidé de bosser ensemble pour avancer dans notre travail pour la rentrée. Ça nous laissera du temps pour trouver un petit job.

Elle est pas belle, celle-là ? Si ma mère n'était pas en train de me regarder fixement, je m'embrasserais les mains et les pieds tellement je suis contente de moi !

Yes !!! Je la sens prête à perdre les arrhes de ma chambre d'hôtel et à abandonner son projet de week-end champêtre, avec moi dans le rôle de l'ado exécrable.

– Justine ! Justine !

Théo venait de faire irruption dans le salon. Ce n'était vraiment pas le moment. Ma mère était sur le point de céder et rien ne devait y faire diversion.

Théo – Justine, tu me regardes quand je te parle !

Justine – Plus tard, Théo.

Théo – Non, parce qu'après je vais oublier et tu vas me gronder.

Justine – Bon, alors dépêche-toi.

Théo – J'ai un message pour toi de la part de Nicolas : « Les affaires reprennent, Agathe m'invite à boire un verre chez elle. Si je ne suis pas à la maison en fin d'après-midi, rendez-vous direct en boîte vers 23 heures. »

Mon impossible petit frère a dit cela avec l'application d'un élève de CE1 qui récite sa poésie.

Ma mère m'a jeté un regard noir.

La mère – C'est quoi cette histoire de boîte ?

Aïe, aïe, aïe, ça c'est la tuile !

Justine – J'allais justement t'en parler quand Théo m'a interrompue.

La mère – Ah oui ? Vraiment ?

Heureusement qu'on n'a pas le nez qui s'allonge à chaque fois qu'on ment parce que là, ce n'est pas un promontoire que j'aurais à la place du nez, mais le mont Blanc croisé avec l'Annapurna.

Justine – Pour fêter les vacances de la Toussaint, on va avec nos copains de classe passer une soirée au Bijou. C'est Brice qui a tout organisé.

Non là, j'exagère. Je voulais un argument de choc capable de faire plier ma mère et je viens d'énoncer un contresens total, elle va vite découvrir que je la baratine.

La mère – Brice ? TON Brice ? Celui qui a vingt de moyenne générale depuis la sixième ?

Justine – Oui ! Il adore préparer des fêtes.

Je ne sais pas comment j'ai fait pour ne pas exploser de rire. Brice en boîte, c'est à peu près aussi plausible que la reine d'Angleterre posant en string pour *Entrevue*. Alors Brice en organisateur de soirées branchées, on planait en plein délire supracosmique.

La mère – Et pourquoi Nicolas vient ? Il n'est pas dans votre classe.

Justine – Brice a organisé cette fête pour toutes les terminales du lycée. Léa nous accompagne aussi. Tu comprends, ma petite maman chérie, pourquoi je ne peux pas louper une soirée pareille ???

J'ai prononcé ces mots en prenant ma mère dans mes bras. Je ne me souvenais pas qu'elle était aussi petite. À moins que j'aie encore grandi.

La mère – Mais qui va venir vous chercher ?

Je tenais le bon bout.

Justine – On rentre à pied à la maison. Léa dort ici, Jim et Nicolas chez Thibault. Tu vois, pas de soucis pour la route.

J'avais réglé le problème de circulation routière, mais j'étais sûre qu'elle se faisait un film avec alcool, drogue et sexe à tous les étages. Vite, il fallait que je trouve, l'air de rien, LA phrase qui allait la calmer.

Justine – Les garçons sont énervés parce que Brice a exigé que ce soit une soirée lycéens, c'est-à-dire sans alcool et sans tabac...

... enfin, seulement pour ceux qui le veulent.

Cette fin de phrase, je l'ai prononcée dans ma tête parce que comme ça, j'avais l'impression de moins mentir à ma mère. Mais c'est un peu sa faute si j'étais obligée de travestir la vérité. Elle est tellement anxieuse que je devais la protéger.

La mère – Il est bien ce garçon.

Justine – Qui ça ?

La mère – Brice.

Justine – Ah oui, Brice, il est vraiment génial.

Arghh !!! Si quelqu'un m'entendait, je me ferais hara-kiri.

Justine – Alors, c'est d'accord ma petite maman ?

La mère – Je ne sais pas. Tu m'embrouilles. J'avais prévu qu'on aille à la campagne tous les quatre.

Justine – Ce n'est que partie remise. D'accord ?

La mère – Fais ce que tu veux...

Elle a dodeliné de la tête en me regardant et elle est partie dans sa chambre sans ajouter un mot. Bon, j'en avais pour quelques heures de soupe à la grimace puis elle se calmerait.

Théo – Mais comment vous allez faire pour respirer ?

Ah Théo, je l'avais oublié celui-là. Installé sur le canapé avec sa game boy, il me fixait derrière ses petites lunettes.

Justine – Respirer où ça ?

Théo – Ben, si vous allez dans une boîte et qu'il n'y a pas de trous, comment vous allez respirer ?

Justine – Je ne comprends rien à ce que tu me racontes.

Théo – Si on vous met tous dans une boîte en carton et qu'on la ferme, il n'y aura plus d'oxygène. Alors, comment vous allez faire pour respirer ?

Justine – T'es débile ou quoi ? C'est pas une boîte en carton. Une boîte c'est comme un restaurant mais au lieu de manger, on danse.

Théo – Ah d'accord... Je me disais aussi qu'il faudrait qu'elle soit très grande pour mettre tous les enfants de ton école.

Mon petit frère parfois, il fait de la poésie avec la vie.

Lorsque mon père est rentré, il a décidé de partir illico à la campagne rejoindre les Dubois. Ma mère, qui avait fini son hibernation dans sa chambre, a rétorqué qu'il fallait d'abord déjeuner. C'est pas vrai... Ils n'en finissaient pas de partir.

Le père – On mangera dans un Courtepaille, Théo adore.

En réalité, mon père rêvait de dévorer une entrecôte de quatre cents grammes bleue comme la mer et c'était un moyen habile d'échapper aux galettes tofu-brocolis que maman avait préparées. Mais cette proposition honteuse ajoutée au perfide « T'as invité des lapins ? » n'est pas passée. Ma mère a rétorqué d'un air glacial en nous regardant alternativement :

La mère – Puisque tout le monde ici fait exactement ce qui lui plaît, je vais agir comme bon me semble. Vous voyez, moi j'ai envie de voir des DVD dans mon lit sans que personne me demande quoi que ce soit. Deux journées entières sans entendre : « Maman, il est où mon tee-shirt kaki ? Maman, tu m'as préparé le chèque de la cantine ? Chérie, il n'y a plus de filtres à café, c'est normal ? » Alors bon week-end à tous.

Et elle est repartie dans sa chambre sous l'œil médusé de mon père.

Le père – Mais qu'est-ce qu'elle a en ce moment ?

Et comme, dans la vie, chacun cherche un responsable pour ne pas avoir à porter le poids de ses fautes, il a ajouté à mon intention :

Le père – Elle est visiblement énervée parce que tu ne veux pas venir à la campagne. Le plus simple serait que tu fasses un effort.

Et puis quoi encore ?

Justine – Si tu avais évité le sujet viande rouge et accepté de goûter ses galettes, les choses ne se seraient pas envenimées.

Théo – Bon, on fait quoi alors ? Je comprends rien à cette famille ! On regarde des DVD en mangeant les galettes de maman ou on va à la campagne avec Justine manger de la vache ?

Le père – Oh tout est toujours compliqué ici et puis merde !

Théo – T'as dit un gros mot, la maîtresse va te frotter la langue avec un piment rouge.

Étonné, mon père a regardé Théo et il a éclaté de rire.

Le père – Pardon... Je ne le dirai plus ! Bon, je vais essayer d'arranger les choses avec votre mère.

J'ai prié pour qu'il arrive à la convaincre. Il fallait absolument qu'ils débarrassent le plancher. S'ils restaient, ma mère n'accepterait jamais que j'aille en boîte.

Mon Dieu, faites qu'ils s'en aillent pour que je puisse retrouver mon Thibault.

Je n'étais pas certaine que le Dieu de ma grand-mère fasse un effort pour un tel vœu. Il valait peut-être mieux que je m'adresse à Bouddha, que je lui prouve ma bonne volonté.

Siddharta (je crois que c'est le prénom de Bouddha), je vous promets que je serai sage et que je ne fumerai rien d'interdit. Je baisserai les yeux quand un garçon me regardera (sauf Thibault bien entendu) et je ne répondrai à aucune avance (même condition que plus haut).

Il serait peut-être judicieux que je m'adresse à un autre Dieu pour mettre toutes les chances de mon côté.

Allah, je vous jure que je ne critiquerai plus jamais Ingrid.

Là, désolée mais je peux pas faire plus...

J'ai désormais la preuve qu'une puissance surnaturelle existe et qu'elle m'écoute parce que je n'avais pas fini de réciter ma prière que mes parents sont sortis de la chambre, main dans la main et tout sourire.

Le père – Allez Théo, va vite chercher ton petit télescope et tes jumelles, on part à la campagne.

Théo – Et pour le Courtepaille ?

J'ai pincé discrètement le bras de mon frère. Dieu est peut-être très puissant mais sa patience a des limites.

Dix minutes plus tard, j'aidais mes parents à descendre leurs sacs et c'est avec un immense soulagement que j'ai vu leur voiture disparaître au coin de la rue.

Je me suis empressée d'appeler Léa pour qu'elle rapplique. Je ne savais pas quelle tenue j'allais porter ce soir et il nous fallait au moins l'après-midi pour les essayages.

Justine – Oh non, j'ai l'air d'une cruche avec cette jupe verte.

Léa – Pas du tout. Tu as l'air d'une fille mais c'est peut-être ça qui te pose problème.

Justine – N'importe quoi ! Je me préfère en jean, voilà tout.

Léa – C'est bien ce que je dis, tu ne t'aimes pas en fille. Essaie quand même la jupe avec un petit débardeur et tes Converse.

Justine – Tu veux me transformer en Ingrid ?

Léa – Carrément impossible, il y aurait trop de travail.

Justine – Ça veut dire quoi ? J'ai pas assez de seins ?

Léa – Pas du tout, avec une plantation de coton dans chaque bonnet, tu pourrais rivaliser. Non, c'est l'air bête et le rire idiot, il te faudrait des heures de répétition pour arriver à ce résultat.

Il n'y a pas mieux qu'une amie pour vous donner confiance en vous.

Léa – Bon alors, tu l'essaies cette jupe verte avec le débardeur ? N'oublie pas qu'il y aura de la concurrence ce soir, il faut que Thibault tombe sous le charme lorsqu'il te verra.

Justine – Arrête de me parler de lui, je vais imploser. À propos d'homme sous le charme, tu sais qu'Adam vient ? C'est Jim qui l'a prévenu.

Léa – Ah oui, il a fini de bouder pour l'histoire du bouquet de fleurs ?

Justine – Il faut croire... ça te fait plaisir de le voir ?

Léa – Je ne sais plus.

Justine – Tu penses à Peter ?

Léa – Plus que jamais.

Justine – Pas de nouvelles ?

Léa – En dehors des cours de théâtre, pas un mot. Mais des regards d'une force ! Il me rend dingue.

Justine – Pourquoi tu ne donnes pas sa chance à Adam, juste pour voir s'il te fait oublier Peter ?

Léa – Tu pourrais oublier Thibault dans les bras d'un autre ?

Justine – Non !

Léa – C'est la même chose pour moi. Ce n'est pas une raison pour que tu n'enfiles pas un débardeur avec ta jupette.

Comme d'habitude Léa s'est arrangée pour taire ce qui la blessait et, comme d'habitude, je n'ai pas su trouver les mots pour qu'elle se confie à moi.

L'après-midi est passée en coup de vent. Après des milliards d'essayages j'ai fini par mettre... mon jean, un tee-shirt et mes Converse rouges. Ma meilleure amie s'est moquée de moi.

Léa – Vraiment originale, ta tenue. On voit bien la différence avec ce que tu portes en temps normal. Et puis surtout, je suis ravie d'avoir été utile. Si je n'avais pas été là, jamais tu n'aurais osé cette combinaison audacieuse : jean, tee-shirt, Converse.

Justine – T'es fâchée ?

Léa – À ton avis ?

Justine – Si je te dis que dans le congélateur, j'ai des glaces Magnum, je sens que tu m'aimes à nouveau.

Léa – Celles qui sont tout au chocolat noir, intérieur-extérieur ?

Justine – Oui mademoiselle !

Léa – Le dossier fringues est réglé !

Alors qu'on continuait à discuter vêtements, garçons et séduction en s'empiffrant dans la cuisine, j'ai commencé à avoir sérieusement mal au ventre.

Léa – Ben, arrête de manger ta glace.

Justine – Non, ça ne vient pas de la glace, c'est la peur.

Léa – La peur de quoi ?

Justine – Comment je vais faire avec Thibault ?

Léa – Comment ça ?

Justine – Qu'est-ce qui va se passer ? On va discuter ? On va danser ? On va se regarder ? Quand est-ce qu'il va m'embrasser ? Je dois la jouer comment ? La fille hyper libre ? La fille hyper amoureuse ?

Léa – Je crains que, dans ton état, tu ne sois pas capable de prendre l'initiative. Je te rappelle qu'hier soir, tu as embrassé violemment la porte-fenêtre lorsqu'il t'a dit que tu le faisais craquer. Tu n'as pas vraiment les moyens d'adopter une stratégie. Le mieux, c'est zéro plan. Tu le laisses venir et tu te places à plus de trois mètres de tout obstacle.

Justine – Tu resteras près de moi ?

Léa – Non, mais ça va pas et puis quoi encore ? Tu veux que je l'embrasse à ta place aussi ?

Justine – Non, ça je saurai faire !

À vingt-trois heures, on était devant le Bijou. Nicolas m'avait téléphoné pour me dire de ne pas l'attendre et on n'avait aucune nouvelle des garçons. En revanche, on a retrouvé Ingrid. Elle était là, accrochée au cou d'un vigile, une montagne de muscles au regard de tueur.

Ingrid – Salut les filles ! Jamal, je te présente mes petites sœurs : Léa et Justine.

La soirée commençait mal. Léa, qui avait dû sentir que j'allais rectifier l'information « mes petites sœurs », m'a attrapée par le bras et m'a fait entrer précipitamment dans la boîte.

Justine – Elle m'horripile !

Léa – Rappelle-toi ce qu'elle a fait pour nous réconcilier. Cette fille n'est pas tout à fait mauvaise !

Justine – Oui, mais elle est tellement...

J'allais parler de sa façon odieuse de se comporter avec tout individu de sexe mâle lorsque je me suis rappelé la promesse que j'avais faite à Jehova-Bouddha-Allah pour que mes parents s'en aillent. J'avais juré de ne plus jamais critiquer Ingrid. Bon, plus jamais c'était impossible et j'étais sûre que Dieu comprendrait mais au moins pour cette soirée, le temps que je sorte avec Thibault. Allez, je modifiais la phrase que j'allais prononcer :

Justine – Oui, mais elle est tellement... sexy que j'en suis parfois jalouse.

Argh !!! Je la hais, je la déteste, je l'exècre, je l'abomine. Est-ce que Jehova-Bouddha-Allah entend les voix off ? Parce que là, je n'ai pas pu m'en empêcher ! En même temps, j'ai fait un effort, je n'ai pas parlé à haute voix !

Non, je ne crois pas qu'Il puisse entendre ce qu'on se dit à soi-même. Vous imaginez avec le nombre d'individus sur terre, s'Il devait écouter nos dialogues intérieurs et extérieurs depuis la nuit des temps jusqu'à la fin des jours, Il ne pourrait pas assumer.

À moins que des anges nous mettent sur table d'écoute et lui transmettent les informations les plus importantes.

Léa – Ah bon, t'es jalouse d'Ingrid, toi ?

Justine – Non pas du tout.

Léa – T'es sûre que ça va ?

Justine – Oui.

Léa m'a regardée d'un air bizarre mais je ne voulais pas aggraver mon cas auprès de Qui-vous-savez. J'ai essayé d'arrêter de penser.

La boîte était déserte à cette heure-ci. À part quelques filles qui riaient dans le vide et trois garçons qui buvaient en contemplant le fond de leur verre, il n'y avait pas âme qui vive. Mon mal de ventre a repris à la puissance mille.

Justine – On boit quelque chose ?

Léa – Pourquoi pas ?

On s'est approchées du bar et quand j'ai demandé un whisky-Coca, ma meilleure amie a hoché la tête.

Léa – Je ne crois pas que ce soit une bonne idée. Tu sais bien que tu ne supportes pas l'alcool.

Justine – J'ai besoin de me donner du courage.

Léa – La dernière fois que tu as bu un verre d'alcool, tu as vomi toute l'après-midi.

Justine – On était en troisième et c'était de la bière.

Léa – Et tu crois que du whisky en terminale, ça passera mieux ?

Justine – Je sens que c'est ce qu'il me faut ce soir. Et puis t'inquiète, il y a plus de Coca que de whisky.

Je dois avouer que malgré ce que je venais de proférer, la première gorgée a été dure à avaler. C'est infect le whisky. On dirait de l'alcool à 90 ° avec un arrière-goût de Pliz, le produit pour la poussière. La deuxième gorgée m'a semblé moins violente. Il faut dire que j'avais la langue et la gorge anesthésiées. Du coup, j'ai avalé cul sec le restant. Léa m'a obligée à m'asseoir sur un des tabourets face au bar.

Justine – Finalement on exagère les méfaits de l'alcool, ce n'est pas si terrible ! J'ai bu mon whisky d'un trait et je ne ressens aucun effet secondaire.

Léa – Ne te vante pas trop vite. Reste tranquillement assise, je vais voir si les garçons sont dehors. Ce serait idiot qu'ils ne puissent pas entrer parce qu'ils ne sont pas accompagnés de filles.

Justine – Pas de souci, je t'attends.

J'ai regardé la piste de danse. Dire que dans moins d'une heure, je serais lovée dans les bras de Thibault, la fièvre au corps.

Ah, je devais repérer les portes, les marches et toutes les colonnes de la salle pour éviter une chute intempestive. Allez, je m'en occupais maintenant.

J'ai voulu descendre de mon tabouret et j'ai d'abord cru qu'il pivotait comme certains tabourets de bar. Mais non, il était fixé au sol et ne bougeait pas. J'ai essayé alors de mettre un pied par terre et la salle tout entière s'est transformée en manège. Léa avait raison, il valait mieux que je reste assise. De toute façon, je ne savais plus très bien pourquoi je voulais me lever. Ça ne devait pas avoir beaucoup d'importance.

Il commençait à faire très chaud et j'avais soif. J'ai levé la main pour attirer l'attention du serveur et je lui ai montré mon verre vide. Avant que j'aie le temps de lui demander une carafe d'eau, il m'a servi un Coca.

Ah non un whisky-Coca...

Finalement, ce n'était pas si mauvais ! Et puis ça désaltérait. Léa a fini par revenir, elle avait l'air inquiète. Tiens, elle était avec deux beaux garçons. Mignons... Surtout celui avec les yeux bleus.

Léa – Ça y est, je les ai retrouvés, j'ai pas été trop longue ?

Mais c'étaient Jim et Thibault, les mignons ! Je ne les avais pas reconnus.

Jim – Salut Justine ! Qu'est-ce que tu fais toute seule au bar ? Remarque, c'est mort pour l'instant. Il est onze heures et demie, les gens vont commencer à arriver.

J'ai souri à Thibault. Qu'est-ce qu'il était sexy !!! Je n'allais pas attendre que les autres arrivent pour danser avec mon homme. J'attaquais tout de suite.

Thibault – Ça va Justine ?

Justine – Très bien pourquoi ?

Thibault – Pour rien.

Léa m'a chuchoté discrètement à l'oreille :

Léa – Non, pas pour rien. C'est quoi ce sourire débile et ce regard d'allumée ?

Justine – Je sais pas de quoi tu parles !

Léa – Pourquoi tu as deux verres devant toi ?

Justine – Ah oui, il y en a que deux ? J'en vois trois, moi.

Ma meilleure amie a fait sa tête de donneuse de leçons. Qu'est-ce qu'elle est stress...

Jim – Je vous offre à boire ?

Thibault – Ah non, c'est toujours toi qui paies. Je te rappelle qu'on fête mon entrée au club des CIK+I aujourd'hui, alors c'est ma tournée. Vous voulez quoi les filles ?

Léa – Un cocktail sans alcool.

Jim – Oh Léa, c'est la fête ce soir ! Prends une piña colada ou un truc dans le genre.

Ben oui... une piña colada ce sera très bien pour moi aussi. Ça me changera du whisky-Coca. Sous la pression des garçons, Léa a accepté et on s'est retrouvés à siroter notre cocktail tous les quatre.

– Merci de nous avoir attendus.

J'ai levé la tête. Nicolas était là, accompagné de... comment elle s'appelait déjà la belle black ? On a bossé ensemble au Mac Do. Mince, j'arrivais plus du tout à me souvenir de son prénom.

Tant pis, j'allais l'embrasser et lui dire un truc passe-partout genre « Salut, comment tu vas ? Je suis contente de te revoir... Ça fait longtemps... »

Nicolas – Ça va Justine ?

Mais qu'est-ce qu'ils avaient tous à me demander ça ce soir ? Pour une fois que je me sentais super cool.

Jim – Vous ne vous voulez pas qu'on s'asseye là-bas ? Il y a des fauteuils et une table.

Ah oui, super idée !

C'est bizarre, j'avais pas remarqué mais le sol était complètement mou de ce côté. Nicolas m'a attrapée par la taille.

Nicolas – T'as pas l'air fraîche. T'as fumé quelque chose ?

Justine – Ah ça non !

Nicolas – Putain, tu sens l'alcool. Qu'est-ce que t'as bu ?

Justine – Trois fois rien.

J'ai rigolé toute seule. Trois fois rien... Trois fois un verre, oui !!!

Je ne pourrais pas vous dire dans quel ordre les autres sont arrivés parce que j'avais un peu de mal à synthétiser ce qui se passait autour de moi mais très rapidement j'ai vu assis sur les fauteuils : Adam, Yseult, Anna et Ingrid.

Le DJ chauffait à fond la boîte désormais pleine et j'ai pensé qu'il était temps pour moi de m'occuper de mon Thibault. Je me suis levée pour aller danser et, jetant un regard de feu à mon homme, je lui ai proposé de me suivre.

Il n'a pas hésité. Jim et Nicolas non plus d'ailleurs. C'est bon, ça va... J'ai pas besoin de gardes du corps !

Mon prince s'est mis face à moi et a commencé à bouger. Le voir s'agiter sur Yeah m'a donné des idées que la décence m'interdit de nommer ici. J'ai décidé de l'électriser.

Rapidement, les gens qui étaient près de nous se sont écartés pour me regarder danser. Danser n'est pas le terme exact, je devrais plutôt dire lui mettre le feu.

Ça faisait longtemps que je ne m'étais pas sentie aussi bien. J'avais l'impression d'évoluer dans un monde virtuel où les sensations étaient comme atténuées par du coton. Le DJ a passé *Loca* de Shakira, j'y ai lu un signe du destin : j'allais rendre Thibault fou.

Je l'ai embrassé sauvagement.

Contrairement à notre premier baiser raté, le jour du bouquet de fleurs, mon prince n'est pas resté de marbre.

Une main sur le bas de mon dos et l'autre sur ma nuque, il m'a plaquée contre son corps et m'a embrassée dans le cou à l'endroit exact où les filles perdent conscience et il est remonté progressivement jusqu'à mes lèvres.

David Guetta n'a rien arrangé parce que danser sur son *One Love* m'a donné des idées inavouables.

Deux Black Eyed Peas et trois Martin Solveig plus tard, la situation était torride, je ne savais plus très bien où je commençais et où je finissais. Thibault m'a proposé d'aller m'asseoir mais nos fauteuils étaient occupés par Léa et Adam qui s'embrassaient à pleine bouche.

Hein ??? Quoi ??? Léa et Adam qui s'embrassaient à pleine bouche ??? Je devais avoir mal vu...

Thibault – Tu comptes les regarder longtemps encore ?

Justine – C'est bien Léa ?

Thibault – Tu veux qu'on lui demande ses papiers d'identité ? Allez, viens plutôt t'asseoir avec moi.

Je ne sais pas combien de temps on est restés à s'embrasser sur cette banquette en skaï. Une chose est sûre, c'est que je me sentais bizarre, mon cœur battait de façon totalement anarchique et j'avais l'impression que le décor autour de moi était mouvant.

Je me souviens que Léa est venue me voir et m'a glissé à l'oreille un truc incompréhensible. Elle a insisté d'un air agacé puis elle est partie.

Je me suis retournée pour demander à Thibault pourquoi ma meilleure amie s'en allait et puis plus rien...

Lorsque j'ai rouvert les yeux, j'ai cru que ma tête était coincée entre les portes d'un ascenseur qui se refermait. J'ai essayé de la bouger mais elle pesait des tonnes. J'avais la bouche sèche et une nausée épouvantable.

Dormir... Je veux dormir. Et que quelqu'un tire les rideaux, j'ai un rayon de soleil en plein sur les yeux.

Du soleil en pleine nuit dans une boîte ?

J'ai soulevé à nouveau mes paupières.

Pourquoi il n'y avait plus de musique ?

Et ils étaient où les autres ?

Et moi, qu'est-ce que je faisais là ?

Je me suis redressée d'un coup.

Je crois que jamais de ma vie je n'oublierai ce que j'ai vu dans le miroir en face de moi.

Justine, nue, émergeant d'un lit inconnu, une rose dans les cheveux.

Je devais nager en plein cauchemar. J'allais compter jusqu'à trois et l'image de cette fille échevelée allait s'effacer.

Un... deux... trois... Pas de doute c'est moi et je suis dans un lit que je ne connais pas !

Il fallait que je recompte, j'étais allée trop vite. Un, deux... Tiens, il y avait du bruit dans la pièce à côté.

Je me suis levée en m'entortillant dans le drap et j'ai entrouvert la porte sans bruit. J'avais la tête qui tournait et le cœur dans les chaussettes mais il fallait que j'éclaircisse la situation. Pour la deuxième fois en moins de cinq minutes, j'ai eu une vision d'horreur : un couloir et un salon. Pas n'importe lesquels, ceux de l'appartement de Thibault.

J'étais donc chez Thibault, dans la chambre de Thibault, plus exactement j'étais nue et amnésique dans le lit de Thibault.

Dire que j'ai paniqué à ce moment-là paraîtrait faible. J'ai été submergée par l'angoisse. Je ne pouvais pas rester enfermée là jusqu'à la fin de ma vie et il n'était pas question que je parle à Thibault. Qu'est-ce que je lui dirais : « Salut, il s'est passé quoi cette nuit pour que je me retrouve nue dans ton lit ce matin ? C'était bien ? Tu pourras me raconter ma première fois parce que je n'en ai aucun souvenir ? »

J'envisageais un départ précipité par la fenêtre en tenue de fantôme (mon jean, mon tee-shirt et mes Converse se révélant introuvables) lorsque j'ai aperçu mon sac posé sur une chaise. Ça m'a fait comme E.T. lorsqu'il perçoit la possibilité de rentrer enfin chez lui : téléphone portable-maison Léa... Téléphone portable-maison Léa...

Je me suis cachée derrière le lit, le plus loin possible de la porte, et j'ai appelé ma meilleure amie.

Justine – Allô Léa ?

Léa – Allô ?

Justine – C'est moi...

Léa – Allô ? Allô ?

Justine – Léa, tu m'entends ? C'est moi Justine...

Léa – Allô ? Justine, c'est toi ?

Justine – Oui.

Léa – Pourquoi tu parles tout doucement ?

Justine – Je peux pas parler plus fort...

Léa – T'as plus de voix, t'es malade ?

Justine – Non, c'est pire.

Léa – Qu'est-ce qui se passe ? Où es-tu ?

Justine – C'est justement ça le problème.

Et lorsque j'ai expliqué à Léa la situation, il y a eu un énorme silence.

Léa – Décidément, cette nuit a été un concentré d'erreurs pour nous deux. Je savais bien qu'il ne fallait pas que je te laisse dans cet état, mais quand je suis partie tu as refusé de me suivre.

Justine – Bon d'accord, je fais quoi maintenant ?

Léa – Il y a une armoire dans la chambre ?

Justine – Oui.

Léa – Ouvre-la et regarde s'il y a un tee-shirt ou une chemise.

Justine – Il y a des fringues de Thibault.

Léa – Très bien, enfile n'importe quoi... Ça y est ?

Justine – Oui.

Léa – Y a pas un élastique pour t'attacher les cheveux ?

Justine – Non mais il y a un crayon sur une étagère, je peux les faire tenir avec.

Léa – Bien, tu respires un grand coup et tu sors de la chambre en faisant du bruit pour qu'il t'entende.

Justine – Mais ça va pas ? T'es dingue ou quoi ? Qu'est-ce que tu veux que je lui dise ? Je me souviens de rien.

Léa – Tu as une autre solution ?

Justine – Me sauver par la fenêtre et rentrer chez moi.

Léa – Alors là, c'est vraiment n'importe quoi. Thibault n'est pas un inconnu que tu as rencontré en boîte et que tu ne veux pas revoir. Je te rappelle que tu es folle amoureuse de ce garçon. Tu ne peux pas te conduire lâchement avec lui. Tu l'aimes, non ? Tu ne vas pas gâcher votre histoire parce que tu n'es pas capable d'assumer. Allez, sors et cherche à savoir ce qui s'est passé entre vous cette nuit. Tu ne crois pas que j'ai raison ?

Bien sûr qu'elle avait raison. Je ne pouvais pas partir comme une voleuse. Je devais rejoindre Thibault et lui parler. Quoi qu'il se soit passé entre nous, il fallait que je sache. J'avais tant rêvé de cette première fois avec lui et voilà que je m'étais absentée de ma propre existence au moment fatidique. Comment allait-il m'accueillir ? Qu'allait-il me révéler ? Que deviendrait notre couple après cette mystérieuse nuit ?

J'ai respiré très fort et j'ai ouvert la porte du destin.

Rose rouge
pour nuit noire

Mais que faisait Léa ? Je l'avais appelée au secours vingt minutes plus tôt et elle n'était toujours pas là. N'avait-elle pas conscience de l'horreur de la situation ? Devais-je lui rappeler qu'après avoir bu plus que de raison, hier en boîte, j'avais passé ma soirée à embrasser Thibault mais qu'après, j'étais incapable de me souvenir de quoi que ce soit ? Le trou noir... Et que ce matin, je m'étais retrouvée nue et seule dans son lit.

Léa – Je suis venue le plus vite que j'ai pu. Alors ?

Justine – C'est horrible.

Léa – Vraiment ? Tu vas tout m'expliquer mais avant, fais-moi un thé. Je n'ai rien avalé depuis hier soir.

On s'est installées dans la cuisine et j'ai commencé à raconter dans les moindres détails à ma meilleure amie mon réveil dans le lit de Thibault, nue avec une rose dans les cheveux.

Justine – Si tu savais l'angoisse que j'ai éprouvée lorsque j'ai réalisé que j'avais passé la nuit avec lui et que je ne me souvenais absolument pas de ce qui était arrivé ! J'ai essayé de rassembler mes souvenirs mais rien... Le trou noir ! Tu m'aurais vue entortillée dans mon drap, je n'osais plus bouger.

Léa – Mais après m'avoir téléphoné, tu as fini par sortir de la chambre ?

Justine – Oui. J'ai fait comme tu m'as dit : j'ai enfilé une chemise blanche en lin de Thibault, je me suis recoiffée comme j'ai pu et j'ai franchi la porte.

Léa – Et alors ?

Justine – Et alors rien...

Léa – Comment ça rien ?

Justine – Il n'y avait personne dans l'appartement. J'avais cru entendre les pas de Thibault mais non, ça devait être le lave-vaisselle ou la machine à laver.

Léa – Et où était-il ?

Justine – Je ne sais pas. Il m'avait préparé un plateau avec de l'aspirine, de l'eau fraîche et un petit mot.

Léa – Un mot doux ?

Justine – « Un peu d'aspirine pour ta tête et des baisers sur ton joli corps. » Qu'est-ce que ça veut dire ?

Léa – Qu'il veut soigner ton mal de tête et qu'il t'embrasse !

Justine – Merci, j'avais compris. Mais qu'est-ce que ça laisse entendre pour cette nuit ?

Léa – Je ne sais pas. Quoique « des baisers sur ton joli corps », c'est érotique. Pour qu'il se permette cette allusion, il faut que vous ayez eu une certaine intimité...

Justine – T'as raison.

Léa – Et au fait, tes vêtements, tu les as récupérés ?

Justine – Non !

Léa – C'est bizarre, ça. Qu'est-ce qu'il a bien pu en faire ? Si ça se trouve, il t'a attirée dans son antre, il a brûlé tes Converse et il comptait revenir pour te découper en petits morceaux. La rose que l'on met dans les cheveux de l'amante pendant son sommeil, c'est typique du pervers polymorphe fétichiste.

Justine – C'est vrai ?

Léa – Oui.

Devant mon air catastrophé, Léa a éclaté de rire.

Léa – Tu crois toujours ce que je dis ?

Justine – Oui, depuis des années. Mais je commence à me méfier. Entre tes mystères sur ta vie privée et tes délires psycho-philosophiques sur mon mec, il y a de quoi s'inquiéter.

Léa – Tu me fais encore la tête parce que je ne t'avais pas raconté pour Peter ?

Justine – Mais non... De toute façon, je serais bien mal placée pour te faire des reproches sur tes cachotteries ! Je suis moi-même tellement secrète que je ne me suis pas encore avoué que j'avais couché avec Thibault.

Léa – Tu veux qu'on interroge les cartes ?

Justine – Tu as pensé à les apporter ?

Léa – Oui.

Quinze minutes plus tard, Léa me faisait tirer les cartes pour la cinquième fois.

Léa – Je ne comprends pas. Ton jeu ne sort pas.

Justine – Essaie une nouvelle fois.

Léa – Concentre-toi quand tu coupes. T'as l'air complètement à l'ouest.

Justine – Si tu crois que c'est facile... J'ai une migraine monstrueuse et l'impression d'avoir un kilo de beurre de cacahuètes dans la bouche tellement j'ai la langue pâteuse.

Léa – Je t'avais prévenue. Qu'est-ce qui t'a pris de boire ?

Justine – J'avais besoin d'un petit truc pour me détendre.

Léa – Eh bien la prochaine fois, fais du yoga... Allez, on se concentre pour essayer d'y comprendre quelque chose.

Connais-tu les cartes du tarot de Marseille ?

Il y en a 22.
Elles sont numérotées en haut et le nom apparaît en bas avec de légères variations dans l'orthographe et la graphie :

I	Le Bateleur
II	La Papesse
III	L'Impératrice
IIII	L'Empereur
V	Le Pape
VI	L'Amoureux
VII	Le Chariot
VIII	La Justice
VIIII	L'Ermite
X	La Roue de fortune
XI	La Force
XII	Le Pendu
XIII	La Mort (cartouche du nom parfois absent)
XIIII	La Tempérance
XV	Le Diable
XVI	La Maison Dieu
XVII	L'Étoile
XVIII	La Lune
XVIIII	Le Soleil
XX	Le Jugement
XXI	Le Monde
	et Le Fou (fol, mat) non numéroté.

Ma meilleure amie n'avait pas fini sa phrase que le téléphone a sonné. Je me suis ruée dans le salon pour décrocher. Thibault était rentré chez lui et, ne m'ayant pas trouvée dans son lit, il appelait ici. Léa pouvait ranger ses tarots, j'allais enfin tout savoir sur notre nuit. J'ai pris mon ton d'hôtesse d'accueil.

Justine – Allô ?

Il ne m'a pas répondu. Mon prince devait être trop troublé pour me parler. Le son de ma voix lui rappelait nos étreintes sauvages pendant lesquelles j'avais dû lui murmurer des choses inavouables. J'ai tenté de l'aider à reprendre courage.

Justine – Thibault ? Tu m'entends ?

– Non chérie, ce n'est pas Thibault, c'est papa...

J'ai jeté au loin le téléphone sans fil. La voix de mon père venant faire de la post-synchro sur le film que je me projetais depuis ce matin m'a salement troublée.

Le père – Justine ? Tu es là Justine ?

J'ai ramassé le combiné.

Justine – Oui p'pa, je suis là.

Le père – Tout va bien ?

Justine – Oui oui, ça va...

Le père – Est-ce que tu peux vérifier une chose pour moi ? Je ne trouve plus mon appareil photo, je l'ai peut-être oublié sur mon lit.

Justine – OK, je vais voir.

Le père – Et si tu pouvais parler plus gentiment à ton petit papa bien-aimé, ce serait formidable.

C'est bon. Il occupe la ligne alors que j'attends l'appel du siècle, il me demande de m'occuper du service objets trouvés et il voudrait en plus que je lui joue Laura Ingalls dans *La petite maison dans la prairie*. Non, mais je rêve !

Son appareil était effectivement resté sur son lit et lorsque j'ai repris le téléphone pour le lui annoncer, c'est ma mère qui était à l'autre bout du fil. Elle m'a à peine dit bonjour et est passée directement à un interrogatoire en règle.

La mère – Et vous êtes rentrées à quelle heure hier soir ?

Alors là, j'étais obligée d'inventer. Ce n'est pas que je tenais à lui mentir mais je ne disposais d'aucune information. Il était pratique son « vous », je n'étais pas obligée d'avouer que je n'étais pas rentrée avec Léa comme prévu. D'ailleurs pour l'empêcher d'enquêter davantage, j'allais lui proposer un horaire dépassant la mesure. Comme ça, elle trouverait motif à se plaindre.

Justine – Trois heures et demie.

La mère – Quoi ?

Ma mère m'a défoncé le tympan droit en hurlant dans le combiné. Pitié, déjà que j'avais mal à la tête.

La mère – On ne peut vraiment pas te faire confiance !

Opération réussie, aucune question sur le reste.

J'ai quand même eu envie de lui balancer que j'étais allée en boîte et pas à la séance de dix-huit heures pour voir *La petite sirène* mais je l'ai laissée déverser sa colère.

La mère – Bien, je ne souhaite pas continuer cette discussion au téléphone. Nous en reparlerons lorsque je rentrerai.

Ma mère adore cette phrase. J'y ai droit depuis que je suis petite, quand elle est au boulot, qu'elle voudrait me punir pour un délit (mauvaise note, retard en cours, oubli de Théo...) mais qu'elle n'en a pas les moyens parce qu'elle n'est pas présente. Avant, cette annonce me terrorisait... J'attendais son retour avec anxiété. La perspective de la punition était pire que la punition elle-même. Mais depuis quelque temps, ça me fait rire. Je l'imagine derrière son bureau, jouant son rôle de mère hyper-responsable sous le regard de ses collègues. Totalement ridicule...

Justine – Très bien, à demain.

La mère – Justine, je te conseille de ne pas le prendre sur ce ton.

Justine – Mais je ne le prends sur aucun ton. Tu n'es pas là, donc nous en reparlerons plus tard. À demain maman.

Et je me suis dépêchée de raccrocher. Oh ce petit moment d'insolence, j'allais le payer au prix fort mais ça valait le coup. Je venais de me venger pour toutes ces heures où, petite, j'attendais son verdict.

Il n'a pas fallu cinq minutes pour que le téléphone sonne à nouveau. Si elle croit que je vais décrocher pour essuyer ses orages, elle rêve. Elle n'a qu'à discuter avec le répondeur. D'ailleurs, je ne vais même pas écouter sinon ça va polluer ma journée.

De loin, j'ai entendu une voix d'homme laisser un message. Quelle trouillarde ! Elle envoyait mon père afin de m'effrayer... Je n'ai pas résisté. Je suis revenue sur mes pas pour savoir à quelle sauce j'allais être mangée. J'ai juste eu le temps d'entendre :

– Bon ben, tu ne réponds ni sur ton portable ni sur ton fixe, je ne sais pas où tu es, j'espère qu'on se verra aujourd'hui. Je t'embrasse Justine.

NOOOON !!! C'était pas mon père, c'était Thibault !!! J'ai couru jusqu'au téléphone mais trop tard. Mon prince avait déjà raccroché. Je n'ai pas eu le courage de le rappeler et encore moins de descendre pour lui parler.

Je suis revenue désespérée dans la cuisine.

Léa – C'était qui ?

Justine – Thibault.

Léa – Alors, qu'est-ce qu'il t'a dit ?

Justine – J'ai pas répondu.

Léa – Mais pourquoi ?

Justine – Je croyais que c'était mon père qui appelait pour venger ma mère.

Léa – La venger de quoi ? Et avec qui tu discutais depuis tout à l'heure ?

Justine – Ma mère.

Léa – Je ne comprends rien.

Justine – Il n'y a rien à comprendre mais si tu veux un résumé de la situation, je suis définitivement fâchée avec ma mère et je viens de rater l'occasion unique de savoir si j'ai couché avec Thibault.

Léa – Définitivement, occasion unique. Que du lourd ! Allez viens par là, je vais essayer avec mes nouveaux tarots.

Ma meilleure amie m'a obligée à me concentrer sur Thibault avant de couper le jeu et de choisir cinq cartes. Elle en a retourné deux.

Léa – Renard et lune : il faut surveiller ton imagination. Attention aux illusions. Confusion possible entre rêve et réalité.

Justine – Alors on n'a pas couché ?

Léa – Ne va pas si vite ! Retourne les trois cartes suivantes. Bien... La foudre, le diable et l'étoile.

Justine – Alors ???

Léa – Tu vas triompher d'une situation ambiguë, les soucis te seront épargnés mais tu dois rester vigilante.

Justine – Ça veut dire qu'on l'a fait ?

Léa – Je ne sais pas. Je ne peux pas répondre à ta place. Les cartes te parlent à toi, moi je ne suis qu'une intermédiaire. « Triompher d'une situation ambiguë », ça signifie peut-être que tu désires avoir couché avec lui sans en avoir eu conscience. À moins que tu préfères qu'il ne se soit rien passé cette nuit ?

Justine – Je ne sais plus. J'aime l'idée d'avoir vécu ma première nuit d'amour avec Thibault. Si ça se trouve, je n'en aurai plus jamais l'occasion. En même temps, j'aurais bien aimé être vraiment là quand ça s'est passé.

Léa – Je comprends. Enfin... pas grand-chose !

– Justiiiiiine !!!!!

Mon prénom hurlé par la fenêtre, accompagné du petit tintement d'une clochette, m'a ramenée à la réalité. Léa a souri.

Léa – Tiens, Nicolas est réveillé et il n'y a rien dans son frigo.

Effectivement, comme chaque fois en période de disette, mon cousin avait descendu son panier par la fenêtre pour que j'y glisse de quoi manger.

Justine – Je crois qu'aujourd'hui je vais le laisser crever de faim.

Léa – Tu as tort. Un cousin c'est une valeur sûre ! Parfois, tu ne te rends pas compte de la chance que tu as d'avoir un père, un frère et un cousin.

Justine – Excuse-moi, seulement la plupart du temps, c'est surtout une source de problèmes.

Léa – Oui, peut-être, mais c'est aussi une source d'amour...

J'ai baissé les yeux. Je m'en suis voulu d'être aussi indélicate. Je savais à quel point Léa souffrait de l'absence de son père et de ne pouvoir partager ce manque avec un frère ou une sœur et moi, ça ne m'empêchait pas de me plaindre de mon sort de petite fille gâtée.

On ne se réjouit jamais de ce qu'on a reçu, trop occupé à se lamenter sur ce que la vie ne nous a pas accordé. Parfois j'aimerais avoir la sagesse d'un chat installé sur un radiateur brûlant. À part se lécher un bout de patte ou s'étirer de tout son long, il n'exige rien. C'est le bonheur ! Je voudrais ça...

Enfin, avec Thibault qui me ferait une portée de chatons blancs et noirs ! Il m'offrirait des souris pour mon goûter et on irait sur les toits voir la pleine lune. Il se battrait avec le gros matou roux qui me ferait les yeux doux et...

Ça y est, je ne suis plus un chat serein ; je suis une fille pleine de désirs... Incorrigible !

– Alors les pestes, ça ne vous gêne pas de me savoir à l'agonie ?

Nicolas avait fait une entrée fracassante dans la cuisine en caleçon « London Subway ». Il nous regardait d'un œil amusé, fier de nous avoir fait hurler de peur.

Justine – Tu pourrais frapper avant d'entrer !

Nicolas – Depuis quand je frappe ici, moi ? Je suis un étranger peut-être ?

Justine – Non mais je pourrais sortir de ma douche ou me promener en petite tenue. Je suis chez moi quand même.

Nicolas – C'est bon, je t'ai déjà vue à poil, on n'en est pas morts.

Justine – La dernière fois que c'est arrivé, je devais être en deuxième année de maternelle ! Depuis, je ne sais pas si tu as remarqué mais je m'habille.

Nicolas – Bon, je vais profiter du fait que tu sois en jean pour te demander du pain et du lait. Et puisque t'es une gentille fille habillée, si tu pouvais me faire un café, ça m'arrangerait.

Et voilà, comme d'hab...

Léa s'est levée et m'a dit d'une voix de sorcière prête à jeter un mauvais sort :

Léa – Laisse, Justine, je vais lui préparer son café, moi, au gentil garçon qui croit qu'il faut des chromosomes XX pour faire fonctionner la cafetière.

Nicolas – Ah non, pas la féministe, elle va me le sucrer au cyanure !

Décidément ces deux-là jouent toujours les mêmes querelles.

Léa – T'inquiète... Je veux juste que tu aies rapidement du pain beurré plein la bouche pour qu'on ne t'entende plus.

Nicolas n'a rien ajouté mais j'ai vu qu'inquiet, il vérifiait les moindres gestes de Léa.

Ça m'a rappelé une nouvelle de Buzzati que ma meilleure amie m'a lue pour me montrer ce qu'était pour elle l'amour absolu. C'est l'histoire d'un vieil homme riche qui épouse une jeune fille très belle. Il en fait sa légataire universelle. Un soir, alors qu'il rentre sans faire de bruit pour pouvoir l'admirer en secret, il la trouve dans la cuisine préparant ses gâteaux préférés. Il est éperdu de reconnaissance et remercie le ciel de lui avoir donné une épouse aussi parfaite. Mais rapidement, il s'aperçoit qu'elle a dans la main une fiole qui lui permet de verser une petite quantité de poudre blanche sous chaque cerise.

L'entendant, sa femme se retourne et durant une fraction de seconde, il lit la peur sur son visage. Puis, se reprenant, elle lui sourit en faisant disparaître subrepticement la fiole contenant le poison dans sa poche.

Et là, c'est LE choc. Il comprend l'origine de ses terribles douleurs à l'estomac qu'aucun médecin n'a pu expliquer.

Affrontant sa peur de l'horrible vérité, il questionne sa femme. Elle nie et faussement outragée par cette accusation d'empoisonnement, lui annonce qu'elle le quitte.

Fou d'angoisse à l'idée de la perdre, le vieil homme s'excuse de son manque de confiance et accepte de manger à genoux tout le plateau de pâtisseries. Il sait qu'il va en mourir mais préfère cela à une vie sans elle.

Je me rappelle la dernière phrase de cette nouvelle parce que Léa l'avait prononcée avec des larmes dans les yeux : « La mort était un paradis puisqu'elle venait d'elle ». « Tu vois, avait ajouté ma meilleure amie, j'aimerais qu'un jour, un homme m'aime à en mourir. » À l'époque, ça m'avait laissée perplexe mais aujourd'hui, je comprenais ce qu'elle voulait dire. Moi aussi j'adorerais que Thibault avale par amour mes gâteaux empoisonnés. Remarquez, en ce qui concerne ma pâtisserie, je n'aurais pas besoin d'ajouter de cyanure, elle est naturellement toxique !

Nicolas – T'es sûre que t'as rien mis dans le café, je peux le boire sans crainte de me transformer en chauve-souris ?

J'ai répondu à la place de Léa :

Justine – La mort était un paradis puisqu'elle venait d'elle.

Nicolas – Oh putain, ça recommence... Vous me faites flipper avec vos tarots et vos malédictions. Bon ben tant pis, je bois quand même ton café, Léa, j'accepte le risque !

J'ai regardé ma meilleure amie avec surprise. Et si Nicolas était l'homme qui saurait l'aimer jusqu'au bout quoi qu'elle fasse ? Elle a souri en baissant les yeux comme quelqu'un pris en flag.

J'avais raté un épisode entre mon cousin et Léa, ou quoi ???

Nicolas – Vous êtes parties à quelle heure hier soir ? Vous n'êtes pas venues me dire au revoir.

Ouf ! Si Nicolas pose cette question c'est qu'il n'a pas vu que j'étais rentrée avec Thibault. Je n'ose pas imaginer sa réaction s'il apprenait que j'ai passé la nuit avec lui.

Et Léa, qu'a-t-elle fabriqué pendant sa nuit, elle ? Elle ne m'en a pas parlé. Si je fais appel à mes derniers souvenirs fiables, elle embrassait Adam à pleine bouche quand je l'ai quittée !!! Soudain, une phrase de la conversation que j'avais eue avec ma meilleure amie ce matin m'est revenue : « On a fait n'importe quoi hier toutes les deux... »

Je me suis retournée vers elle en fronçant les sourcils. Elle a dû croire que je l'appelais à l'aide face à mon cousin. Elle s'est empressée de répondre.

Léa – Je ne sais plus exactement l'heure qu'il était. Ce qui est certain, c'est que tu étais beaucoup trop occupé à butiner la jolie Agathe pour te soucier de nous.

Nicolas – Ouais, super meuf Agathe ! Rebelle mais chaude comme une baraque à frites...

Très jolie comparaison, un pur moment de poésie !

Nicolas s'est arrêté de parler, perdu dans ses souvenirs. Son regard s'est égaré dans le carré de ciel gris derrière la fenêtre de la cuisine. Puis, reprenant ses esprits, il a déclaré sans avoir conscience de l'effet de ces paroles sur moi :

Nicolas – Ah tiens, voilà Thibault sur son scooter.

Justine – Où ça ???

Comme je fixais les nuages, il a ajouté :

Nicolas – En bas dans la rue. Il est en scooter, pas en avion !!!

Et se penchant par-dessus la balustrade, il a crié à l'intention de mon prince :

Nicolas – Thibault, tu montes ? Je suis avec Justine et Léa.

Oh non !!! Pas ici et maintenant en présence de mon cousin. Je n'arriverai jamais à paraître normale. Mon Dieu, faites qu'il n'accepte pas...

Nicolas – Quoi ? Parle plus fort, j'entends pas… Attends, je leur demande. Thibault nous propose de manger chez lui. Il a croisé Jim sur le chemin, il arrive. Ça vous tente ?

C'était de pire en pire… Il allait falloir que j'assume devant Jim aussi. Mon cousin a fini sa discussion avec Thibault et lorsqu'il a fermé les fenêtres, il nous a annoncé qu'il avait également appelé les autres pour qu'ils se joignent à nous.

Génial ! Je ne pouvais pas rêver une situation plus épouvantable… J'allais tenter de demander discrètement à Thibault en présence de Nicolas, Jim, Adam, Yseult, Anna, Ingrid – autant dire en toute intimité – si j'avais couché avec lui cette nuit.

Comme je n'avais aucune raison officielle de refuser ce petit repas entre amis, je me suis retrouvée quinze minutes plus tard dans l'appartement que j'avais quitté le matin même, nue sous une chemise blanche.

Mon prince nous a accueillies avec son calme habituel.

Thibault – Bonjour les filles ! Alors, bien dormi ?

Il se moquait de moi, là ou quoi ? Est-ce que je devais lui rappeler que je m'étais réveillée dans son lit vêtue d'une seule rose rouge carmin ?

Au moment où il se penchait pour m'embrasser, il m'a chuchoté à l'oreille :

Thibault – Désolé pour ce matin, j'aurais voulu être là lorsque tu as ouvert tes jolis yeux mais j'avais un rendez-vous important.

Et reprenant son ton normal :

Thibault – Bonjour Léa, tu vas bien ?

Léa – Oui…

Thibault – Je n'ai pas réussi à joindre Adam, tu peux l'appeler pour l'inviter ?

Léa – Je n'y tiens pas.

Ah bon, il y a vraiment un problème alors ? Parce que je ne sais toujours pas ce qu'a fait ma meilleure amie après sa soirée au Bijou, ventousée à la bouche du bel Adam.

Nicolas – Tu l'as déjà largué ?

Léa – Je préférerais ne pas en parler.

Nicolas – Dommage, il était plutôt sympa. Et puis amoureux… ça te changeait du gros lourd qui te mène en bateau depuis des lustres.

Pour une fois, j'étais d'accord avec mon cousin mais d'un point de vue purement formel, il exagérait.

Justine – Laisse Léa tranquille, elle fait ce qu'elle veut de sa vie, ça ne te regarde pas.

Nicolas – Bien sûr que ça me regarde… Je n'ai pas envie que qui que ce soit lui fasse du mal. D'ailleurs, le premier qui s'en avise, je lui éclate la gueule.

Léa – Bien, on se calme. Personne ne me fait du mal. Oubliez Adam et surveillez votre langage lorsque vous faites des commentaires sur Peter !

Il y a eu un silence très pesant, heureusement l'arrivée de Jim a fait diversion.

Jim – Salut les filles !

Nicolas – Et nous, on est des travelos ?

Jim – Mais non Nico ! Bonjour les mecs…

Comme à son habitude, Jim avait les bras chargés de sacs.

Jim – Allez, à table, il est déjà deux heures. J'ai apporté de quoi manger.

Nicolas – Moi, j'ai pas faim, je viens de prendre mon petit-déj, pas toi ?

Jim – Non, je me suis levé tôt ce matin.

Thibault – Je croyais que tu ne bossais pas.

Jim – C'était pas pour le boulot.

Nicolas – Une meuf alors ? Scoop !

Jim – Non ! Bon, moi je mange.

On a compris que Jim ne tenait pas à en dire davantage sur son rendez-vous secret et on s'est installés sur la grande table du salon. Yseult et Anna n'ont pas tardé à nous rejoindre, suivies de peu par Ingrid super star.

Nicolas – Tu comptes garder tes lunettes noires à l'intérieur ?

Ingrid – J'ai un mal de tête terrible. J'ai beaucoup trop bu et puis... presque pas dormi.

La peste a chuchoté ces derniers mots d'un air langoureux, histoire de laisser flotter un parfum sulfureux sur sa nuit. Je me suis demandé un moment si je ne tenais pas là l'occasion du siècle de révéler publiquement que la sexualité de Mademoiselle www.dispo.com rappelait plus celle de Mimi Cracra que celle de Kate Moss avant son mariage. Mais après tout, si ça l'amusait de jouer un personnage, ça ne regardait qu'elle. Moi, une seule chose m'intéressait, me retrouver seule quelques minutes avec Thibault pour savoir enfin ce qui s'était passé entre nous.

Dix fois, j'ai fait semblant d'aller chercher un truc à la cuisine ou dans sa chambre au moment où il y était, dix fois quelqu'un a eu la mauvaise idée de s'y trouver aussi. Je n'ai pas réussi à échanger un seul mot avec lui en tête-à-tête. Toutefois, mon prince ne manquait jamais de me toucher la main discrètement ou de me frôler en passant. Rien de visible mais du super sexy...

J'étais au supplice !

Comme Nicolas et Jim avaient sorti des cigarettes, Léa a ouvert la porte-fenêtre du salon. Elle est intraitable pour le tabac. La mort de son père, qui était un gros fumeur, l'a rendue très sensible.

Nicolas – Mais t'es folle, il flotte... Ferme !

Léa – OK je ferme mais vous sortez fumer dans le jardin.

Nicolas – Sois sympa Crueléa, juste une clope...

Léa – On a déjà eu cette discussion. Vous fumez, c'est votre choix, mais ne nous obligez pas à fumer avec vous. Tu as déjà entendu parler du tabagisme passif, non ?

Nicolas – Ah t'es lourde.

Yseult – Peut-être mais elle a raison. Et ma voix, tu y penses ?

Nicolas – OK, OK. On s'exile dans le jardin !

Non, les mères ne racontent pas n'importe quoi (bis) !
Justine, lis ce que ma collègue a trouvé sur Wikipédia...

Tabagisme passif

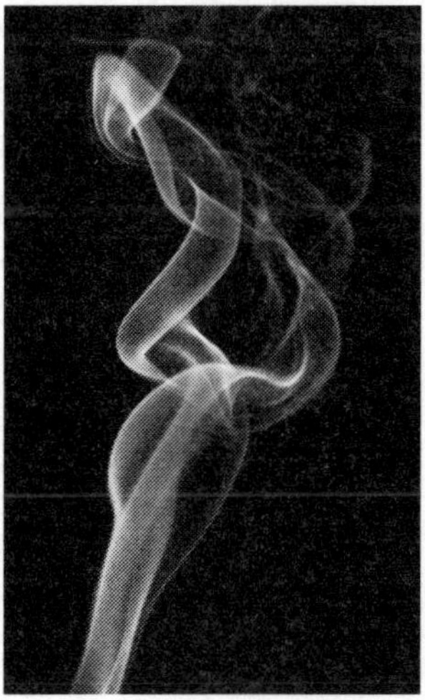

Le **tabagisme passif** résulte de l'inhalation involontaire de la fumée dégagée par la combustion de cigarettes ou cigares (courant secondaire, dans le cendrier par exemple), ou rejetée par un ou plusieurs fumeurs (courant tertiaire). La fumée de tabac ambiante (FTA) respirée par une personne exposée au tabagisme passif est un mélange de fumée du courant secondaire (environ 80 %) et de fumée du courant tertiaire.
La fumée du tabac contient 4 000 substances chimiques différentes, dont 60 substances cancérigènes. Elle est dangereuse pour le fumeur et pour son entourage.

Comme il tombait une petite pluie fine, les garçons n'ont pas tardé à revenir. Nicolas n'a pas pu s'empêcher de râler.

Nicolas – Je suis bon pour la crève !

Et il s'est affalé de tout son long sur le canapé. Il n'avait pas encore posé sa tête sur l'accoudoir qu'il s'est relevé d'un bond en hurlant.

Nicolas – Putain, c'est quoi ça ?

Jim – Qu'est-ce que t'as ?

Nicolas – Il y a un truc sous les coussins qui a bougé quand je me suis allongé. Ah et puis ça pue maintenant !

On est tous venus constater. Effectivement, il flottait une odeur nauséabonde.

Nicolas – Ne me matez pas comme ça, c'est pas moi... Je vous jure qu'il y a un truc qui a bougé.

Thibault a enlevé les coussins.

Thibault – Il y a des traces de pattes.

Nicolas – Ah, vous voyez que je ne suis pas fou !

Jim s'est agenouillé et a regardé sous le canapé. Il s'est redressé rapidement.

Jim – Il y a deux yeux ronds, noirs et brillants qui me fixent.

Léa – C'est certainement un chat. Il a dû rentrer pour se protéger de la pluie quand j'ai ouvert la porte-fenêtre.

Thibault s'est accroupi à son tour pour observer l'animal.

Thibault – Non, c'est pas un chat... Il a des grandes moustaches, une tête plutôt triangulaire et des petites pattes courtes.

Bon, on allait jouer longtemps au qui suis-je ? Parce que j'aimerais bien résoudre : jeune fille plate toujours en jean, qui ignore encore si elle a couché avec son amoureux cette nuit. Quelqu'un pourrait répondre ? Non ? Je ne sais pas pourquoi ils s'intéressent tous à : petit animal qui pue avec tête triangulaire, grandes moustaches et petites pattes courtes...

Mais c'est la description du furet, ça ! C'est le rêve de Théo... Il a plein de photos de ce mammifère dans sa chambre et il m'en parle en permanence.

Je me suis agenouillée près de mon prince et j'ai observé la bête.

Justine – C'est un furet, plus exactement un *Mustela putorius furo*... *Mustela* rappelle que le furet appartient à la famille des Mustélidés, *putorius* veut dire « puant » car il lâche dans certaines circonstances un liquide huileux nauséabond et *furo* signifie « voleur » car il aime cacher ses proies au fond de son terrier.

Thibault m'a regardée, admiratif.

Merci Théo !!! Je te promets de ne plus jamais hurler quand tu me réciteras ton encyclopédie junior et je jure de t'offrir une cargaison de Mister Freeze et de Kinder.

Thibault – Comment sais-tu tout cela, toi ?

Justine – Mystère ! Tu n'es pas au bout de tes surprises avec moi...

Thibault – Oui, j'ai vu ça cette nuit.

Cette fois-ci, c'est moi qui me suis relevée comme un diable qui sort de sa boîte. Qu'est-ce que j'avais fait de surprenant cette nuit ?

Jim – Bon, on essaie de le faire sortir de là, l'animal ?

Nicolas – Justine, toi qui es spécialiste des furets, ça mord ?

Justine – « La dentition du furet comporte douze incisives, quatre canines pointues, douze prémolaires et six molaires soit trente-quatre dents définitives. Son pelage est fait d'un poil de garde long et dur... »

Nicolas – C'est bon, tu peux te mettre sur pause, je t'ai juste demandé s'il mordait.

Sans tenir compte de la remarque de mon cousin, j'ai continué à réciter la fiche « morphologie du furet ». Ma langue était en pilotage automatique tandis que je ne pensais qu'à une chose : que s'était-il donc passé la nuit dernière ?

Justine – « Son sous-poil est fin, dense, brillant et soyeux. Le furet a le corps allongé et cylindrique, les membres trapus, la colonne vertébrale souple et des mains si douces quand elles se posent sur mes cuisses... »

Pourquoi ils me dévisageaient ? Mais qu'est-ce que j'avais raconté là ?

J'ai souri comme j'ai pu. Heureusement, mon ami le furet a justement choisi ce moment pour filer se cacher sous la table.

Ingrid – Waouh, il est beau ! Vous avez vu la fourrure de sa queue ?

Tiens, c'est la première fois qu'Ingrid s'intéresse à un animal. Dans la mesure où les mâles de ce règne ne sifflent pas quand elle passe, elle ne leur accorde aucune attention.

Ingrid – Ça ferait un joli col sur mon blouson en jean.

Ah oui, je me disais aussi ! J'aurais dû me méfier...

D'autant que je me le rappelle, elle m'a déjà fait le coup au zoo. Elle était béate d'admiration devant un vieux python et quand, émue par son amour des bêtes, je m'étais approchée d'elle, elle avait prononcé ces phrases inoubliables : « Je m'en ferais bien des escarpins. Mais il n'y en aurait pas un rose ? Parce que dans cette couleur, j'aime moyen. »

Léa – Bon, on prend une décision ? On ouvre la porte-fenêtre pour que le furet sorte ?

Thibault – Oui, ça me semble préférable.

Ingrid – Mais il habite où ?

Nicolas – Je sais pas, on n'a pas encore échangé nos numéros de portable !

Ingrid – Ah c'est malin, tiens... Ma question n'est pas débile. Il vient d'où ce furet ? J'imagine qu'on n'en trouve pas à l'état sauvage dans les villes.

Yseult – Ingrid a raison, il a dû s'échapper d'un élevage.

Justine – Ou de chez un particulier. Le furet est un animal domestique très à la mode. Il est intelligent, joueur et capable d'attachement comme un chat.

Léa – Alors je l'ouvre cette porte-fenêtre ?

Thibault – Oui, on va se mettre du côté du canapé pour ne pas l'effrayer. Il pourra filer dans le jardin.

Aussitôt dit, aussitôt fait...

Si une caméra avait pu nous filmer à ce moment-là, on aurait fini internés dans un hôpital psychiatrique.

Entre Léa qui tapait sur le sol pour faire déguerpir la petite bestiole, Yseult, Anna et Jim qui chantaient en chœur « Ce n'est qu'un au revoir... », Nicolas qui mimait avec Ingrid une scène de séparation déchirante et moi qui tentais, dans ce bazar absolu, de demander à Thibault ce qui s'était passé entre nous, il y avait de quoi rire...

Si je n'ai pas eu ma réponse, le furet, lui, a fini par partir. Lorsqu'il a gagné le massif de roses, on a tous applaudi. J'ai dû rêver mais j'ai eu l'impression qu'à un moment, il se retournait pour nous dire adieu.

Thibault – Je propose de porter un toast à la libération de Lulu Cracra, notre furet bien-aimé.

Ah non, pas d'alcool... Je ne toucherais plus à un verre de ma vie. J'avais d'autres ambitions que de me retrouver dans le lit de mon voisin, habillée par Interflora et sponsorisée par Aspro.

Je n'ai pas été la seule à refuser la proposition de Thibault. La soirée d'hier avait été largement arrosée et chacun luttait encore avec sa migraine.

Thibault – Bon ben alors, café et thé pour tout le monde !

Justine – Je viens avec toi à la cuisine, je vais t'aider.

Yes ! L'occasion rêvée pour demander enfin ce que vous savez à qui vous savez ! J'ai suivi mon prince le cœur battant. Comment allais-je formuler ma question ?

« Thibault, avons-nous couché ensemble cette nuit ? »

Trop direct...

« Thibault, est-ce que toi et moi, on a... comment dire, on aurait éventuellement... Ce n'est bien sûr qu'une hypothèse et je ne voudrais pas que tu en prennes ombrage. »

Trop hésitant...

« Thibault, t'es pas un lascar, j'aurais pas dû tant boire mais j'ai bien le droit de savoir. »

Trop slam...

« Thibault, selon un repère XY, étant donné deux droites parallèles se frôlant très souvent, peut-on affirmer qu'elles se sont croisées aux alentours de quatre heures ce matin ? »

Trop mathématique...

« Thibault, dans le cadre d'une recherche sur la sexualité des jeunes adultes, pourrais-tu me dire quelle a été ton activité avec quelqu'un appartenant à ta classe d'âge et habitant à moins de cent mètres de chez toi au cours de ces dernières vingt-quatre heures ? »

Trop sociologique...

« Thibault... »

J'ai été interrompue dans ma réflexion par les hurlements d'Ingrid. On a couru la rejoindre.

Lulu Cracra, puisque c'est ainsi que l'avait surnommé Thibault, se tenait les pattes avant contre la porte-fenêtre et nous regardait de ses petits yeux ronds.

Ingrid – Je suis sûre que c'est un mâle, il me mate comme un fou.

Léa – Je crois qu'il veut rentrer.

Thibault – Ben ouvre-lui... Je ne vais pas lui refuser l'hospitalité. C'est peut-être un de mes ancêtres qui vient me rendre visite.

Nicolas – Tu déconnes, là ?

Thibault – Non. En Asie, j'ai appris à croire à la réincarnation.

Oh Thibault, mon Siddharta, mon Samsara, mon Bouddha love... Dans une autre vie, je serai ta belette, ton hermine, ta martre, ta visonne...

Lulu Cracra a fait comme chez lui. Il est parti se réfugier sous les coussins du canapé.

Nicolas – Eh, il y a ton grand-père qui est allé se coucher ! On fait quoi, on éteint la lumière et on se casse discrètement ?

Ce que mon cousin peut être débile parfois !

Thibault – Non, ne te dérange pas pour lui. Je vais lui préparer quelque chose à manger.

Justine – Je viens avec toi.

Cette fois-ci, c'était la bonne.

Ingrid – Je vous accompagne...

Elle le fait exprès ou quoi ? Mais elle ne peut pas rester sur le canapé à se limer les ongles ou se mettre du vernis comme d'habitude ? Non, elle nous a suivis dans la cuisine !

Ingrid – Alors Justine, qu'est-ce que tu as pensé de Jamal, hier soir ?

Justine – De qui ?

Ingrid – Ne me dis pas que tu as déjà oublié l'homme de ma vie.

Justine – Excuse-moi mais comme les hommes de ta vie ont tendance à vite défiler, je ne me souviens pas de chacun.

Ingrid – Le merveilleux beau brun à l'entrée de la boîte.

Justine – Ah oui. Vraiment pas mon style...

Ingrid – C'est quoi ton style ?

Justine – Taille moyenne, cheveux châtains, vit seul au rez-de-chaussée d'une grande maison bleue, a voyagé aux quatre coins du monde et est en terminale S au lycée Colette. Un garçon qui a passé la nuit avec une fille qui, depuis ce matin, se pose LA question de sa vie.

J'ai débité tout cela les yeux fixés sur mes Converse.

Ingrid – Et c'est quoi la question ?

Mais c'est pas vrai, elle veut pas nous oublier, elle ?

J'ai fixé mon prince. Il allait me prendre dans ses bras et me chuchoter à l'oreille : « Ça a été la plus belle nuit de ma vie, je suis ta première fois. »

Ingrid – Alors c'est quoi la question qu'elle se pose, la fille qui a passé la nuit avec Thibault ?

Ah non !!! ça suffit. Je me suis retournée, haineuse, et j'ai hurlé :

Justine – La question est : « Quand est-ce qu'Ingrid alias pot de colle va enfin comprendre qu'elle doit me lâcher ? »

Thibault a fait un bond en arrière. Il faut dire qu'en quelques mots, j'avais produit autant de décibels qu'un troupeau de marteaux-piqueurs.

Il m'a regardée, complètement interdit.

Ingrid n'a pas demandé son reste, elle a haussé les épaules puis elle est partie en grommelant :

Ingrid – C'est ça, elle se venge sur moi. C'est trop facile, qui veut noyer son chien l'accuse de l'orage !

Heureusement qu'on peut toujours compter sur Ingrid, en cas de conflit grave, pour nous faire rire !

Thibault m'a enlacée et m'a susurré à l'oreille :

Thibault – Maintenant que nous sommes seuls, j'ai moi aussi quelque chose d'important à te demander.

OUI, la réponse est oui…

Oui, je suis d'accord pour recommencer.

Oui, je suis d'accord pour t'aimer toujours.

Oui, je suis d'accord pour rencontrer tes parents.

Oui, je suis d'accord pour porter ton nom.

Oui, je suis d'accord pour te faire des enfants.

Oui, oui, oui, je suis d'accord pour tout et plus encore !

J'ai regardé mon prince avec ferveur, je brûlais de l'entendre prononcer la question à laquelle j'avais déjà répondu.

Thibault – Ça mange quoi un furet ?

J'hallucine, il ne m'a quand même pas demandé ce que mange un furet ? À moins que ce soit du langage codé ? Le furet serait une métaphore de notre couple et il chercherait à savoir de quels sentiments il se nourrit ?

Devant ma mine ahurie, Thibault a précisé sa pensée :

Thibault – Le furet est herbivore ou carnivore ? J'ai un steak haché et des carottes dans le frigo, je lui donne quoi ?

C'était bien une question sur l'alimentation du *Mustela putorius furo*. J'ai dégluti avec peine.

Mon prince m'a souri et, se collant davantage à moi, il a ajouté :

Thibault – Et puis aussi, je voulais te demander : est-ce que tu serais d'accord pour recommencer notre première nuit ? Parce que je dois avouer qu'après avoir mis tes affaires à la machine à laver lorsque tu as vomi puis t'avoir calmée et bordée quand tu rigolais nerveusement, j'étais crevé. Et comme tu t'es endormie en un clin d'œil, nous n'avons pas eu l'occasion de…

Thibault n'a pas eu besoin d'en dire davantage. Excepté la honte de m'être montrée si lamentable, je me sentais la plus heureuse des filles : je n'avais pas loupé ma première fois avec lui et il me proposait un nouveau rendez-vous pour célébrer comme il se doit notre amour !

Je me suis penchée :

Justine – Pour répondre à ta question, le steak haché, c'est parfait. Le furet est un animal carnivore. Son intestin est celui d'un carnivore typique, c'est-à-dire court, d'où une digestion rapide, environ trois heures.

Et devant l'air interloqué de mon grand amour, j'ai murmuré d'une voix suave :

Justine – Quant à notre nuit, je pense que nous devrions fixer une date immédiatement... T'as ton agenda ?

La vie en vert

Théo – S'il te plaît Justine...

Justine – Non, il est trop tôt. Je n'aurais jamais dû t'en parler, maintenant tu ne vas plus me lâcher. Je te préviens que si tu continues, je ne te garde pas aujourd'hui. J'appelle maman au bureau pour lui dire que je t'amène au centre de loisirs.

Théo – Allez, je te mettrai ta crème qui pue sur les pieds et je passerai l'aspirateur dans ta chambre pendant toutes les vacances.

Justine – Tu feras mon lit aussi ?

Théo – Oui et j'enlèverai la poussière sur ta collection de girafes.

J'avais commis l'imprudence de raconter à Théo, dimanche soir, à son retour, l'apparition de Lulu Cracra le furet et il n'avait pas réussi à s'endormir tellement il était excité. Ce matin, dès neuf heures il était dans mon lit, me suppliant de l'amener chez Thibault. Cela me donnait une super occasion de sonner chez mon prince, mais j'avais l'intention de me présenter devant lui lorsque je serais coiffée et légèrement maquillée.

Théo – Alors, tu es d'accord ?

Justine – Je vais d'abord boire mon thé et prendre ma douche. Après on verra.

Vous avez déjà essayé de petit-déjeuner en présence d'un gnome qui vous regarde avec des yeux de chien battu et suit le moindre de vos gestes comme si sa vie en dépendait ? Eh bien croyez-moi, ça gâche le goût de la tartine. Je n'ai pas tenu cinq minutes.

Justine – C'est bon, va voir ton DVD sur l'odyssée de l'espèce et je t'emmène après.

Théo – Promis, juré, craché ?

Justine – Oui, laisse-moi déjeuner en paix.

Théo est sorti de la cuisine en poussant des cris de Sioux. Il n'était pas parti depuis vingt secondes que j'ai vu sa petite tête réapparaître.

Théo – Il a les yeux de quelle couleur Lulu Cracra ? Parce que le furet peut avoir les yeux noirs, marron, bordeaux, rouges ou même presque roses parfois...

Justine – Et à ton avis, ils seront de quelle couleur tes yeux quand tu auras pleuré après une bonne fessée parce que tu ne me laisses pas tranquille ?

Théo a réfléchi un petit moment.

Théo – De la même couleur que les tiens si je dis à maman que tu n'as pas dormi à la maison samedi soir...

Justine – Comment tu sais ça, toi ?

Théo – Petite déduction... J'avais coincé un cheveu entre ta couette et ton drap. Or il y était toujours hier soir, preuve que tu n'as pas couché dans ton lit.

Justine – Mais pourquoi t'as fait ça ?

Théo – Je suis comme Tobie super détective, le héros de ma BD préférée. On croit qu'il ne sait rien parce qu'il est en CE1 mais il est malin. Il piège tout, même le sac de sa grand-mère.

Justine – C'est monstrueux. Et qu'est-ce que tu sais d'autre encore ?

Théo – Léa a embrassé Adam sur la bouche quand vous étiez dans la boîte et après, elle a regretté. Elle pensait à Peter et ça l'a dégoûtée. C'est pour ça qu'elle est partie sans toi. Elle était venue te chercher mais tu étais en train de voler un râteau à Thibault.

Justine – Voler un râteau ? Ça ne veut rien dire.

Théo – Si, j'ai écouté quand tu parlais avec Léa hier soir au téléphone et elle a dit ça. Tu peux vérifier, j'ai tout noté.

Justine – Quoi ?

Mon horrible petit frère a sorti de la poche de son pantalon de pyjama un carnet rouge. Sur la couverture, il avait dessiné une tête de mort.

Théo – Tobie super détective inscrit tout sur son carnet lui aussi. Ça peut servir de preuve en cas de problème...

C'est fou, on peut s'endormir le soir en embrassant son petit frère et se réveiller le lendemain face au chef de la police.

Théo – Tu vois, c'est écrit là : « Je n'aurais jamais dû sortir avec Adam. Lorsque j'ai réalisé que j'embrassais un autre homme que Peter, ça m'a dégoûtée. » Et puis aussi « Je suis venue te chercher mais tu n'as pas voulu venir, tu étais trop occupée à rouler une pelle à Thibault. » Ah oui, je me suis trompé, t'as pas volé un râteau, t'as roulé une pelle.

Mon Dieu, Bouddha, Allah, Jehovah, dites-moi que je nage en plein cauchemar !

J'ai adouci ma voix pour ne pas effrayer mon petit frère mais je n'avais qu'une envie, le noyer au fond d'un lac.

Justine – Et ça fait longtemps que tu notes tout comme ça ?

Théo – Depuis samedi.

Ouf, ça limitait un peu les dégâts !

Justine – Et qu'est-ce que tu as écrit d'autre ?

Théo, ravi que je m'intéresse à son activité, m'a donné son carnet.

« SAMEDI

Maman a dit à papa qu'elle avait de plus en plus de mal à supporter les Dubois : "Ils jouent aux riches mais qu'est-ce qu'ils sont ploucs avec leur piscine et leur baignoire qui fait jacuzzi." Pourtant le soir quand on a mangé tous ensemble, maman a dit : "Quel bonheur votre maison, vous avez vraiment bien fait d'installer la piscine et le jacuzzi". Est-ce que maman serait une menteuse ?

DIMANCHE

Quand je me suis réveillé ce matin, papa jouait avec la bretelle de chemise de nuit de maman. Elle lui disait d'un air très fâché : "Non, il y a Théo, il va se réveiller". C'est nul, j'étais réveillé et je préférais jouer avec ma Wii que d'embêter maman. »

J'ai levé la tête, catastrophée. Mais ils étaient devenus fous ou quoi ? Avec Théo dans la chambre ? Ils étaient mariés depuis vingt ans, ils ne pouvaient pas rester tranquilles un week-end !

Théo – Alors, t'en penses quoi de mon carnet de détective ?

J'ai fermé précipitamment l'objet du délit.

Justine – Ce n'est pas bien Théo d'espionner tout le monde et je suis fâchée que tu aies écouté ma conversation avec Léa. Comment tu as eu cette vilaine idée ?

Théo – C'est pas une vilaine idée, maman, elle le fait parfois quand la secrétaire de papa l'appelle à la maison et que papa va dans la chambre pour lui parler.

Justine – Ah bon ?

Théo – Oui... et maman me dit toujours : « J'écoute pour être sûre qu'il lui donne bien tout son travail à faire mais il ne faut pas le répéter. »

J'ai failli m'étrangler. Dans quelle famille étais-je tombée ?

Justine – Écoute...

J'ai cherché les mots qui me permettraient de condamner les activités d'espionnage de Théo sans pour autant discréditer notre mère. Je n'ai pas trouvé...

Justine – Je vais prendre ma douche et on va chez Thibault, d'accord ?

Théo – Je peux descendre cinq minutes dans le jardin pour voir la cabane que Nicolas a fabriquée au furet ?

Qu'est-ce que vous pouvez refuser à un enfant possédant des dossiers susceptibles de faire « plonger » tout votre entourage ?

Justine – Oui, mais tu remontes aussitôt et tu ne fais pas de bruit. Il est possible que Thibault dorme encore. Je l'appellerai sur son portable dès que je serai prête. Et habille-toi, tu ne vas pas descendre en pyjama.

Théo n'a pas mis dix secondes pour enfiler son jean. J'ai hurlé dans les escaliers :

Justine – Tu ne touches pas la cabane, Nicolas a utilisé des vieilles planches et il y a plein d'échardes.

Trop tard, il devait être en bas... Je suis allée prendre ma douche.

J'ai repensé à la veille et à la bonne idée de Nicolas. Ah mais je ne vous ai pas raconté... Alors que nous buvions un thé en regardant Lulu Cracra installé sur le canapé, mon cousin avait proposé :

Nicolas – Tu veux que je construise une cabane dans le jardin pour ton grand-père ?

Justine – Arrête avec ça, tu deviens lourd !

Léa – Tu n'as pas choisi le bon verbe. Ton cousin ne devient pas lourd, il est lourd !

Thibault – Pourquoi vous le critiquez ? Je trouve ça génial comme idée. Tu serais d'accord pour lui faire une niche ?

Nicolas – Oui, il y a de vieilles planches dans la cabane à outils. S'il doit s'incruster, il sera mieux dans le jardin que sur un canapé.

Et voilà comment nous avions tous passé la fin de l'après-midi à aider Nicolas à bâtir une résidence secondaire pour Lulu Cracra. Enfin quand je dis tous, je devrais plutôt dire presque tous, parce qu'évidemment Ingrid était restée sur le canapé à lire un magazine de mode. La pluie avait cessé mais elle craignait que l'humidité attaque son brushing.

Moi, j'étais ravie. Collée à mon prince, je passais les clous et le marteau. Je nous imaginais construisant notre future maison à mains nues. J'aimerais bien qu'il y ait une salle de danse au sous-sol, je pourrais m'exercer à la barre tous les matins. Ce serait formidable... C'est vrai, on installe toujours des buanderies ou des établis pour bricoler, mais la danse c'est important dans la vie ! Plus qu'une perceuse ou un sèche-linge... J'étais sûre que Thibault comprendrait.

La douche glacée m'a ramenée soudain à la réalité. Je ne sais pas ce qui se passe avec la chaudière en ce moment, on passe du brûlant au froid polaire sans transition.

J'ai appelé Théo. Aucune réponse. J'ai foncé dans ma chambre pour voir par la fenêtre s'il jouait sagement dans le jardin.

Où était-il donc passé ? Je ne sais pas pourquoi mais dès qu'on me confie Théo, je suis paniquée à l'idée de le perdre.

Peut-être parce que je ne rêvais que de ça quand il est né car mes parents n'avaient d'yeux que pour lui...

J'ai attaché mes cheveux dégoulinants avec une vieille pince, enfilé ce que je trouvais devant moi et je suis descendue en catastrophe. Ça arrive que des enfants soient enlevés juste en bas de chez eux.

Théo, Théo, mais pourquoi est-ce que je t'ai autorisé à sortir tout seul ! Maman va me tuer. Déjà que depuis dimanche, elle refuse de m'adresser la parole.

J'ai dégringolé les escaliers et j'ai débarqué dans le jardin comme une folle hystérique.

Justine – THÉOOOOO !!!!!

Les volets de Thibault étaient ouverts, avec un peu de chance il avait vu la couleur de l'auto du ravisseur. J'ai cogné à la vitre de la porte-fenêtre comme une malade.

Je n'ai pas eu à attendre longtemps pour voir apparaître mon prince suivi de... mon petit frère qui mangeait une énorme tartine.

Dieu soit loué ! Je leur ai fait de grands signes derrière la fenêtre. Ils se sont arrêtés net, l'air stupéfait. Je me suis retournée pour voir ce qui causait leur étonnement et comme il n'y avait que moi, j'ai attendu qu'ils veuillent bien m'expliquer.

C'est Théo qui a parlé le premier :

Théo – Ben Justine, pourquoi t'as pas de pantalon ?

J'ai mis quelques secondes avant de réaliser le sens profond de la phrase de mon petit frère et quand j'en ai compris tous les mots, je suis restée pétrifiée. Je n'ai pas osé me regarder. Mais je n'avais pas le choix, je devais affronter la réalité : dans mon affolement, j'avais pensé à enfiler un pull, seulement j'avais oublié de mettre mon jean. Bref, j'étais en culotte dans le jardin.

Bien sûr, un esprit positif affirmerait que j'avais progressé puisque j'avais des sous-vêtements et un pull, mais quand même... Mon prince m'a souri :

Thibault – Entre, tu vas attraper froid.

Si Théo note cette scène sur son carnet rouge, je le tue.

Si Thibault répète ce qu'il vient de voir au club des CIK, je le tue.

Si un lecteur mal intentionné se souvient plus de cinq secondes de ce qu'il vient de lire, je le tue...

Thibault – J'ai fait du café, tu en veux ?

Justine – Non merci.

Thibault – Si tu préfères un jean avec un croissant, n'hésite pas !

Théo a éclaté de rire. Très drôle...

Mon prince s'est penché et m'a chuchoté à l'oreille, de manière à ne pas être entendu par mon petit frère :

Thibault – En ce qui me concerne, cette tenue légère me convient parfaitement. Elle me donne le plaisir d'admirer tes longues jambes fuselées.

J'allais lui répondre sur le même ton que s'il souhaitait revoir tout le reste, on pouvait peut-être s'arranger, lorsqu'une voix caverneuse a hurlé mon prénom. On a tous sursauté. La silhouette de mon cousin s'est découpée au fond du jardin.

Nicolas réveillé avant midi un jour de vacances ? C'est un contresens, que dis-je, une antithèse, un oxymore, l'ensemble des figures de style de la langue française... Théo qui avait Lulu Cracra dans les bras est allé lui ouvrir.

Nicolas – Putain Justine, t'abuses, ça fait au moins cinq minutes que je te...

Il s'est soudain interrompu. Ses yeux sont restés scotchés sur ma culotte.

LES FIGURES DE STYLE

LEXIQUE

Antiphrase : procédé qui consiste à exprimer une idée par son contraire. L'ironie repose souvent sur l'antiphrase.

☞ « Tes résultats au bac blanc sont vraiment exceptionnels ! » dans le sens de « Tes résultats au bac blanc sont vraiment catastrophiques ».

Comparaison : une comparaison est une mise en relation de deux termes à l'aide d'un terme comparant (comme, tel, semblable à, etc.).

☞ « Tes résultats au bac blanc sont semblables à Waterloo ! »

Prétérition : c'est lorsqu'on affirme passer sous silence une chose dont on parle néanmoins.

☞ « Je ne dirais pas que tes résultats au bac blanc sont épouvantables mais toutefois, il serait temps que tu te mettes au travail. »

C'est dingue ça, hier j'ai fini nue dans le lit de Thibault et personne n'en a rien su et aujourd'hui, alors qu'il ne s'est rien passé, deux témoins vont certifier que je me baladais en petite tenue chez mon prince.

Justine – C'est pas ce que tu crois...

Nicolas – Je ne crois rien mais j'aimerais autant que Théo n'assiste pas à une scène qui pourrait le perturber.

Quelle injustice ! Il se trompait de cible ! Nicolas ferait mieux de se renseigner sur les activités dominicales de mes parents.

Thibault – Justine vient de descendre.

Nicolas – Et elle s'est déjà désapée ?

Justine – Non, je n'avais rien mis.

Nicolas – Encore mieux.

Bon, j'arrête de vouloir me rattraper, je m'enfonce.

Et puis il commence à m'énerver Nicolas avec son air de mari sicilien trompé, je suis sa cousine, pas sa femme !

Théo – Eh Nicolas, j'ai vu la cabane de Lulu Cracra, elle est super...

Nicolas – C'est bien mon grand.

Je crois que si Théo lui avait dit : « Ne te retourne pas, il y a un homme avec un Beretta prêt à te flinguer. » ou même « Il reste un peu de salade niçoise dans le frigo. », Nicolas lui aurait répondu sur le même ton : « C'est bien mon grand ». La vue de ma personne en petite culotte dans le salon de Thibault semblait lui avoir brouillé le cerveau.

Comme je me sentais très mal à l'aise, j'ai décidé de rentrer chez moi sans plus attendre. Je m'étais suffisamment donnée en spectacle pour la journée.

J'ai laissé Théo avec les garçons.

Parfois, je me demande si je ne suis pas une poissarde... Pourquoi ? Parce que j'aurais pu remonter avec la simple honte de m'être présentée le cheveu mouillé et la culotte au vent devant mon frère, mon homme et mon cousin (ce qui constitue en soi une raison suffisante de se faire hara-kiri en public) mais non, il a fallu qu'il m'arrive pire.

Je n'avais pas grimpé trois marches que je me suis retrouvée nez à nez avec mon oncle, le père de Nicolas. On ne le voit jamais d'habitude parce qu'il est toujours en déplacement pour son boulot ou en week-end avec ses conquêtes.

L'oncle – Eh bonjour ma petite nièce chérie, quel plaisir de te...

Comme son fils, il est resté bouche bée devant ma tenue. Vu le nombre de gens qui admirent ma culotte depuis ce matin, j'aurais dû la louer comme espace publicitaire. J'ai décidé de la jouer cool.

Justine – Salut tonton ! Comment tu vas ?

L'oncle – Bien... Et toi ?

Moi, je me retrouve en « Petit bateau » dans les escaliers face à mon oncle et je vais mourir de honte, pourquoi ?

Justine – Super !!!

L'oncle – Nicolas n'est pas chez toi ? Il me fait la gueule parce que je l'ai réveillé. J'avais complètement oublié que vous étiez en vacances...

Justine – Non, il est chez Thibault. Je viens de le croiser là-bas.

Oh non... Il allait tout comprendre de travers lui aussi.

L'oncle – Ah c'est pour ça que tu n'as pas de... Eh bien, c'est fun dans cette maison ! T'inquiète, je ne dirai rien à tes parents. Je sais ce que c'est que d'être jeune...

Mon oncle a prononcé cette phrase en me faisant un énorme clin d'œil. Il adore jouer au tonton complice.

C'est plutôt sympa parce qu'avec lui, il n'y a jamais de remarques désagréables du genre : « Je te rappelle que tu as ton bac à la fin de l'année. » ou « Tu ne vas quand même pas aller au lycée avec un jean aussi troué ? », toutefois ça m'agace. Ça peut paraître bizarre mais dans le fond, même si je râle quand ma mère me surveille, je trouve ça normal.

Chacun sa place... Si des adultes comme mon oncle se mettent à changer de copine toutes les semaines, à sortir jusqu'à l'aube et à demander à leurs enfants s'ils n'auraient pas un joint pour terminer la soirée, comment doit-on réagir ?

L'oncle – Bon ben moi j'y vais... Profite bien, Justine !

No comment !

Finalement, j'étais chanceuse. J'aurais pu rencontrer le pervers du deuxième étage !!!

J'avais cinq messages quand je suis remontée. Trois de Jim et deux de Léa.

« Aujourd'hui, à neuf heures trente-cinq : Justine, c'est Léa. Qu'est-ce que tu fais, tu dors ? Je te rappelle qu'on avait rendez-vous à dix heures pour trouver un boulot. Rappelle-moi dès que tu as ce message. À tout'... »

« Aujourd'hui, à neuf heures quarante, Justine c'est Jim, t'es où ??? Il faut absolument que je te parle ! J'ai quelque chose à t'annoncer... »

« Aujourd'hui, à neuf heures quarante-cinq, Justine c'est moi Léa... T'as eu un appel de Jim ? Il a quelque chose d'important à nous dire mais il ne veut pas le faire si tu n'es pas là. T'es au courant de quelque chose ? Il avait une voix surexcitée. Rappelle-moi. »

« Aujourd'hui, à neuf heures quarante-huit, Justine c'est toujours Jim, je viens d'avoir Thibault, il m'a dit que tu venais de remonter chez toi !!! Alors rappelle-moi vite !!! »

« Aujourd'hui, à neuf heures quarante-neuf, Justine, c'est encore Jim, j'en ai marre d'attendre. Rendez-vous à onze heures pétantes chez Thibault, je préviens tout le monde. Soyez à l'heure. »

Mais que voulait-il nous annoncer ? C'était bien la première fois depuis son embauche au *Paradisio* qu'il semblait aussi énervé. J'ai essayé de le joindre illico pour en savoir plus mais je suis tombée sur sa boîte vocale. J'ai enfilé un jean et je suis redescendue aussi sec chez Thibault. Nicolas devait certainement être au courant. Jim ne lève jamais le petit doigt sans prévenir mon cousin.

Les garçons m'ont accueillie avec un air inquiet :

Nicolas – Ah Justine, t'as eu Jim ?

Justine – Il m'a laissé trois messages.

Nicolas – Et qu'est-ce qu'il t'a dit ?

Justine – Qu'il avait quelque chose à nous annoncer et qu'il fallait être ici à onze heures.

Thibault – Rien de plus ?

Justine – Non...

Thibault – Alors il ne nous reste plus qu'à l'attendre.

Justine – Nicolas, t'es sûr que tu ne sais rien ? Ça m'étonnerait que Jim ait pris une décision sans t'en parler.

Nicolas – Je t'assure que je n'ai aucune info.

Théo – Il va se marier...

On a éclaté de rire. Les enfants ont parfois de ces idées !

Théo – Ne rigolez pas, je vous dis qu'il va se marier.

J'ai regardé mon petit frère avec attention. Et si au cours de ses activités d'espionnage, il avait surpris une demande en mariage ?

Justine – Tu sais quelque chose à ce sujet ?

Théo – Oui, mais c'est pas dans mon carnet rouge parce que c'était avant samedi, donc j'ai pas noté...

Justine – Théo, raconte immédiatement ce que tu as entendu.

Théo – Eh bien, la dernière fois quand vous étiez tous à la maison, Jim et Yseult ils sont allés dans la chambre de papa et maman pour s'embrasser et ils n'ont pas vu que j'étais dans la petite salle de bain en train de jouer. C'est pas de ma faute si j'ai entendu leur secret.

Justine – Théo, crache ce que tu sais, je ne te gronderai pas.

Théo – Yseult a dit à Jim : « Maintenant qu'on l'a fait, on va être obligés de se marier. » Et Jim a répondu : « Je n'attends que ça. On fixe la date tout de suite si tu veux. »

Si je ne m'étais pas assise, je serais tombée par terre. Jim avait couché avec Yseult et il l'aimait au point de l'épouser. Cette fille qu'il avait rencontrée il y a à peine deux mois ! Même si elle était gentille et mignonnette, elle ne cassait pas trois pattes à un canard. Et depuis quand on épouse un garçon parce qu'on a couché avec lui ? Bon, Thibault et moi, c'est différent, on s'aime vraiment et puis de toute façon, il ne s'est rien passé, alors...

Nicolas a semblé lui aussi très agacé par la nouvelle.

Nicolas – Qu'est-ce que c'est que cette daube ? Jim ne m'en a pas du tout parlé. On ne se marie pas à dix-huit ans et deux mois avec une meuf qu'on connaît presque pas.

Thibault – Presque pas, tu exagères. D'après les informations de Théo, il la connaît plutôt bien.

Nicolas – On connaît pas une meuf parce qu'on a baisé une ou deux fois avec elle !

Justine – Nicolas, doucement sur le vocabulaire. Y a Théo...

Nicolas – En tout cas, c'est pas une raison pour se marier. On n'est plus au Moyen-Âge. Le problème avec Jim, c'est qu'il a tellement besoin d'amour qu'il est capable de faire n'importe quoi pour quelqu'un qui serait un peu sympa avec lui.

Justine – Ne dramatise pas non plus.

Nicolas – Je sais ce que je dis. À l'époque où il zonait, il s'est fait dépouiller par une meuf qui lui jouait le grand amour. Elle avait compris que c'est un fils de bourges et elle a piqué plein de trucs de valeur chez ses parents. Je ne dis pas qu'Yseult c'est le même genre mais si elle rêve d'un trip mariage, il va falloir qu'elle se calme. Je vais leur remettre les idées en place, moi, à elle et à Jim.

Décidément, Jim avait beau être mon meilleur ami, j'ignorais des tas de choses sur lui.

Thibault – Ne lui parle pas de cette façon quand il arrivera, tu risques de le braquer. Et puis, même si c'est prématuré, il peut avoir rencontré LA femme de sa vie. L'âge ne représente pas un critère. Roméo et Juliette avaient à peine quatorze ans quand ils se sont juré une fidélité éternelle, ça arrive les vrais coups de foudre.

Oh oui, ça arrive. Pour nous mon amour, il a suffi d'un seul regard... Enfin presque, j'avais pas mes lunettes la première fois !

Nicolas – *Roméo et Juliette*, c'est le film avec Di Caprio où ils meurent tous à la fin ?

– C'est d'abord une merveilleuse tragédie de Shakespeare...

Léa venait de faire son entrée.

Nicolas – Tiens voilà les A.B.C. du bac français sur pattes, bonjour Cruelléa chérie !

Léa – Bonjour tout le monde. Des nouvelles de Jim ?

Justine – Pas encore... Mais peut-être une piste sur son scoop.

Léa – Alors ?

Nicolas – Jim va se marier.

Léa – Avec qui ?

Théo – Avec Yseult.

Léa – Ah bon !!! Je n'ai rien vu de tel pour lui dans mes tarots.

Nicolas – Ah merde alors, les cartes ne sont pas une science exacte, quelle déception ! On y croyait tellement.

Léa – Mais qu'est-ce qu'il a à m'agresser, lui ? Personne n'a pensé à lui filer ses croquettes ce matin ?

Thibault – C'est de l'amour, mais notre ami est timide, il ne sait pas comment te le manifester. Peut-être rêve-t-il en secret de t'épouser ?

Nicolas n'a pas ri à la remarque de Thibault. Il a haussé les sourcils et s'est arrangé pour changer de sujet. Mon prince a proposé une nouvelle tournée de thé et de café en attendant notre Jim préféré.

Ingrid a débarqué au moment où je servais. Elle s'est affalée sur le canapé sans saluer personne. Elle portait une paire de lunettes immense qui lui faisait des yeux de mouche et un foulard noué à la Scarlett Johansson.

Ingrid – Je suis over jet lag…

Nicolas – Ah oui ! Et ça fait mal ?

La peste n'a absolument pas tenu compte de la remarque ironique de Nicolas, elle a dit d'un air indifférent :

Ingrid – Alors, la nouvelle de Jim ?

Thibault – Yseult.

Ingrid – C'est pas vraiment nouveau.

Justine – Qu'ils soient ensemble non, mais qu'ils se marient oui.

Ingrid s'est redressée d'un coup d'un seul. Elle a failli en perdre ses lunettes.

Ingrid – C'est une joke ?

Nicolas – Je comprends rien, elle a avalé le site de traduction www.reverso.fr ou quoi ?

La réplique de mon cousin est tombée dans le vide. Un peu comme au théâtre lorsque les personnages font des apartés.

Léa – Non, Théo a surpris une conversation très privée entre eux.

Ingrid – Mais enfin, il ne va pas épouser cette gourde ?

Justine – Tu la trouves gourde ?

Ingrid – Elle ne sait même pas qui sont Paris Hilton et Victoria Beckham.

Justine – Et c'est tout ce qui te gêne dans cette affaire ?

Nicolas – Pourquoi, c'est qui Paris Hilton et Victoria Beckham ?

La peste a regardé Nicolas comme s'il était le dernier des dégénérés. J'ai beau ne pas avoir toujours envie de le défendre, là, je me suis sentie prête à sortir mes griffes.

Justine – Deux anorexiques décérébrées qui tueraient père et mère pour un sac ou une paire de chaussures. Tu trouveras leur biographie dans *Public* ou *Closer*, tu verras, c'est fascinant.

Ingrid – Il n'y en a vraiment pas un pour rattraper l'autre. Parfois, je me demande pourquoi je traîne avec vous.

J'ai eu envie de lui répondre que nous aussi, on se le demandait, mais l'ambiance était déjà assez tendue. Théo, qui depuis un petit moment jouait dans le jardin, est revenu avec Lulu Cracra. Il lui avait enfilé son bonnet noir sur la tête, ça nous a tous fait rire.

Théo – Il est pas trop mignon ?

Nicolas – Si ! On dirait Usher, il faudrait lui ajouter une chaîne en or et des diams aux oreilles. Vas-y Thibault, fais péter le son, on va voir s'il danse sur *Yeah* !

Cinq minutes après, c'était ambiance boîte dans le salon de mon prince et même Lulu Cracra à qui Nicolas avait mis les énormes lunettes d'Ingrid bougeait en rythme !

On dansait depuis vingt minutes lorsqu'il m'a semblé entendre un klaxon insistant venant de la rue. Je suis allée dans le jardin près de la porte aux turquoises.

Une petite voiture rouge était garée en double file et son conducteur klaxonnait de façon ininterrompue. Même en plissant les yeux comme une vieille taupe, je n'ai pas réussi à discerner son visage. Je me suis approchée.

Noooon, c'est pas vrai !!! J'ai applaudi des deux mains.

Les autres, qui m'avaient rejointe, ont poussé des hurlements de joie.

Nicolas – Putain, j'y crois pas, il l'a passé sans m'en parler. Quel enfoiré !

Jim est descendu triomphant de sa petite auto, une lettre à la main :

Jim – Pour ceux qui voudraient vérifier, voilà le papier qui certifie que j'ai obtenu mon permis de conduire. Seulement vingt heures de cours, et j'ai eu le code du premier coup. Pas mal pour un « idiot patenté », non ?... Alors qui monte ? Je vous embarquerais bien tous mais j'ai que deux ceintures à l'arrière et je ne voudrais pas perdre des points le premier jour.

Nicolas et Thibault se sont portés volontaires et comme il restait une place, Jim m'a chuchoté à l'oreille :

Jim – Monte devant, c'était un rêve de gosse de te balader un jour dans ma voiture.

J'ai acquiescé d'un air décontracté mais je ne sais pas pourquoi, mon cœur battait très fort lorsque je me suis assise près de lui. Des bouffées d'amour du passé sont remontées à la surface et il a fallu que je croise le regard de mon beau Thibault dans le rétroviseur pour me rappeler que c'était bien lui que je voulais dans mon lit et dans ma vie.

Deux tours de quartier plus tard, on était de retour et Jim est parti pour une nouvelle balade avec Léa, Ingrid et Théo.

Théo – C'était trop bien. Il conduit comme un champion, Jim ! Et il m'a promis de m'amener un matin à l'école. On pourra passer chercher mes deux copains aussi ?

Justine – Oh Théo, tu ne crois pas que tu exagères ?

Jim – Non, laisse-le, ça me fait super plaisir. C'est OK, Théo !

Nicolas – Mais dis-moi Jim, ta mère va te prêter sa voiture tous les jours ?

Jim – Non, juste cette semaine.

Devant nos mines déçues, il a souri :

Jim – Deuxième surprise de la journée, je vais m'offrir une petite voiture d'occasion. Ça fait des mois que j'économise et ma mère m'avait promis de m'en payer la moitié si je réussissais mon permis. J'en ai essayé une hier matin.

Nicolas – Putain la classe !

Ingrid – Moi, je vote pour la Smart décapotable !

Jim – Vu les prix, ça va être dur. Je cherche plutôt une vieille Micra ou une Clio.

Nicolas – Pourquoi tu ne prendrais pas un 4x4, c'est inusable et c'est le top.

Jim – Un 4x4 en ville c'est nul ! Les gens qui achètent ça sont des frimeurs qui veulent se faire remarquer. C'est une catastrophe écologique, ces voitures-là. Tu consommes un max, tu pollues deux fois plus et tu écrases tout sur ton passage ! Heureusement, il y a des citadins qui se battent pour les faire interdire.

Nicolas – Ouais, des aigris qui ne peuvent pas se les payer ou des excités qui se la jouent défenseurs de la nature.

Jim – N'importe quoi... simplement des gens qui réfléchissent. On ne peut pas agir sans jamais se soucier des conséquences pour la planète.

Nicolas – Ben qu'est-ce qu'il t'arrive ? Ouh là là, t'as le bout du nez qui devient vert. Fais gaffe, si tu commences à tenir ce genre de propos, tu vas finir par trier les poubelles et arrêter de fumer.

Jim – Trier les poubelles, je le fais déjà, quant à la cigarette c'est en projet.

Ingrid, qu'on n'avait plus entendue depuis sa proposition de Smart décapotable, s'est rangée du côté de Nicolas.

Ingrid – Moi aussi, ils m'agacent les écolos, si on les écoutait, on ne porterait plus de manteaux de vison ni de sacs en croco. Qu'est-ce que ça peut leur faire, c'est pas à eux qu'on prend la fourrure... Et les animaux, ils s'en moquent, ils sont déjà morts.

Léa a regardé Ingrid, consternée.

Léa – Qu'est-ce que tu crois, qu'on arrache la fourrure des vieux visons dans leurs maisons de retraite, juste avant leur enterrement ? Figure-toi qu'on les tue pour ça, et en général quand ils sont très jeunes parce que les peaux sont plus belles. Franchement, entre Nicolas et toi, je ne crois pas avoir entendu autant d'inepties de toute ma vie.

Justine – Moi, pareil !

Thibault – Je dois avouer que je partage votre point de vue. Même si je ne fais pas partie des écolos actifs, je crois qu'ils ont raison. On ferme les yeux mais on commence déjà à payer nos comportements de pollueurs. Le réchauffement de la planète, c'est pas de l'intox pour effrayer les gens. On va au-devant de terribles catastrophes naturelles.

Nicolas – C'est bon, calmez-vous, pas la peine de me regarder comme si j'étais responsable de la canicule, des inondations et de la disparition des ours bruns des Pyrénées. Elles ne sont pas à moi les usines qui rejettent des déchets toxiques dans les rivières. Si vous voulez, je mettrai ma canette de bière dans la bonne poubelle et je prendrai ma douche avec un chrono. Mais franchement, c'est pas avec le malheureux 4x4 que Jim aurait acheté qu'on aurait causé un tsunami...

Léa – Si tout le monde pense comme toi, plus personne ne fait d'efforts. Et on achète en bonne conscience sa grosse voiture polluante en se disant que chacun, à son niveau, ne peut rien changer.

Nicolas – Et qu'est-ce que tu proposes ?

Léa – D'abord une démarche individuelle : ne pas gâcher l'eau, faire du tri sélectif, préférer le covoiturage. Et puis, peut-être des actions plus agressives si le monde ne comprend pas.

Nicolas – Comme quoi ?

Léa – Je ne sais pas... Je désapprouve ceux qui dégonflent les pneus des 4x4 en ville, mais au fond, je les comprends. J'aimerais avoir le courage d'être militante.

Nicolas – Putain, si un mec crevait les pneus de ma caisse sous prétexte de sauver la planète, je lui atomiserais la gueule.

Justine – On pourrait faire un truc plus soft, je sais pas moi, poser des autocollants sur les pare-brise : « Laissez les 4x4 retourner dans la brousse ou dans la montagne. »

Ma proposition a été applaudie par le clan des verts. Léa et Thibault ont proposé des variantes :

Thibault – « Sauvez le monde, renvoyez les 4x4 à la campagne. »

Léa – « Laissons les 4x4 vivre dans leur milieu naturel. »

Fiche écologie :

LES DÉCHETS PAR PERSONNE

1- Combien de kilos de déchets un Européen adulte jette-t-il par an ?

360 kg par an, soit près d'un kilo par jour!

2- À ton avis, c'était comment il y a quarante ans?

On produisait deux fois moins de déchets.

3- Quelle est la moyenne du poids des déchets ménagers en France par an?

Près de 22 millions de tonnes.

4- À ton avis, ça fait combien de fois le poids de la tour Eiffel?

À peu près 2 500 fois le poids de la tour Eiffel!

Théo qui avait toujours Lulu Cracra dans les bras a ajouté à son tour :

Théo – « Un 4x4 heureux, c'est un 4x4 plein de boue ! »

Son slogan m'a fait comme un électrochoc. J'ai dit aux autres, des paillettes plein les yeux :

Justine – J'ai une idée d'enfer !

Nicolas – Ah oui... je crains le pire !

Justine – On va couvrir de boue les 4x4 garés dans les rues de la ville pour qu'ils retrouvent leur véritable nature. Comme ça peut-être que leurs propriétaires comprendront le message en douceur.

Léa – Génial !

Jim – Fabuleux !

Thibault – Extraordinaire !

Théo – Je pourrai venir moi aussi ?

Nicolas nous dévisageait, effondré.

Nicolas – Vous déconnez, j'espère ?

Justine – Pas du tout ! Et en tant que marraine autoproclamée de l'association, je propose une expédition punitive dès ce soir. Nicolas, tu viens avec nous ?

Nicolas – Je vous accompagne au cas où vous tomberiez sur un mec qui voudrait, à juste titre, vous taper dessus mais je suis pas dans le coup.

Justine – Et toi Ingrid ?

Ingrid – Euh... Non merci. La boue, je ne la supporte qu'en thalasso.

Dix minutes plus tard, assis sur la terrasse, on mélangeait de la terre et de l'eau dans des seaux. Le pervers qui, depuis dimanche, avait droit à un spectacle permanent dans le jardin avait regagné sa place favorite – derrière ses volets – et nous observait.

Jim – On y va à quelle heure ?

Thibault – Il faut attendre qu'il fasse nuit.

Jim – Parfait ! Je laisse un message à Yseult pour qu'elle nous rejoigne.

Léa – Lave-toi les mains d'abord, sinon tu vas coller aux touches de ton portable !

Nicolas, qui depuis un petit moment nous regardait faire, a dit d'une voix hésitante :

Nicolas – Dis donc Jim, si t'as fini ton atelier boue, j'aimerais te poser une question à propos d'Yseult.

Jim – Vas-y mec !

Nicolas – Tu comptes vraiment te marier avec cette meuf ?

Jim – Ça va pas la tête ! Qui t'a dit ça ?

Théo qui, malgré la température extérieure, pataugeait avec plaisir, les pieds nus dans un seau, s'est arrêté net et a hurlé :

Théo – C'est toi ! J'ai tout entendu...

Jim – Ah bon !

Théo – Oui, Yseult t'a dit : « Maintenant qu'on l'a fait, on va être obligés de se marier. » et tu lui as répondu : « On fixe la date quand tu veux. »

Jim a éclaté de rire.

Jim – Ce sont les répliques d'une comédie musicale des années trente qu'adore Yseult. On se les chante parfois.

Devant nos airs gênés, il a ajouté :

Jim – Vous n'avez quand même pas cru que c'était ça, la nouvelle du jour ?

Et comme personne ne répondait :

Jim – Je répète ma question, vous n'avez quand même pas imaginé que c'était ce que je voulais vous annoncer ?

Justine – Pas du tout !

Léa – Juste un peu.

Thibault – On a eu un gros doute.

Le visage de Jim s'est contracté.

Jim – Vous me prenez pour un pauvre mec capable de faire n'importe quoi, même de me marier à dix-huit ans avec une fille que je connais depuis deux mois ?

Nicolas – Ne le prends pas mal. Je me suis juste inquiété pour toi parce que... t'es mon meilleur pote.

Pendant quelques secondes, j'ai craint que Jim ne nous pardonne pas. Il est si susceptible... Mais, s'approchant de Nicolas, il a balancé sur son jean la boue qu'il avait dans les mains en hurlant comme un gosse :

Jim – Aidez-moi les filles ! Première cible à remettre dans son environnement naturel : le *dynosorus amicus*, le seul animal à être un ami pour la vie.

Et tandis qu'on canardait mon cousin avec nos munitions sous le regard dégoûté d'Ingrid, j'ai trouvé qu'on formait une super bande de cinglés.

Safari de nuit

Justine – Léa ? Ouais, je dormais encore... j'ai pas entendu mon réveil. Heureusement que tu m'appelles. Tu t'es remise des émotions d'hier soir ?

Léa – Oui, et toi ?

Justine – Je n'ai pas réussi à m'endormir avant trois heures, j'avais le cœur qui s'affolait dès que j'entendais le moindre bruit. Je n'avais jamais remarqué que le parquet craque la nuit et que la chaudière s'allume sans qu'on lui demande rien.

Léa – Moi aussi, j'étais super agitée, j'ai mis un temps fou à m'endormir. Bon, tu te souviens que je viens te chercher à neuf heures et quart ?

Justine – T'es sûre de vouloir y aller ?

Léa – Ben oui... Une journée de boulot sur presque deux semaines de vacances, c'est le minimum légal. Comme ça, on pourra dire qu'on a travaillé à la Toussaint.

Justine – Tu sais qu'elle est odieuse la fleuriste pour qui on va travailler ?

Léa – Si je n'avais pas compris, il faudrait que je consulte, ça fait au moins dix fois que tu me le répètes.

Justine – Je préfère te prévenir. Je crois qu'elle a accepté de nous embaucher uniquement parce que mon père le lui a demandé.

C'est lui qui signe les bons de commande pour la décoration florale de son entreprise, alors elle craint de le perdre comme client mais c'est une vraie... Comment ils s'appellent déjà les salauds qui gardent Cosette et font croire à sa mère qu'elle est gravement malade ?

Léa – Les Thénardier.

Justine – Voilà, c'est une vraie Thénardière.

Léa – Oui, seulement nous ne sommes pas des petites filles sans défense. Après notre expédition d'hier soir, on peut même affirmer que nous sommes des combattantes.

J'ai ri toute seule dans mon lit, oui, elle avait raison. J'ai toujours tendance à me prendre pour une petite chose fragile, j'oublie que, comme tout le monde, je dispose de ressources capables de déplacer des montagnes. Enfin, au moins des poubelles !

Pourquoi des poubelles ? Je vous raconte...

Hier, après avoir dîné chez Thibault, on a pris nos seaux, nos grosses éponges et des tabliers en plastique achetés pour l'occasion chez E.D. et on s'est entassés dans la voiture de Jim direction le centre-ville pour exécuter notre plan : couvrir de boue tous les 4x4.

Entassés, le mot est faible. Dans la mesure où il y avait à l'arrière : Thibault, Léa, Yseult, Ingrid (qui finalement avait décidé de venir) et moi, nous nous sommes contre-plaqués, que dis-je, nous nous sommes agglomérés les uns contre les autres.

Ce n'était pas fait pour me déplaire car j'étais à côté de mon prince. Le jour où nous serons enfin nus l'un contre l'autre dans un lit, nous ne serons jamais aussi proches que nous l'avons été dans cette voiture. Pour éviter le coude d'Ingrid qui me rentrait dans les côtes, le seau qui me sciait les mollets et la ceinture de sécurité qui me coupait le souffle, j'étais obligée de m'amalgamer à Thibault. Il n'y avait plus aucun moyen de résister à son irrésistible pouvoir d'attraction, surtout dans les virages !!!

Jim a garé la voiture dans une petite rue sombre et nous avons sorti notre matériel avec la plus grande discrétion. Nicolas, qui trouvait notre idée de plus en plus débile, n'arrêtait pas de râler.

Nicolas – Vous vous verriez avec vos seaux pleins de boue et vos grosses éponges, vous faites pitié ! Qu'est-ce que je fous là...

Léa – Personne ne t'a demandé de venir.

Nicolas – Oui et qui vous aidera en cas de coup dur ? Franchement, je serais tranquillement chez moi en train de bouffer et je verrais une équipe de bouffons saloper ma voiture, je descendrais à la vitesse de la lumière leur donner une leçon.

Léa – À moins que tu comprennes soudain que c'est la nature que tu t'apprêtes à détruire et que tu les remercies pour leur geste hautement symbolique.

Nicolas – Je crois que tu rêves, ma grande.

Léa – Gandhi, Rimbaud et Van Gogh aussi rêvaient le monde et ils ont fini par le changer.

Nicolas – Tu parles d'une équipe de bras cassés : un squelette en robe, un poète marchand d'armes et un fou qui s'est coupé l'oreille, même Bruce Willis dans *Armageddon* est plus crédible !

Léa – Bravo Nicolas, quelle culture... Je craignais que tu croies que Van Gogh est un meuble Ikea et Rimbaud le personnage interprété par Sylvester Stallone.

J'ai éclaté de rire. C'est vrai, Rimbaud c'est le Rambo de son époque. Mon cousin a très peu apprécié l'humour de Léa.

Nicolas – Premièrement, je suis moins con que tu ne le penses, deuxièmement, si un type veut te taper dessus tout à l'heure quand tu t'amuseras avec la boue, je ferai comme tes héros : je l'inviterai à célébrer la non-violence, je lui écrirai un poème ou je lui peindrai des tournesols tordus. On verra si ça te sauve d'un Néanderthalien avec gourdin !

Jim, qui ne supportait pas les échanges piquants de ses deux amis, a tenté de faire diversion :

Jim – Avant d'accomplir notre devoir d'humains responsables de la planète, je souhaiterais remercier vivement Nicolas et Léa pour leur duo d'humour et de culture générale. Quelqu'un a quelque chose à ajouter ?

Ingrid – Oui ! C'est qui Rimbaud ?

Léa – Comme il n'est sorti ni avec Paris Hilton ni avec Nicole Richie, ça ne va pas t'intéresser de savoir que c'est un grand poète symboliste !

Ingrid – Ah oui, je me souviens, le beau gosse qui couchait avec Verlaine.

Léa – Exact...

Comme quoi, il y a différentes façons d'aborder l'histoire littéraire !

Jim – Je propose qu'on fasse d'abord un repérage dans les rues voisines pour localiser les 4x4 éventuels. Quelqu'un pourrait rester ici avec les seaux et les éponges et des groupes de deux iraient en reconnaissance.

Ingrid – Moi, je veux bien rester parce qu'avec mes nouveaux escarpins, je ne peux pas marcher.

Nicolas – Tu achètes des pompes avec lesquelles tu ne peux pas marcher ?

Ingrid – Mon pauvre Nicolas, tu ne comprendras jamais rien aux femmes.

Et comme Jim fronçait les sourcils, agacé par toutes ces réflexions qui l'empêchaient d'annoncer son plan génial, elle a ajouté doucement :

Ingrid – Comme si se sentir bien dans des chaussures pour marcher était un critère pour les acheter !

Jim – Bon, Ingrid, tu restes là. Pour les groupes, je vous propose : Thibault-Justine ; Nicolas-Léa ; Yseult et moi. Ça convient à tout le monde ?

Ingrid – Excuse-moi Jim mais répartis comme ça, vous allez repérer des voitures polluantes ou vous embrasser au clair de lune ?

Léa – En ce qui nous concerne, il n'y a pas de risque... Hein mon Nicolas chéri ?

Nicolas – De toute façon, moi, j'assure juste la sécurité en cas de galère.

Yseult – En ce qui nous concerne, je ne peux pas promettre un parfait professionnalisme. Il est possible qu'un ou deux baisers soient échangés.

Tiens, on ne l'avait pas entendue depuis longtemps. Qu'est-ce qu'elle a l'air tarte quand elle regarde Jim avec ses grands yeux écarquillés. On dirait... Qui a soufflé : « On croirait Justine lorsqu'elle regarde Thibault » ? Rien à voir.

Oh non... Jim l'embrasse maintenant pour cette déclaration d'amour au clair de seaux et d'éponges !

Justine – Bon, on y va ?

Jim – C'est parti ! Rendez-vous ici dans un quart d'heure.

Et nous avons choisi trois directions différentes pour notre repérage. Ingrid n'avait pas tort, Thibault et moi avons passé plus de temps à nous embrasser qu'à chercher les 4x4. Trop bien.

Ouvrons les portes des asiles, des prisons et autres facultés.

L'IMAGINATION prend le pouvoir.

Les slogans de mai 68

Sous les pavés, la PLAGE...

Il est interdit d'interdire.

Les murs ont des oreilles. Vos oreilles ont des murs.

Soyez réalistes, demandez l'impossible !

Désirer la réalité, c'est bien! Réaliser ses désirs, c'est mieux!

Le respect se perd, n'allez pas le chercher.

Le rêve est réalité.

J'ai trouvé ma vocation dans la vie : embrasseuse de mon prince ! Toutefois malgré nos baisers, nous avons réussi à débusquer deux 4x4 et c'est très fiers de notre safari écolo que nous avons annoncé notre score. Jim et Yseult en avaient repéré deux aussi, Nicolas et Léa seulement un.

À se demander ce qu'ils avaient fabriqué pendant tout ce temps !

Jim – Ça nous fait donc cinq véhicules au total. Je propose que maintenant, nous agissions ensemble : deux qui font le guet dans la rue, deux qui surveillent les fenêtres et les balcons, trois qui recouvrent de boue le 4x4. Ça vous paraît bien ?

Nicolas – Moi, je ne surveille rien... Je cogne en cas de baston, c'est tout.

Jim – D'accord.

Notre première cible était un vieux Range Rover avec un siège enfant à l'arrière. Un nounours usé par des mois de câlins trônait là. Mon cousin a sauté sur l'occasion.

Nicolas – Vous pensez à la pauvre mère de famille qui demain matin va se dépêcher pour emmener son bébé à la crèche avant d'aller bosser et qui va trouver sa voiture dégueulasse ?

Justine – Demain, c'est le 1er novembre, personne ne bosse !

Nicolas – Pardon, vous pensez à la pauvre mère de famille qui après-demain matin...

Jim – On ne change pas le monde sans faire un peu de casse.

Léa – Et puis cette brave mère de famille est en train de pourrir la terre de ses enfants. Si elle les aimait, elle devrait prendre conscience de l'effet toxique de sa voiture de frime. Son pot d'échappement pollue juste au niveau des poussettes. Elle finira par nous dire merci.

Ce dernier argument a redonné du sens à notre expédition et nous avons suivi Léa qui, dans un bel élan, avait jeté la première éponge ! C'est fou la surface d'un 4x4 ! Avec un seau entier, nous avions à peine recouvert le capot.

Léa – Il va falloir se contenter de mettre de la boue sur les pare-brise et les fenêtres, sinon on sera vite en rupture de stock.

Léa n'avait pas fini sa phrase que mon portable a sonné. On a tous sursauté.

Nicolas – Putain, Justine, tu vas nous faire repérer !

J'ai décroché pour que le bruit cesse.

Justine – Allô...

Une voix masquée m'a répondu :

– Ici Mister freeze... Message pour Miel pops, vous me recevez ?

C'était Théo ! Pour me débarrasser de lui, je lui avais ordonné de surveiller les parents et de descendre chez Thibault accomplir une mission de la plus haute importance. Évidemment, ça ne servait à rien mais mon petit frère, ravi que sa vie ressemble à celle de Tobie, son héros préféré, prenait cela très au sérieux.

Justine – Je vous reçois cinq sur cinq.

Théo – Rien à signaler. P et M regardent la télé, j'ai bien allumé la lumière et la musique chez T pour qu'on croie que vous êtes en bas.

Justine – Parfait Mister freeze... opération « bien-être des 4x4 » en cours. Nous n'avons perdu aucun homme. Continuez à surveiller de très près P et M. Ils sont dangereux.

Théo – Bien reçu. Bonne chance. Je dois vous laisser. P se dirige vers frigo. J'ai peur qu'il repère ma planque. Il faut que je rampe jusqu'au canapé.

Justine – Bonne chance à vous aussi. J'espère qu'on se reverra...

Lorsque j'ai raccroché, les autres me regardaient avec inquiétude.

Jim – Il y a un problème, Justine ?

Justine – Non, c'est Théo. Il a bien fallu que je l'occupe pour qu'il ne soit pas dans nos pattes. Il surveille les parents, à plat ventre dans le salon, et doit me prévenir en cas de mouvement. Là, mon père s'est levé pour prendre un fruit ou une bière dans la cuisine...

Ils ont tous éclaté de rire. Sauf Nicolas.

Nicolas – Je ne comprends pas pourquoi vous vous marrez. Théo avec ses gesticulations de faux agent secret est moins ridicule que vous, avec vos éponges et vos seaux. Et lui au moins, il a l'excuse de l'âge !

Sa remarque qui se voulait vexante n'a pas entamé notre bonne humeur et nous avons attaqué « l'embouage » d'un 4x4 Mercedes rutilant garé quelques mètres plus loin.

Nicolas – Il est superbe ce GL500, le pauvre mec a dû s'endetter à mort pour se le payer.

Avant que mon cousin préféré développe une théorie fumeuse sur la propriété qui aurait pu nous influencer, Léa s'est dépêchée d'ajouter :

Léa – Oui, c'est une cible encore plus précieuse. Cette voiture a devant elle de belles années de pollution.

Et vlan, trois éponges pleines de boue lancées avec entrain sur le pare-brise !

Ah non, quatre... la peste s'y mettait aussi !

Il y aurait vraiment eu une photo à prendre : Ingrid en minijupe perchée sur des talons et tenant du bout de ses ongles roses pailletés une grosse éponge pleine de boue, c'est comment dire... une sorte de paradoxe.

L'être humain s'adapte à toutes les situations. Alors que j'avais « emboué » mon premier 4x4 le cœur battant, je tartinais le deuxième avec allégresse. Oui, je sauvais la planète et je me voyais sur une terre fleurie, peuplée de papillons multicolores et d'écureuils.

Oh... posé au milieu d'un énorme chou bleuté, il y a un bébé joufflu : Thibault junior.

Il est trop mignon avec ses grands yeux marron comme son papa et ses petites fossettes quand il sourit.

Je n'avais pas remarqué, il a de minuscules Converse rouges. Viens mon ange, je vais te faire un câlin.

Léa – Ça va Justine ?

Je me suis retrouvée dans la rue, face à l'énorme machine noire.

Justine – Oui, pourquoi ?

Léa – Parce que tu tends les bras au 4x4 d'un air benêt alors je me demandais...

Justine – C'est rien, je m'étire, j'avais des crampes.

Léa m'a regardée jusqu'au fond de l'âme et elle a souri avec son air de sorcière.

Léa – Il était si mignon ?

Justine – Qui ça ?

Léa – Tu sais bien... Parfois nos rêves sont tellement forts qu'on leur donne forme, et même les autres peuvent les apercevoir.

Justine – On devrait te brûler avec ton balai sur la place publique !

Léa – Tu te sentirais bien seule. Allez vas-y, il reste un coin de vitre propre.

Notre troisième cible se la jouait traversée du désert. Rien ne manquait : ni la couleur sable de la carrosserie, ni les vitres teintées, ni le pare-buffle en cas de choc frontal avec un animal sauvage. Même Nicolas a critiqué.

Nicolas – Il y en a vraiment qui se la pètent !

Léa – Tu veux mon éponge, chéri ?

Nicolas – Non merci, mais je n'en suis pas encore là.

Léa – Tu finiras par te rendre à la raison.

Jim – Ce 4x4 devrait bénéficier d'un régime de faveur. En plus du pare-brise et des fenêtres, je propose d'embouer les rétros.

La proposition de Jim a été approuvée à l'unanimité plus une voix, l'enthousiasme d'Yseult comptant double. Elle commençait d'ailleurs franchement à m'agacer. J'aurais aimé lui rappeler qu'elle ne connaissait Jim que depuis deux pauvres mois et que cela ne tenait pas la route une seconde face aux années d'amour entre nous.

Nous étions en train de parfaire notre œuvre, ajoutant une deuxième couche de boue côté conducteur, lorsqu'une alarme stridente a retenti. Mon cœur s'est emballé et j'ai cru que j'allais faire pipi dans ma culotte.

Nicolas – Putain, j'en étais sûr... ce con a foutu une alarme sur sa caisse de merde.

Une fenêtre s'est ouverte précipitamment et un homme a hurlé :

L'homme – Je vous préviens que je descends et qu'on appelle les flics.

Nicolas a pris les choses en main.

Nicolas – Courez le plus vite possible jusqu'à la voiture de Jim, je vais essayer de calmer ce gros con.

Jim – Je reste avec toi, allez-y les autres. Thibault, s'il te plaît, occupe-toi des filles.

Thibault – D'accord.

Alors qu'on s'éloignait à grandes enjambées, je me suis sentie super mal. Comment se faisait-il que mon prince ait accepté aussi vite d'abandonner ses copains ? Avait-il obéi à l'injonction de Jim pour nous protéger ou était-il trouillard ?

Le hurlement d'Ingrid ne m'a pas laissé le loisir de me poser longtemps la question. Debout sur une jambe et se tenant le pied gauche, elle semblait terriblement souffrir. Au péril de nos vies, on s'est arrêtés net pour se précipiter à sa rescousse.

Yseult – Tu t'es tordu la cheville ?

Ingrid – Non, pire !

Pire que la cheville ? Elle s'était cassé le pied ? La jambe ? Non ? Mais quoi alors ?????

Ingrid – Je me suis pété un talon.

Le regard de silex que Léa a lancé à la handicapée de l'escarpin a suffi à la faire détaler, pieds nus.

Je me suis retournée pour voir où en étaient Jim et Nicolas. Marchant à vive allure dans notre direction, ils protégeaient notre fuite en jetant des coups d'œil furtifs derrière eux.

Nous étions à plus de cinquante mètres du lieu du crime lorsque j'ai aperçu, embusqué derrière un mur, un type qui les attendait, une bombe lacrymogène à la main. Alerté par les cris de son voisin et la cavalcade dans la rue, il voulait manifestement faire justice lui-même.

D'où ils étaient, les garçons ne pouvaient pas le voir et ils allaient être massacrés... Avant même que mon esprit analyse la situation, j'ai fait demi-tour pour leur porter secours. J'ai retrouvé Léa à mes côtés au moment où, pour bloquer notre ennemi, je lui balançais dans les jambes un container d'ordures. Ma meilleure amie a renversé le container suivant.

Yes !!! Si j'avais pu téléphoner à ce moment-là à Théo, je lui aurais dit : « Cible neutralisée, nous avons récupéré nos hommes, nous rentrons sains et saufs au campement. »

Jim – Merci les filles, courez, vous avez pris assez de risques.

Et tandis que je me retournais pour voir dans quel état était l'homme aux poubelles, j'ai aperçu son visage éclairé par le réverbère.

Mais je le connaissais, lui... C'était qui ? À cette distance et sans lunettes, je ne voyais pas grand-chose. Tant pis, on ferait les présentations à un autre moment.

Inutile de vous décrire l'état dans lequel on était lorsqu'on est enfin arrivés chez Thibault. En plus d'être couverts de boue, nous étions complètement stressés. Nicolas a décidé de ne plus jamais nous adresser la parole de sa vie et Ingrid a pleuré comme une starlette qui a survécu à un tremblement de terre dans un film américain à petit budget.

Jim – Il faut que cette soirée nous serve de leçon. Pour notre prochaine expédition, nous devrons réfléchir au problème de la sécurité.

Mon cousin, pour la dernière fois de la soirée, a hurlé :

Nicolas – Parce qu'après ce qui vient de se passer, il y aura une prochaine fois ??? Mais vous êtes de grands malades !!! Allez, salut...

Il a claqué la porte et est remonté chez lui. Il y a eu un silence de mort. C'est Thibault qui a osé le rompre :

Thibault – Café pour tout le monde ?

Léa – Plutôt un tilleul camomille pour arrêter mes tremblements !!!

Yseult – Pas pour moi, merci, je vais rentrer, il faut que je dorme, j'ai un cours de chant demain à huit heures.

Jim – Je te raccompagne.

Voyant l'opportunité de se faire ramener en voiture, Ingrid a cessé de pleurnicher.

Ingrid – Moi aussi je vais rentrer mais je me sens au bout du rouleau.

La réponse de Jim ne s'est pas fait attendre :

Jim – Je te dépose, il n'y a pas de souci.

Si je n'avais pas perçu la légère grimace d'agacement d'Yseult, je crois que j'aurais fait une remarque à la peste. Mais le plaisir de savoir qu'elle allait gâcher le retour romantique des deux tourtereaux l'a emporté. Oui, je sais, je ne suis pas très charitable mais qui a dit qu'il fallait forcément aimer son prochain ? Surtout quand c'est une prochaine et qu'elle vous pique votre meilleur ami...

Jim a insisté pour raccompagner aussi Léa et comme Thibault ne me proposait pas de rester pour boire un tilleul camomille en tête-à-tête, j'ai suivi les autres.

Je suis rentrée sans faire de bruit pour ne pas réveiller mes parents. Lorsque je me suis assise sur le bord de mon lit, j'ai senti quelque chose bouger sous mes pieds. J'ai crié comme je pensais que seule Ingrid peut crier. Quelqu'un a bondi pour me bâillonner. J'ai failli tomber dans les pommes.

– N'aie pas peur Miel pops, c'est moi...

Théo !!! je l'avais oublié celui-là. Il n'était pas encore couché ? En tenue de judo avec ceinture jaune et lunettes rondes sous sa cagoule bleue, il ressemblait à un personnage de bande dessinée. Il attendait avec impatience que je lui raconte ma soirée. D'ailleurs, il semblait tellement captivé dès que j'ai commencé que j'en ai un peu rajouté.

Justine – Voyant Jim et Nicolas en danger, j'ai couru en poussant le cri qui tue et j'ai frappé l'ennemi des deux pieds en même temps. Nos corps ont roulé sur le sol. L'ayant immobilisé, j'ai décidé de lui bander les yeux pour qu'il ne voie pas mon visage.

Théo – Avec quoi tu lui as bandé les yeux ?

Avec quoi ? Avec quoi ? Je lui en pose, moi, des questions... Il est pénible ce gosse.

Justine – Je ne sais plus. Pourquoi, c'est important ?

Théo – Oui, si c'est une écharpe à toi, on pourrait t'identifier à partir d'un simple cheveu avec un test ADN.

Mais pourquoi les parents laissaient-ils cet enfant lire une BD totalement subversive ?

Justine – Ah ça y est, je me souviens ! J'ai pris un chiffon tombé de la poubelle.

Théo – Mais les ordures n'étaient pas dans des sacs fermés ?

Eh bien voilà... Racontez une belle histoire à un sale môme et vous avez droit à un interrogatoire digne de l'Inquisition.

Théo – Tu sais Justine, tu dois absolument travailler ton alibi si la police t'interroge demain. S'il y a autant de zones d'ombre, tu vas finir en prison.

Ça c'était la réplique copiée collée d'un de ses romans jeunesse. J'ai envoyé le morveux au lit et moi, je n'ai pas pu m'endormir. Entre ses questions tordues et sa menace de garde à vue, je me suis imaginée finissant dans un centre pour mineurs délinquants.

Vous comprenez pourquoi ce matin, à huit heures et demie, j'étais toujours dans le brouillard quand Léa m'a téléphoné.

Lorsque je suis entrée dans la cuisine, mes parents étaient en grande discussion.

Le père – Tu te rends compte, les voitures ne sont plus en sécurité dans les rues !

La mère – C'est incroyable... Mais il n'avait pas loué un parking ?

Je n'écoutais pas vraiment la conversation de mes parents. Souvent lorsqu'ils parlent, ils créent un fond sonore.

Le père – Je ne sais pas. En tout cas, c'est une erreur quand on possède un si beau 4x4.

Soudain, j'ai senti un frisson me parcourir l'échine. Comme l'avertissement d'un danger imminent. J'ai mis de l'eau dans la bouilloire et j'ai essayé de respirer normalement.

La mère – Mais ces petits voyous n'ont pas réussi à le lui voler ?

Ma mère m'a regardée d'un œil torve.

La mère – Tu trouves ça normal, toi ?

Je me suis mise à trembler comme une feuille. Ils savaient donc déjà tout !

Je n'aurais jamais le cran de supporter les interrogatoires et les mensonges. D'accord, j'avoue. Oui, c'est nous ! Mais contrairement aux apparences, on ne voulait pas voler leur voiture, on désirait juste l'embouer pour qu'ils comprennent que la place d'un 4x4 n'est pas dans une ville. Et nous ne sommes pas des petits voyous mais des sauveurs de la planète. Plus tard, quand le monde appréciera enfin notre action à sa juste valeur, nous serons traités en héros ! Je n'ai pas à avoir honte de mon geste. Je dois le crier haut et fort !

Justine – Oui, je trouve ça normal !

La mère – Eh bien pas moi ! J'exige que le matin, lorsque tu nous vois, tu nous dises bonjour. C'est le minimum... Je ne te demande pas de te jeter dans nos bras pour nous embrasser mais tu pourrais au moins nous saluer. Nous serions des étrangers, tu ferais plus d'efforts.

Et tandis que ma mère me tournait le dos en signe de protestation, j'ai dégluti avec peine pour ravaler mon discours révolutionnaire. C'était donc ça qu'elle trouvait anormal : mon arrivée dans la cuisine. Ouf !!!

Le père – On devait se voir ce matin pour travailler sur un dossier et du coup il ne vient pas. Il est trop secoué. Ils lui ont sauté dessus à quatre ou cinq.

Quatre ou cinq à lui sauter dessus ? Oh le mytho...

Le père – Mais que font les parents de ces gosses ? C'est impossible de ne pas remarquer son enfant rentrant tard et couvert de boue.

Si la situation n'avait pas été aussi tragique, je crois que j'aurais explosé de rire. Mais là, j'avais le cœur tout mou.

Le père – Il a été très courageux. Il a pris des risques énormes alors qu'il ne s'agissait même pas de sa voiture.

Mais de qui parlait-il ?

Justine – Je peux savoir ce que c'est que cette histoire ?

La mère – Ah enfin ! Tu t'intéresses un peu à ce qui se passe dans cette maison, toi.

Le père – Tu te souviens de Jean-Marc, mon collègue ?

Justine – Non...

Le père – Si, tu as gardé son fils Roméo. Vous aviez fini la soirée dans le jardin à jouer de la musique au petit et sa mère avait fait une crise de nerfs en pensant que vous aviez mis de l'alcool dans son biberon.

Et là, le choc ! Oui, c'est bien ça ! Ce visage au-dessus de la poubelle, éclairé par le réverbère, je savais bien que je le connaissais !!!

Le rouge de la honte a couvert mes joues et si mon père n'avait pas été aussi occupé à me raconter le sauvetage épique du 4x4 par Jean-le-valeureux, il aurait tout compris.

Le père – Imagine-toi qu'hier, Jean-Marc regardait tranquillement un DVD quand il a entendu des cris et une cavalcade dans la rue. Il a tout de suite compris qu'il y avait du grabuge. Ni une ni deux, comme il habite au rez-de-chaussée, il est sorti de chez lui. Quand deux des petits voyous sont passés à son niveau, il leur a sauté dessus et les a plaqués à terre. Mais deux des complices, qui étaient sur des rollers, ont rebroussé chemin et l'ont attaqué par-derrière. Il paraît qu'ils étaient grands et très baraqués, il n'a pas pu se défendre...

Oh le menteur !!! Léa et moi grands, baraqués et sur des rollers !!! Et les poubelles, il n'en parle pas ? Ah oui, ça fait tout de suite moins héroïque... Il mériterait que je rétablisse la vérité !

La mère – Sa femme a dû avoir très peur.

Le père – Oui ! Enfin, elle l'a surtout engueulé parce qu'elle a jugé qu'il était un mari et un père totalement irresponsable, qu'on ne risquait pas sa vie pour une voiture. Et qui en plus n'était pas la sienne. D'ailleurs, depuis ce matin, elle ne lui adresse plus la parole !

La mère – Elle n'a pas tout à fait tort. Il aurait pu se faire tuer.

N'exagérons rien, on n'a jamais vu un être humain terrassé par une poubelle ni même par deux !

La mère – Bon et ce fameux 4x4, ils l'ont volé ou pas ?

Le père – Non, grâce à Jean-Marc ils n'ont pas eu le temps. Son voisin lui doit une fière chandelle. Mais je ne vous ai pas raconté le meilleur : les délinquants ont recouvert de boue le pare-brise et les rétros !

Des délinquants maintenant. On était passés du stade de petits voyous à celui de délinquants. Dans deux minutes, on deviendrait des assassins. Je rêvais !

La mère – Enfin c'est étrange... Pourquoi des jeunes qui veulent voler une voiture la maculeraient de boue avant, au risque de se faire prendre ?

Bravo Mamounette la finaude ! Bonne question !

Le père – Je ne sais pas, c'est peut-être un pari ou un rite.

C'est ça, un rite ! On couvre de boue un 4x4 à la pleine lune, en ayant pris soin auparavant d'égorger un coq noir sur la carrosserie. Il y a des fois où j'aimerais être la fille d'un autre père...

Justine

Lis ce que j'ai trouvé sur le Net : pas mal, non ?
Les propriétaires de 4x4 font grise mine. Plusieurs groupes d'écologistes radicaux ont trouvé un moyen de pression radical : dégonfler les pneus des 4x4. Ces commandos dénoncent ainsi la nuisance des 4x4 dans les villes. Pionnier de cette nouvelle forme de contestation, le groupe parisien "les Dégonflés" a fait des émules dans les grandes agglomérations françaises et à l'étranger. Après les "Pfff" à Paris, les "Raplaplas" à Lyon, les "Mous de la roue" à Lille et plus récemment les "Flagadas" à Bruxelles font parler d'eux...

Aujourd'hui, 20h53 · J'aime · Commenter

Nicolas Stop !!! tu m'effaces ça tout de suite de ton mur !!!

Il y a 1 minute · J'aime

La mère – Non, pas un rite, ça n'a pas de sens, mais peut-être une vengeance... Avec sa grosse voiture, ce type a dû agacer des gens. Ils l'ont couverte de boue pour l'énerver. C'est mieux que de la lui rayer ou de lui crever ses pneus.

Le père – Tu es avocate de la défense, toi maintenant ?

La mère – Non ! Mais je trouve que les 4x4 n'ont rien à faire en ville. C'est très bien pour la campagne, par contre ici c'est ridicule et ça pollue, non ?

Maman chérie, je te demande pardon pour toutes les fois où je t'ai envoyée balader, où je n'ai pas rangé ma chambre, où j'ai pensé que tu étais la mère la plus lourde de la galaxie. Pour une femme de quarante-quatre ans, tu assures vraiment. Je suis fière d'être ta fille. Tu peux, à l'avenir, me demander ce que tu veux...

ERRATUM : n'exagérons rien, je me suis un peu emballée. C'est vrai que j'ai apprécié ta dernière réflexion qui dénote un esprit ouvert, de là à m'exécuter à chaque fois que tu exiges quelque chose, il y a un pas.

Le père – Enfin où va-t-on si chacun se met à faire justice lui-même ? On est en plein western !

Justine – Et tu as fait cette remarque à ton ami Jean-Claude ? Parce que dans le genre héros justicier, il se pose là.

Le père – D'abord, il s'appelle Jean-Marc et ensuite il a accompli son devoir de citoyen.

Justine – C'est drôle ça ! Quand des gens recouvrent de boue le 4x4 d'un crétin qui se croit partout chez lui, ce sont des délinquants, mais quand un père de famille se prend pour Zorro, il fait son devoir de citoyen.

Mon père m'a regardée, horrifié, j'ai cru qu'il allait avoir une attaque.

Le père – Tu entends ce que tu me dis Justine ? Tu prends ton père pour un pauvre type sans conscience obéissant à l'ordre aveuglément ?

C'est bon, je voulais juste mettre en évidence la petite contradiction de son discours, je ne l'avais pas traité de collabo !

Le père – Est-ce que je dois te rappeler que je sais désobéir à la loi lorsqu'elle me paraît injuste ? Est-ce que tu as oublié les raisons de mon conseil de discipline alors que j'étais étudiant en licence ?

Non, je ne risquais pas d'oublier dans la mesure où j'avais eu droit à cette histoire une bonne vingtaine de fois.

Le père – Nous étions en pleine période de révisions. Plus question d'aller danser ou de passer son temps au café avec les copains, c'était révisions, révisions, révisions...

Quatre fois le mot révisions dans la même phrase, ce n'était plus de la répétition pédagogique, mais du bourrage de crâne.

Le père – Un mardi matin alors que j'avais le nez dans mes bouquins depuis l'aube, une copine m'appelle. Elle m'apprend que Vincent, un étudiant, a reçu une lettre lui interdisant l'accès aux salles d'examen, parce qu'il s'est permis deux semaines auparavant de se présenter en short au cours.

Oui, je sais. Ce Vincent était un type formidable qui fait maintenant une carrière formidable de créatif dans une agence de communication formidable.

Le père – Bon d'accord, sa tenue n'était pas du meilleur goût, mais comme c'était le dernier cours de l'année, il voulait créer un événement. Je t'ai dit qu'en plus d'être en short, il était venu avec un parasol et une bouée ?

Aujourd'hui non, mais les fois précédentes, j'ai déjà eu droit à l'info. Le parasol était bleu turquoise assorti à la tête du canard de la bouée.

Le père – Je me suis dit, Laurent, tu ne peux pas laisser passer un truc pareil. Il faut se mobiliser pour sauver Vincent. D'accord, il mérite qu'on lui remonte les bretelles pour la forme, mais pas qu'on lui fusille son année.

Impossible de couper à la suite : la mobilisation de tous les étudiants, l'arrivée de la délégation menée by my father himself en short dans le bureau du président de l'université, et enfin la chute, immuable : « Et au moment de partir, j'ai regardé le président dans les yeux et je lui ai dit : Sous l'université, la plage ! »

Le père – Alors tu sais ce que j'ai fait au moment de partir ? J'ai regardé le président dans les yeux et je lui ai dit : « Sous l'université, la plage ! » Tu vois Justine, lorsque le lendemain j'ai reçu la lettre de convocation pour passer en conseil de discipline, je n'ai pas eu peur. Je m'étais dressé contre une loi injuste et j'acceptais d'en payer le prix.

Plus je grandissais, plus je la trouvais ridicule son histoire.

– Bonjour la petite famille ! J'ai frappé à la porte mais personne ne m'a entendue, je peux entrer ?

Oh Léa, ma bouée de sauvetage ! Celle que je n'attendais plus pour échapper au passé héroïque de mon père.

La mère – Bien sûr Léa, tu es chez toi ici. Tu as une invitation permanente !

Léa – Vous aviez l'air en grande discussion !

Justine – On a fini.

Le père – Mais je ne sais pas si Léa connaît l'histoire de mon copain Vincent et de son short ?

Justine – Si, si, tu lui as déjà raconté !

Léa – Non, je ne la connais pas.

Impossible ! Elle n'avait pu y échapper toutes ces années ! Léa s'est assise et a écouté mon père attentivement. Si je n'avais pas vu naître sur ses lèvres un sourire un quart de seconde avant la chute, j'aurais juré qu'elle ne la connaissait pas. Elle était prise l'histoire dans le sac !

Léa – Formidable... C'est le genre d'aventure qu'il faudrait écrire pour ne jamais oublier !

Alors là, ça risquait pas !

Justine – Bon, il va falloir qu'on se dépêche, on bosse chez ta copine la fleuriste aujourd'hui.

Le père – Ah oui, c'est vrai.

La mère – Vous serez où ?

Justine – Dans le magasin, son fils tiendra le stand du marché.

La mère – Couvrez-vous, il ne fait pas chaud.

Le père – Mettez un K-way, par les temps qui courent, ça évite les taches de boue si vous croisez un 4x4.

Léa a changé de couleur et m'a regardée comme si j'étais coupable de haute trahison. Elle ne savait pas que mon père faisait un trait d'humour avant de lui raconter la mésaventure de Jean-je-ne-sais-comment. D'ailleurs, je n'ai pas eu le temps de me justifier, il a embrayé :

Le père – Léa, on ne t'a pas dit ce qui est arrivé à mon collègue Jean-Marc ?

Léa – Non...

Le père – Tu te souviens de lui ? Vous aviez gardé son petit Roméo, un soir.

Léa – Ah oui, je me rappelle très bien.

Le père – Figure-toi qu'hier, des voyous ont essayé de voler la voiture de son voisin et qu'il est intervenu pour les en empêcher.

Léa – Ah bon... Mais quel rapport avec la boue et nos K-ways ?

Parfait ma Léa... Avec cet air de sainte nitouche qui fait semblant de ne rien connaître à l'histoire, on te donnerait le bon Dieu sans confession.

Le père – Avant de voler le 4x4, ces jeunes l'ont recouvert de boue.

Léa – Entièrement ?

Le père – Non, juste les vitres et les rétros.

Léa – Et ils comptaient le conduire ensuite dans cet état ?

Belle progression. On dirait une illustration du cours sur la maïeutique selon Socrate. L'élève possède déjà toutes les réponses en lui, il suffit juste de le guider pour qu'il accouche de la vérité.

La mère – Ah tu vois Laurent, je t'ai posé la même question tout à l'heure. Pourquoi ont-ils mis de la boue ?

– Pourquoi t'as tout raconté à papa et maman, Justine ?

Théo se tenait à l'entrée de la cuisine et il semblait très en colère. Non !!! Je n'avais rien avoué aux parents mais lui, avec sa remarque, allait nous dénoncer tous.

La mère – D'abord, on dit bonjour, Théo, quand on est un enfant poli !

Vite, il me fallait trouver un moyen de neutraliser mon frère avant qu'il repose sa question qui tue. Zéro idée... Le vide... À part l'étrangler à mains nues, je ne voyais pas...

Léa – Oh Sophie, tu permets que je descende une minute Théo chez Thibault, il veut lui montrer comment Lulu Cracra a déchiqueté un rouleau de sopalin pour s'en faire un matelas dans sa cabane. Il dort comme un bébé.

La mère – Mais Théo est encore en pyjama et il fait froid.

Léa – Cela ne prendra que vingt secondes. Après le furet va se réveiller et ça ne sera plus aussi mignon.

Théo – Oh oui, maman, je veux y aller !!!

La mère – Très bien mais tu mets ton manteau sur ton pyjama et vous remontez tout de suite. Et ne le touche pas, il pourrait te mordre. On ne sait même pas s'il est vacciné.

Cette fille est un génie. Elle vient de faire taire mon frère sans aucune violence. Je ne sais pas où elle trouve toutes ces idées mais elle a une carrière d'écrivain devant elle.

Léa – Justine, tu files prendre ta douche, on part bientôt !

Justine – Ouais, je me grouille.

Trop contente d'échapper à un drame familial, je suis sortie de la cuisine plus vite que mon ombre. Alors que j'essayais vainement de faire couler une douche à peu près chaude, je me suis dit que mon petit frère était une bombe à retardement. À un moment ou à un autre de la journée, de la semaine, du mois, il allait gaffer ! Nous n'allions plus jamais être tranquilles...

C'est pas de pot!

Lorsque je suis sortie de ma douche un quart d'heure plus tard, Théo n'était pas remonté. Ma mère, qui lui avait fait chauffer son lait, commençait à trouver le temps long.

La mère – Léa avait promis que ça durerait une minute mais ils ne sont toujours pas là.

Justine – Tu connais Théo, il ne doit pas vouloir lâcher Lulu Cracra.

Je ne croyais pas un instant à ce que je disais car j'étais certaine que Léa, installée dans les escaliers, faisait la leçon à mon petit frère.

Justine – Je descends retrouver Léa et je te remonte Théo illico.

La mère – D'accord.

J'ai pris mon sac et mon manteau et je suis sortie. Contrairement à ce que je pensais, Léa n'était pas assise sur les marches. Peut-être était-elle dans le jardin ? Non, elle n'aurait pas couru le risque que ma mère les voie de la fenêtre de ma chambre.

Alors où étaient-ils ?

Je les ai trouvés chez Thibault, tous les trois en pleine conversation. Théo, assis entre les deux grands, les regardait alternativement d'un air grave. Dès que mon prince m'a aperçue derrière la vitre, il est venu m'ouvrir avec un large sourire.

Qu'est-ce qu'il était beau avec ce treillis beige et ce tee-shirt blanc ! Si je n'étais pas déjà folle de lui, je tomberais amoureuse à la seconde.

Thibault – Bonjour Justine !

Justine – Salut !

Il m'a collée contre lui d'une main experte, une main légère qui vous guide sans rien vous imposer, et il m'a embrassée. La température de mon corps s'est élevée d'un seul coup de dix degrés. Oui, j'ai frôlé les 47,5... Que celle qui ne s'est jamais consumée sous les baisers de son homme me jette le premier thermomètre.

Justine – Alors ?

Léa – On est en train d'expliquer à Théo la situation.

Et prenant un ton très pédagogique à destination de mon petit frère, Léa a dit :

Léa – Parce que si jamais Théo racontait tout ce qu'il sait, cela pourrait être très grave... Peut-être même irions-nous tous en prison !

J'en ai profité pour ajouter :

Justine – Oui et comme je suis mineure, les parents aussi iraient en prison. Pauvre Théo ! Sans son papa, ni sa maman, ni sa grande sœur... Il sera placé dans un foyer pour orphelins où il n'y aura ni Nesquick ni Chocopops. Le matin, il sera obligé de boire du lait chaud avec la peau dessus, parce que maman et sa passoire magique ne seront plus là pour lui...

Léa – Et le dortoir, tu l'as prévenu pour le dortoir ?

Théo, qui se gratte la tête tel un bébé chimpanzé dès qu'il stresse, a dégluti avec peine et a soufflé d'une voix étranglée :

Théo – Pourquoi, il se passe quoi dans le dortoir ?

Je l'ai regardé d'un air faussement ennuyé.

Justine – Est-ce que je dois vraiment tout te raconter ? Ne vaut-il pas mieux te laisser ignorer ce monde impitoyable ? Un monde dans lequel les petits enfants...

Je n'ai pas eu le temps de finir ma phrase, Léa s'est penchée vers moi et m'a chuchoté à l'oreille :

Léa – Mets la pédale douce. Je crois qu'on en a trop fait, il est tout blanc.

Justine – Dans lequel les petits enfants... et les petits oiseaux...

C'est fou comme je n'ai pas le sens de l'improvisation. Coupée dans mon élan par Léa, je n'ai pas su finir intelligemment ma phrase. Théo a repris, totalement affolé :

Théo – Dans lequel les petits enfants et les petits oiseaux, il leur arrive quoi ???

Oh mince, je ne suis pas en L, moi ! Je me casse déjà la tête au lycée à résoudre des équations du quatre-vingt-quinzième degré, on ne va pas me demander en plus de réécrire *Sans famille*. Je ne m'appelle pas Hector ! Notre future romancière s'est chargée de l'affaire.

Léa – Dans lequel les petits enfants vivent seuls et regrettent infiniment leur jolie maison et leur grande sœur chérie.

Théo – Parce qu'ils ont tous une grande sœur ? C'est étrange ça...

Et voilà, on essaie par amour de ne pas trop impressionner cet enfant (alors que notre avenir dépend de son silence) et il nous refait le coup de l'interrogatoire du KGB. Moi, c'est la dernière fois que je fais des efforts...

Léa – Non, j'ai dit grande sœur parce que je suis une fille, mais parfois ils ont un grand frère.

Théo – Est-ce que tu n'aurais pas dit « grande sœur » pour que je comprenne plus vite la situation ?

Léa s'est de nouveau penchée vers moi.

Léa – Cet enfant est possédé, ce n'est pas lui qui vient de parler. C'est Sigmund Freud en personne. Il va falloir penser à une séance d'exorcisme.

Justine – Tu crois ???

Léa – Non... Mais je n'arrive pas à admettre qu'il soit aussi perspicace à son âge. Il y a forcément une explication surnaturelle !

Justine – Je te rappelle qu'il est surdoué.

Léa – Oui mais quand même, il n'a que six ans et demi !

Thibault qui nous avait laissées faire depuis le début a pris mon petit frère dans ses bras.

Thibault – Ne t'inquiète pas... Tu as assuré comme un grand, hier soir. Tu as surveillé tes parents, tu as appelé Justine pour lui faire ton rapport. Je ne vois pas pourquoi tu irais tout raconter maintenant.

Théo – Oui mais si je prononce un mot sans m'en rendre compte et que papa et maman comprennent ?

Thibault – Tu n'auras qu'à vite dire que c'était pour rigoler. Du moment qu'il n'y a aucune preuve comme un enregistrement, une photo ou un témoignage écrit, personne ne peut rien contre nous.

Oh non !!! Là ce n'était pas une goutte de sueur que je sentais ruisseler le long de mon dos, c'étaient carrément les chutes du Niagara qui imbibaient mon tee-shirt ! J'ai hurlé :

Justine – Théo, où est ton carnet rouge ?

Théo – Sous mon oreiller.

Justine – Est-ce que tu as écrit des choses sur hier soir ?

Théo – Oui, j'ai fait un compte rendu minute par minute, comme Tobie.

Justine – Mais on s'en fout de Tobie, c'est pas une vraie personne. File immédiatement à la maison... Maman doit être en train de faire ton lit et elle risque de trouver ton carnet.

Théo est parti plus vite que l'éclair en criant :

Théo – N'ayez crainte, Théo connaît la feinte !

Justine – C'est ça...

Léa a attendu qu'il soit dans le jardin pour me demander :

Léa – C'est quoi cette histoire de carnet rouge ?

Justine – Théo adore une BD dans laquelle un dénommé Tobie enquête. Le héros est en CE1. Il espionne sa famille et il inscrit tout dans un carnet. Malheureusement pour nous, Théo a décidé d'agir de la même façon et il a consigné notre expédition citoyenne dans son fameux carnet rouge.

Thibault – Tu crois qu'à son âge, il décrit les choses de manière précise ? Il a dû mettre deux ou trois mots pleins de fautes d'orthographe, ta mère ne va pas comprendre.

Léa – Thibault a raison, tu t'affoles pour rien.

Justine – Ah oui, vous croyez ? Alors sache Léa, que la dernière fois que j'ai lu la prose de mon petit frère adoré, j'y ai appris que tu avais embrassé Adam à pleine bouche, que ça t'avait dégoûtée à cause de ton amour pour Peter et que moi-même, j'avais volé un râteau à Thibault.

Thibault – Tu m'as volé un râteau ?

Justine – Ah non, Théo a corrigé : tu m'as roulé une pelle !

Après un quart de seconde de stupeur, Léa et Thibault ont éclaté de rire.

Justine – Il espionne aussi les parents !

Thibault – On t'écoute.

Justine – Vous vous souvenez qu'ils sont partis à la campagne le week-end dernier ?

Thibault – Comment pourrais-je oublier cette date ?

Pourquoi il ne pourrait pas l'oublier ? Ah oui... Je comprends. Oh Thibault, mon prince de la délicatesse, tu es encore hanté par notre première nuit d'amour... Enfin disons notre première nuit ET notre amour. Car nous n'avons toujours pas réussi à conjuguer les deux.

Léa – Bon, et alors, qu'est-ce qu'il a noté, Sherlock, ce fameux week-end ?

Justine – Il a découvert que maman critiquait ses amis derrière leur dos. Et il a surpris les parents en train de batifoler dimanche matin alors qu'il était censé dormir !

Léa – Oh !!!

Justine – Tout ça rédigé dans un français impeccable.

Léa – Alors on est mal s'il n'intercepte pas le carnet avant que...

Léa a été interrompue par la sonnerie de mon portable.

Justine – Allô ?

– Miel pops, ici Mister freeze...

J'ai fait signe à mes amis que c'était mon petit frère.

Justine – Je joue plus, Théo, tu as ton carnet ou pas ?

Théo – Oui... M n'avait pas encore fait mon lit mais elle ne comprenait pas pourquoi j'étais resté si longtemps chez T. J'ai utilisé l'idée de L à propos de LLCC.

Théo commençait franchement à m'agacer avec ses initiales.

Justine – C'est qui LLCC ?

Théo – Je ne peux donner aucun nom, on pourrait être sur écoute.

Et il a raccroché. J'ai demandé à Léa et Thibault :

Justine – C'est qui LLCC ?

Léa – LLCC ?

Justine – Théo n'utilise que des initiales pour parler des gens : M c'est maman, T Thibault, L Léa... Alors qui est LLCC ?

Thibault – Ce ne seraient pas deux consonnes répétées du prénom de Nicolas ?

Justine – C'est un peu compliqué mais pourquoi pas...

Léa – Qu'est-ce qu'il t'a dit exactement ?

Justine – « J'ai utilisé l'idée de L à propos de LLCC. »

Ma meilleure amie a réfléchi un moment puis elle a dit en souriant comme si elle venait de résoudre l'énigme du sphinx :

Léa – LLCC c'est Lulu Cracra et l'idée de L c'est quand j'ai dit à ta mère qu'on descendait chez Thibault pour voir le furet dans sa cabane. J'avais expliqué à Théo que c'était un petit mensonge pour lui parler seule à seul et il a beaucoup apprécié.

Justine – Eh bien ça devient difficile de comprendre mon surdoué de frère ! Bon, qu'est-ce qu'on fait avec lui ? Vous croyez qu'il saura tenir sa langue ?

Thibault – De toute façon, on n'a pas le choix.

Léa – D'autant plus qu'il est dix heures moins cinq et que la Thénardière nous attend à dix heures pile.

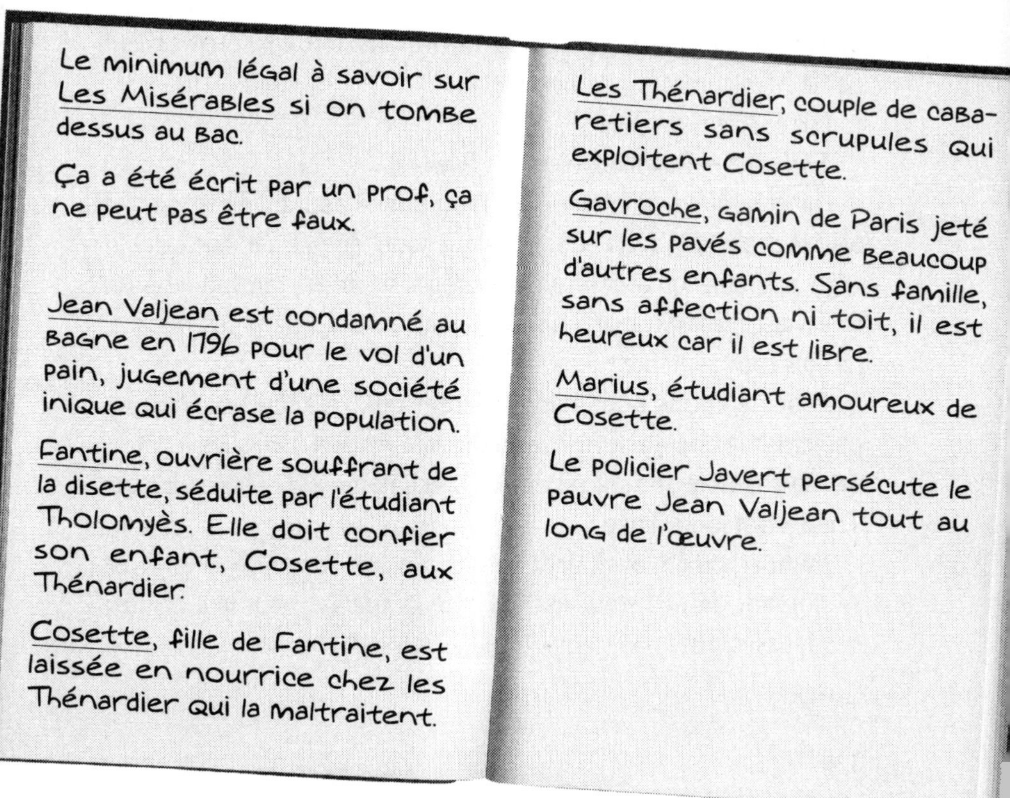

Thibault – C'est qui celle-là ?

Justine – La fleuriste près de l'église. Avec Léa, on va vendre des pots de chrysanthèmes.

Thibault – Après les hamburgers, les chrysanthèmes, vous êtes vraiment polyvalentes ! Et vous allez faire ce job pendant toutes les vacances ?

Léa – Non, juste aujourd'hui.

Thibault – Alors je n'ai pas le temps de vous préparer un p'tit déj ?

Justine – Une autre fois ?

J'ai prononcé ces derniers mots avec ma voix de fille qui sévit à la télé, certaine de faire succomber n'importe quel homme à n'importe quel moment. Si je ne m'étais pas pris les pieds dans le porte-revues, cela aurait pu avoir un certain effet, mais... Il a fallu que je m'étale !!! Léa m'a sauvé la mise en me rattrapant fermement par le bras comme si de rien n'était.

Léa – Allez, on y va !

Thibault – Travaillez bien, les filles.

J'ai jeté un regard énamouré à mon prince pour qu'il comprenne tout le désir que j'avais pour lui, il m'a souri. Aïe aïe aïe, que calor !!!

Je suis sûre qu'à ce moment précis si on m'avait branché un lave-vaisselle, une machine à laver et un frigo dans les oreilles, j'aurais tout alimenté !

À peine étions-nous dans le jardin que j'ai reçu un avion en papier sur la tête. J'ai levé les yeux vers la maison bleue, les fenêtres de ma chambre se sont refermées précipitamment. Théo... Encore Théo... Toujours Théo...

J'ai lu ce qu'il y avait écrit sur les ailes de l'engin : « P et M ne se doutent de rien, tout est OK... Je m'arrange pour leur donner des fausses pistes. »

J'ai passé le papier à Léa.

Léa – Il ne nous reste plus qu'à prier... et à courir ! On est vraiment en retard maintenant.

La Thénardière était à l'entrée de son magasin lorsque nous sommes arrivées.

Qu'est-ce qu'elle était moche !

Plantée sur des jambes solides et horriblement poilues, elle ne mesurait pas plus d'un mètre cinquante. Sa poitrine, comprimée dans un énorme soutien-gorge qu'on devinait sous son éternel chemisier rose, cent pour cent polyamide, reposait sur son ventre rebondi. Mais c'était, de loin, son visage qui était le plus disgracieux : de méchants yeux noirs, un grand nez et de très petites dents qui semblaient appartenir à une bouche d'enfant. Pas de quoi vous inviter à se jeter dans ses bras !

L'accueil qu'elle nous a réservé a été à la hauteur de sa réputation. Avec un grognement d'ours, elle a désigné deux tabliers verts accrochés à un vieux clou.

La Thénardière – Vous avez vu l'heure ? Vous enfilez ça et vous allez dehors, là où j'ai installé la table avec les tréteaux.

Avec Léa, on s'est exécutées sans broncher.

Une vieille dame attendait devant l'étalage et on n'a pas eu le temps de lui sourire pour lui dire bonjour qu'on s'est fait vertement tancer.

La mémé – Eh bien, c'est pas trop tôt...

Dans un grand élan d'amour, Léa a tenté un rapprochement intergénérationnel :

Léa – Désolée pour ce petit retard, on va s'occuper exclusivement de vous maintenant.

Parfois, j'aimerais avoir le charme et la douceur de Léa. Je ne dis pas ça parce qu'elle est ma meilleure amie, mais elle est vraiment irrésistible.

La mémé – Il manquerait plus que vous serviez quelqu'un d'autre alors que j'attends depuis dix minutes !

Léa – Bien, qu'est-ce qui vous ferait plaisir ?

La mémé – À votre avis ?

Léa – Je ne sais pas...

La mémé – Qu'est-ce qu'on vient chercher chez le fleuriste un 1er novembre ?

Léa – Des chrysanthèmes ?

La mémé – Eh bien vous voyez que vous êtes moins stupide que vous n'en avez l'air !

Léa a respiré un grand coup et a proposé à sa chère cliente plusieurs coloris de fleurs.

La mémé – Vous me mettrez les parme, elles iront très bien avec le marbre de la tombe de Lucien.

Léa – Bien madame.

Et alors que ma meilleure amie emballait avec précaution le pot dans du papier transparent, la vieille s'est mise à hurler.

La mémé – Mais attention malheureuse, vous abîmez les fleurs !

Léa – Oh désolée...

Et se retournant dans ma direction, Léa a chuchoté avec la voix de Terminator :

Léa – Si elle continue à me pourrir la vie, il va y avoir une tombe de plus à fleurir.

Je n'ai pas pu réprimer un fou rire.

Pauvre Léa, elle n'était pas au bout de ses peines avec la vieille acariâtre. L'autre a continué à la harceler à propos d'une agrafe mal fermée et de la couleur du bolduc qui jurait avec celle des fleurs. Ma meilleure amie est restée stoïque. Alors que j'observais, admirative, cette merveilleuse maîtrise de soi, la Thénardière m'a poussée dans le dos.

La Thénardière – Et pour madame de Saint-Denis, qu'est-ce que ce sera ?

Une femme d'une cinquantaine d'années, aussi raide qu'un parapluie, se tenait le sourcil haut face à moi. Je ne l'avais même pas vue.

Madame parapluie – Comme d'habitude madame Guédélon, un beau chrysanthème blanc pour maman.

Et s'adressant à moi, comme si j'étais franchement intéressée par la question :

Madame parapluie – Je n'en prends pas pour papa. Il est enterré à Chavignol, il voulait rester sur ses terres.

Chavignol, Chavignol, ça me dit quelque chose...

Madame parapluie – Ma sœur Maryse habite là-bas. Elle a repris le domaine avec son mari. C'est elle qui va tous les ans fleurir la tombe de papa. Moi maman et elle papa, on se partage la famille !

Chavignol, je sais que c'est un truc qui se mange, mais quoi ?

Justine – Yes !!! Chavignol, c'est les petits crottins de chèvre.

C'est fou comme dans la vie, on est rarement récompensé pour ses bonnes actions. J'aurais pu ne pas écouter la généalogie funéraire de Mme Parapluie, mais non, j'avais fait un effort. J'avais cherché des infos sur Chavignol et qu'est-ce que je recevais en contrepartie ?

La Thénardière – Justine, allez me récupérer le bolduc rose derrière la caisse et si vous avez vraiment envie de vendre du fromage, trouvez-vous un travail dans une crémerie.

Lorsque je suis revenue (un peu tard il est vrai, mais le bolduc avait disparu), je me suis fait recevoir comme un chien dans un jeu de filles (comme dirait qui vous savez).

La Thénardière – Vous croyez que je vous paye à faire quoi ? À aller vous promener ? Tenez, emballez-moi ce pot-là pour monsieur.

Et elle est partie en maugréant. Mon nouveau client, un petit homme brun tout sec et sans âge, m'a souri d'un air compatissant.

Le petit homme brun – Elle a pas l'air commode la patronne !

Justine – C'est le moins qu'on puisse dire.

Le petit homme brun – Mais vous savez qu'elle ne peut pas vous traiter n'importe comment ?

Justine – Bien sûr...

Le petit homme brun – Dans ce pays, les employés ont des droits.

Justine – Oui... Tenez ça fera douze euros.

Le petit homme brun – Les patrons possèdent peut-être les outils du capital mais nous ne sommes pas des machines. Ils ne peuvent pas faire de nous ce qu'ils veulent.

Justine – C'est juste !

Le petit homme brun – Vous partagez mon point de vue ?

Euh... Comment lui dire sans le blesser qu'il y avait trois clients derrière lui et que je n'avais pas vraiment le temps de disserter sur les idées de Marx ?

Justine – Vous avez raison mais...

Le petit homme brun – Vous avez déjà pensé à adhérer à un parti politique qui défend vraiment les intérêts des travailleurs et des travailleuses ?

Léa est intervenue :

Léa – Notre patronne vous observe et ma collègue risque de perdre son emploi si elle reste à discuter avec vous. Auriez-vous un tract avec le numéro de téléphone de votre parti pour qu'on vienne se renseigner cette semaine ?

Le petit homme brun a jeté un coup d'œil rapide en direction de la Thénardière et a glissé un papier sous son billet de vingt euros.

Le petit homme brun – N'hésitez pas à passer à l'adresse indiquée, j'assure une permanence le mardi et le vendredi.

Et il a disparu comme par enchantement après avoir récupéré sa monnaie. Trop forte cette Léa !!!

Justine – Je crois que je vais craquer.

Léa – Mais non, souviens-toi d'hier soir, on est des combattantes.

– Je crois que c'est mon tour...

J'ai levé les yeux et une tête joviale qui semblait posée sur les tréteaux m'a souri. Je me suis décalée et j'ai vu qu'au bout de cette tête, il y avait un corps sur un fauteuil roulant.

Justine – Bonjour ! Désolée, j'étais perdue dans mes pensées...

La dame au sourire – Eh bien, elles ne devaient pas être gaies ces pensées, vous aviez l'air ennuyée.

Justine – Oui, c'est vrai.

La dame au sourire – Comment une jolie fille comme vous, avec toute cette promesse de bonheur dans les yeux, peut-elle être triste ? Si j'en avais le pouvoir, je vous l'interdirais !

Justine – Et moi, si je pouvais, je vous embrasserais... Vous êtes la première personne ce matin qui se souvient que je suis un être humain.

La dame au sourire – Le monde est aveugle et les plus handicapés ne sont pas ceux qu'on croit. Allez, donnez-moi vite ce magnifique chrysanthème jaune et ce blanc aussi !

Au moment où je lui rendais sa monnaie, elle m'a attrapé la main et elle m'a chuchoté :

La dame au sourire – La vie est très belle, jeune fille. C'est un vrai cadeau du ciel !!! Profitez-en.

J'ai mis les pots dans son panier et, si je ne m'étais pas retenue, je l'aurais serrée dans mes bras. C'est drôle, je savais que les anges gardiens avaient des ailes, je ne pensais pas qu'ils pouvaient avoir des roues...

Le reste de la matinée est passé comme un éclair. J'avais pris tous les tics de la bonne vendeuse : le sourire mécanique, l'emballage ultra rapide des chrysanthèmes et le petit mouvement de tête qui fait croire aux clients qu'on les écoute lorsqu'ils vous racontent leur vie. Il faut dire qu'entre le Mac Do et les fleurs, je commençais à avoir une super expérience...

À treize heures, la Thénardière, l'air revêche, nous a proposé d'aller déjeuner, avec toute la compassion, l'amour et la délicatesse qui la caractérisaient depuis le matin.

La Thénardière – Il est treize heures, dans trois quarts d'heure ici c'est clair ?

Léa – Plutôt.

Et se penchant vers moi, Léa a ajouté discrètement :

Léa – « Il est treize heures, dans trois quarts d'heure au pied couché » aurait été plus clair.

La Thénardière – Vous avez des commentaires à faire ?

Léa – Doit-on manger quelque chose de particulier ou peut-on choisir notre sandwich à la boulangerie ?

Ma meilleure amie avait parlé avec un air très sérieux où l'on ne pouvait déceler aucune trace d'ironie. Aussi la Thénardière n'a pas compris que Léa se fichait d'elle et elle a pris cela pour une preuve d'imbécillité. Elle a répondu avec un mépris affiché :

La Thénardière – À votre âge, vous pouvez choisir toute seule, je crois.

Léa – Formidable !!! Je vais prendre un crudités-thon, c'est bien non ?

Si je ne connaissais pas Léa depuis des lustres, j'aurais pu croire qu'elle était vraiment débile. Pour une fois, j'ai admis l'idée que son Peter était un bon prof de théâtre.

Alors qu'assises sur un banc, nous dévorions nos jambon-beurre, nous avons épinglé tous les clients de la matinée : la vieille acariâtre, la noble et son domaine en fromage, le militant, la snob avec son imper Burberry, sa barrette Hello Kitty et ses trois fils raie sur le côté, la bobo qui avait râlé trois heures sur cette société de consommation qui nous oblige à une mascarade dont les morts se moquent...

Justine – Ça ne donne pas envie de devenir adulte tout cela.

Léa – Non, c'est sûr !

Justine – Tu veux mon brownie ? J'ai plus faim !

Léa ne m'a pas répondu. Je n'ai pas tout de suite réalisé qu'il y avait un problème car je bataillais avec ma fermeture éclair pour fermer mon manteau.

C'est quand je l'ai regardée en lui reposant la question que j'ai remarqué l'extrême pâleur de ma meilleure amie.

Justine – Ça ne va pas Léa ?

Muette, elle avait les yeux comme aimantés par ce qu'elle apercevait. J'ai tourné la tête pour voir ce qui la mettait dans cet état.

Ben quoi, un homme accompagné de deux femmes qui plaisante et marche d'un air décontracté, il n'y a pas de quoi s'affoler ?

J'ai plissé les yeux afin de deviner ce que ce type avait de spécial pour scotcher à ce point ma meilleure amie. Et là, le choc...

Peter.

Peter en chair et en os.

Peter en chair et en os se promenant avec deux femmes.

Peter en chair et en os se promenant avec deux femmes sous le regard de Léa.

Peter en chair et en os se promenant avec deux femmes sous le regard de Léa et ne remarquant pas sa présence.

Une scène à l'image de leur relation : lui vivant sa vie et elle momifiée.

Si, à ce moment précis, j'avais eu le pouvoir de faire disparaître de la terre cet individu, je l'aurais fait sans aucune culpabilité.

J'ai posé ma main sur celle de Léa. Elle était glacée. Peter a enfin disparu de notre champ de vision.

Il a fallu quelques minutes pour que Léa reprenne ses esprits. Ses premiers mots ont été pour lui :

Léa – Tu crois que c'est sa femme ?

Oh ma Léa, ne compte pas sur moi pour te donner le coup de grâce. Il est à peu près certain que ce sale type a quelqu'un dans sa vie mais je préfère te mentir que te meurtrir avec des suppositions.

Justine – Il a un harem alors parce qu'elles étaient deux...

Léa – Je te parle de la brune qui se tenait près de lui.

Justine – Il n'était pas plus proche d'elle que de l'autre. Non, ce sont sûrement deux bonnes copines.

Léa – Tu crois ?

Non, je ne crois pas mais si ça peut te redonner quelques couleurs, je ferai semblant. Tu es « blanche comme le reflet d'une rose blanche dans un miroir d'argent [1] ».

1. *Salomé*, Oscar Wilde.

Justine – Oui, j'en suis sûre. Allez, on y retourne, la Thénardière nous attend.

Léa – Si tu sentais que c'est sa femme, tu me le dirais ?

Justine – Bien sûr ! Tu me connais. Tu sais comme je déteste Peter, je ne raterais jamais une si belle occasion de le prendre en défaut.

On a fait quelques pas. Léa a mis son bras sous le mien.

Léa – Je ne sais pas si Peter a le moindre sentiment pour moi, par contre ce dont je suis sûre c'est que toi, tu m'aimes.

Justine – Ah bon, pourquoi ?

Léa – Parce que tu mens vraiment mal mais avec beaucoup de conviction. Ne t'inquiète pas, je vais m'en remettre... À ton avis qui va être notre premier client de l'après-midi ?

Comme d'hab, Léa a escamoté son chagrin avec pudeur et je n'ai trouvé aucun mot pour apaiser sa détresse.

Un couple nous attendait devant nos tréteaux. Elle et lui n'arrivaient pas à se décider sur la couleur des chrysanthèmes.

Le mari – Prends-lui le jaune, rappelle-toi, le jouet avec lequel il dormait était de cette couleur.

La femme – Tu crois ? Mais le blanc avec les reflets irisés me fait tellement penser à sa petite couverture.

J'ai observé Léa, elle était bouleversée. Il ne lui manquait plus que ça. Comme si sa rencontre avec Peter tout à l'heure n'était pas suffisante.

Léa – Les pauvres... Déjà perdre un parent, c'est horrible alors perdre un enfant... Regarde si la Thénardière nous surveille, je vais les leur donner, moi, les fleurs.

Puis s'adressant au couple endeuillé :

Léa – Et si vous preniez les deux ? C'est la maison qui offre.

Le mari – Vraiment ? Mais pourquoi ?

Léa – Parce que j'y tiens, parce que la vie sourit parfois...

On n'a pas eu besoin de le leur répéter deux fois, la femme s'est précipitée sur les plus gros pots et elle a dit :

La femme – C'est Gluck qui va être content, là où il est...

Gluck ? Quel vilain prénom pour un enfant...

La femme – Vous savez, on a beaucoup souffert quand il est mort.

Léa – Je n'ose pas imaginer...

La femme – C'est encore dur pour nous maintenant.

Léa – Oui.

La femme – Jamais nous ne retrouverons un caniche aussi affectueux.

Léa a laissé échapper un cri.

La femme – Vous comprenez le chagrin des autres, vous, mademoiselle ! Vous êtes quelqu'un de bien. Merci pour Gluck, je lui dirai que c'est de votre part.

Et comme la Thénardière nous avait rejoints, elle a ajouté :

La femme – La jeune fille nous a offert les chrysanthèmes pour notre chien, elle nous a dit que c'était un cadeau de la maison. Alors merci à vous aussi.

Et M. et Mme Gluck sont partis, leurs pots sous le bras. La Thénardière a mitraillé Léa du regard :

La Thénardière – C'est une plaisanterie, j'espère ?

Léa – Ne vous inquiétez pas, je vais vous régler ce que je vous dois.

La Thénardière – Vous ne seriez pas de mèche avec ce couple ?

Léa – Je ne suis pas une voleuse. Voilà vos vingt-quatre euros, nous sommes quittes.

Léa a dit cela avec tellement de fermeté dans la voix que la vieille pie n'y est pas revenue. Elle a empoché ses vingt-quatre euros et elle est repartie à la caisse, non sans nous avoir jeté un horrible regard plein de suspicion.

Léa – Vingt-quatre euros pour un vieux caniche tout pourri ! Mais qu'est-ce que je suis nulle ! C'est la dernière fois que j'ai de la compassion pour un client aujourd'hui.

Je n'ai pas pu m'empêcher d'exploser de rire. Sur les quarante euros qu'on allait gagner chacune, Léa en avait déjà perdu plus de la moitié !!!

Justine – Pour une fois que c'est toi qui es nulle, je t'assure que c'est rassurant... Ça te rend moins sorcière.

L'après-midi a été aussi agitée que la matinée et il nous a fallu sourire et encore sourire.

Nous commencions sérieusement à fatiguer lorsqu'un adorable papy est arrivé.

L'adorable papy – Bonjour les beautés.

Justine – Bonjour...

L'adorable papy – Mais que faites-vous ici à vendre des fleurs au lieu de vous amuser ?

Justine – On travaille pour gagner de l'argent de poche.

L'adorable papy – Bravo ! Vos pères doivent être fiers de vous...

Léa a baissé les yeux. Trop tard... J'ai vu qu'ils étaient embués. Ce n'était vraiment pas sa journée !

L'adorable papy – Vous seriez d'accord pour me choisir deux jolis pots ?

Léa – Avec plaisir.

L'adorable papy – Deux couleurs différentes.

Léa – Le jaune moutarde, là, il vous plaît ?

L'adorable papy – Oui, c'est bien pour mon fils.

La promesse de Léa de ne plus jamais avoir de compassion pour un seul client a fondu comme son rimmel sous les larmes.

Léa – Et ce blanc ?

L'adorable papy – Ma femme va apprécier. Vous êtes une perle, jeune fille !!! J'espère que vous avez trouvé le fiancé que vous méritez !

Léa – Je ne crois pas.

L'adorable papy – N'hésitez pas à changer ! Il n'y a pas de mal à essayer avant de trouver chaussure à son pied.

Léa a emballé les pots avec le soin dont elle est capable quand elle aime les gens.

Léa – Vous allez directement au cimetière ?

L'adorable papy – Non, c'est trop loin pour moi. Ils sont enterrés au cimetière du Valjoli… Ça fait deux ans que je ne peux plus m'y rendre à cause de mon cœur.

Léa – Et qu'est-ce que vous allez faire des fleurs ?

L'adorable papy – Je vais les mettre sur mon balcon en pensant à eux. Ils sont partis presque en même temps. Ma femme ne voulait pas laisser le fiston seul là-haut. Il faut dire que déjà en bas, il en avait fait des bêtises le Paul. C'était un gentil garçon mais influençable. Il avait de mauvaises fréquentations. Ça a fini par le tuer, cette saleté de drogue. Bon, je vous embête avec mes histoires tristes, ça fait combien ?

Léa – Vingt-quatre euros.

– Qu'est-ce qui se passe ? Monsieur ne veut pas payer ?

Je me suis retournée. La Thénardière, les mains sur les hanches, regardait d'un air mauvais notre papy bien-aimé.

Léa – Si ! Mais on s'assure juste qu'il peut soulever ses deux gros pots tout seul.

La Thénardière – Ce n'est pas votre problème !

Léa ne s'est pas donné la peine de lui répondre et, se retournant vers le papy :

Léa – C'est lourd, vous savez. Vous ne voulez pas qu'on vous aide ? On pourrait les porter jusqu'à chez vous ?

La Thénardière – Certainement pas ! Vous travaillez ici jusqu'à dix-neuf heures et si monsieur veut être livré, ce sera fait demain avec un supplément de dix euros.

Le portable de Léa a sonné à ce moment. Elle a hésité un instant puis a décroché :

Léa – Oui Jim... ça va... Oui... tous les trois ?... Quand ?... D'accord... Salut !

La Thénardière – Et vous m'éteignez ce téléphone, ce n'est pas un standard ici.

Léa a repris les sacs dans lesquels elle avait placé les pots et elle a demandé gentiment au vieux monsieur :

Léa – Alors comment on fait pour ces chrysanthèmes ?

La Thénardière – Vous ne m'avez pas entendue ? Il n'y a pas de livraison le jour de la Toussaint. C'est dix euros si monsieur accepte de les avoir demain.

Léa – Monsieur n'accepte pas... Monsieur a une femme et un fils à qui il a envie de rendre hommage aujourd'hui.

L'adorable papy – Arrêtez, je ne veux pas que vous vous disputiez à cause de moi. Donnez-moi ces sacs, je vais me débrouiller tout seul. Allez, au revoir mes enfants...

Et tandis qu'il s'éloignait, déséquilibré par le poids des pots, une petite auto rouge a klaxonné avec insistance devant nous.

C'était Jim.

Justine – Qu'est-ce qu'il fait là ?

Léa – Il est venu nous dire bonjour avec Thibault et Nicolas. C'est pour ça qu'il m'a appelée tout à l'heure.

Justine – Ce n'est vraiment pas le moment...

Léa – Non mais je n'ai pas pu le lui expliquer ! À moins que...

Léa a eu son sourire de sorcière comblée :

Léa – Tu vois à quoi je pense ?

Léa n'a pas eu besoin de m'expliquer quelle idée diabolique venait de germer dans son esprit. Elle était évidente. Grâce à la voiture de Jim, on pouvait accompagner le vieux monsieur au cimetière et ainsi sa petite famille céleste serait fleurie ce soir. Je dois avouer que cette idée ne m'a pas séduite tout de suite. C'est peut-être mesquin mais j'avais du mal à renoncer à mes gains pour cette journée presque complète de travail.

Je lui ai demandé :

Justine – Tu as conscience que si on part maintenant, on oublie nos quarante euros de salaire ?

Léa – Oui.

Justine – Et aussi que tu as donné à cette peste de Thénardière vingt-quatre euros de ta poche ?

Léa – Oui !

Justine – Tu es d'accord pour tout perdre ?

Léa – Oui. Et toi ?

Moi, comme toi sorcière ! Ton enthousiasme est plus contagieux qu'une épidémie de varicelle en première année de maternelle.

Justine – Tout pareil...

Léa – Alors, on y va !

Dans un même élan, nous avons ôté nos tabliers, pris nos manteaux et couru pour rattraper notre grand-père bien-aimé.

La Thénardière, qui n'imaginait pas une seconde nous voir nous échapper de son magasin, a couru derrière nous.

La Thénardière – Je vous interdis de partir !

Léa – Tu ne peux rien nous interdire, la Thénardière, nous sommes des femmes libres... Jean Valjean est de retour !

Justine – C'est qui Jean Valjean ?

Léa – Celui qui libère Cosette et l'adopte.

Justine – Et qui lui achète la belle poupée ?

Léa – Ouais.

Je me suis retournée et j'ai hurlé à mon tour :

Justine – Jean Valjean est de retour !!! Nous sommes des femmes liiiiiiibres !!!

Après avoir rattrapé notre papy au vol, nous avons réussi à le convaincre de monter dans la voiture de Jim.

L'adorable papy – Mais où vous voulez m'emmener comme ça ?

Léa

Vu ce que les chrysanthèmes rapportent, elle aurait pu nous filer notre fric, l'horrible Thénardière !

Il se vend chaque année 23,5 millions de chrysanthèmes en France dont 22 millions uniquement à la Toussaint pour fleurir les tombes. Un marché de plus de 170 millions d'euros.

Aujourd'hui, 18h10 · J'aime · Commenter

Justine J'y crois pas !!!!

Aujourd'hui, 18h11 · J'aime

Léa – Vous verrez bien… En attendant, je fais les présentations : le conducteur c'est Jim, lui derrière c'est Nicolas, et le garçon bien élevé qui vous a cédé sa place à l'avant, c'est Thibault.

Le monsieur a dit d'un air coquin :

L'adorable papy – Bonjour jeunes gens ! Vous allez pouvoir me venir en aide. Je viens d'être kidnappé par de séduisantes fleuristes et je ne sais pas du tout ce qu'elles me veulent. Pourriez-vous les persuader de me relâcher ?

Nicolas – Désolé man, mais quand ces deux-là ont quelque chose dans la tête, elles deviennent de vrais pitbulls !

L'adorable papy – Bien. Je vous préviens que personne ne s'apercevra de ma disparition, quant à la rançon, je ne connais pas un seul individu sur cette terre qui accepterait de la payer pour me récupérer.

Léa – Alors, qu'est-ce qu'on fait ? On le relâche ???

Justine – Ben ouais.

Léa – D'abord, on fait ce qu'on avait dit.

Le vieux a essuyé une larme discrète lorsqu'on lui a ouvert la portière et qu'il a reconnu l'entrée du cimetière du Valjoli. On a marché avec lui jusqu'au caveau de famille où reposaient sa femme et son fils.

L'adorable papy – Simone et Paul, je vous présente mes nouveaux amis. Ils m'ont accompagné jusqu'ici parce que vous savez bien qu'avec mon cœur, c'est plus comme avant. Ne t'inquiète pas Simone, ce sont des jeunes sympathiques… Tu te fais toujours du souci pour rien !

Puis il s'est retourné dans notre direction avec un large sourire et, voyant nos mines bouleversées, il s'est écrié :

L'adorable papy – Oh non les enfants, souriez-moi ! Il ne faut pas que les morts occupent plus de place que les vivants.

Et prenant le visage de Léa dans ses mains, il a ajouté :

L'adorable papy – N'est-ce pas, princesse ? Les morts doivent rester où ils sont. S'ils sont morts c'est qu'ils avaient fini d'exister. Il ne faut pas chercher à les faire revenir ici-bas.

Si j'avais cru aux fantômes, j'aurais juré que le père de Léa était revenu quelques instants sous une autre forme pour délivrer un message à sa fille. Il l'avait appelée princesse, il avait tenu son visage avec douceur entre ses mains... Ma meilleure amie a pleuré tout doucement dans les bras de ce grand-père tombé du ciel.

C'est Nicolas qui nous a sortis du chagrin.

Nicolas – Dis donc papy, à part déchaîner des passions chez les fleuristes, qu'est-ce que tu fais de ta soirée ?

L'adorable papy – *Navarro* à la télé et peut-être des mots croisés...

Nicolas – Et faire une virée en voiture avec nous, ça te dirait ?

L'adorable papy – Si je vous offre un verre, oui !

Jim – Alors c'est parti !

Et tandis qu'on rejoignait la voiture, Nicolas a pris Léa par l'épaule et lui a chuchoté quelque chose à l'oreille. Elle lui a souri et l'a embrassé sur la joue. Ils ont continué le chemin main dans la main.

Lorsque Jim a démarré, vitres ouvertes et *You're the first* de Barry White à fond, j'ai regardé, lovée dans les bras de mon prince, le cimetière qui rapetissait derrière nous, et j'ai pensé à mon ange gardien sur roues. Elle avait raison : oui, la vie était un cadeau du ciel, un merveilleux cadeau...

Le jour où tout a commencé

Prêts à entrer en Terminale, Justine et ses amis consacrent leurs derniers jours de liberté aux plaisirs de l'été : piscine, soirées, sorties. Thibault, le nouveau locataire de la maison bleue, suscite la curiosité des filles, tandis que les garçons l'observent et le critiquent.

Une fête est organisée pour faire connaissance...

Retrouvez Justine et la bande des CIK
dans *Le grand moment que j'attendais*

À bientôt pour la suite...

L'auteur

Après avoir passé toute son enfance à rêver au milieu des livres dans la librairie de son père ou dans l'imprimerie de son grand-père, Sylvaine Jaoui a décidé une fois pour toutes que la vie était un roman. Elle s'est donc mise à raconter des tas d'histoires à dévorer entre deux tranches de carton.

Aujourd'hui, si vous ne la trouvez pas en train d'écrire sur la table de sa cuisine, vous avez quatre possibilités : soit elle écoute son amoureux lui jouer du piano, soit elle regarde des séries avec ses filles en mangeant des ours en chocolat, soit elle négocie avec les taupes de son jardin pour qu'elles aillent plutôt chez le voisin, soit elle est dans son lycée, lisant des romans à sa tribu d'ados.

L'illustratrice

Lorsqu'elle est née, la petite Colonel Moutarde a déclaré à sa maman qu'elle voulait être dessinateuse. C'est chose faite. Il lui faudra cependant quelques années avant d'être publiée, mais on ne décourage pas facilement un Capricorne.

Elle publie dorénavant chez de grands éditeurs de bandes dessinées (sa passion), en presse et en publicité.

Elle aime par-dessus tout mettre en images de chouettes histoires et ne boude pas pour autant les petits plaisirs de la vie comme de réveiller le chat qui fait la sieste, porter des bijoux gothiques pour effrayer ses enfants et s'acheter des tutus.

Retrouvez toutes nos collections

sur le site www.rageot.fr

RAGEOT s'engage pour l'environnement en réduisant l'empreinte carbone de ses livres. Celle de cet exemplaire est de :
813 g éq. CO_2
Rendez-vous sur www.rageot-durable.fr

PAPIER À BASE DE FIBRES CERTIFIÉES

Achevé d'imprimer en France en avril 2013
chez Normandie Roto Impression s.a.s.
Dépôt légal : septembre 2012
N° d'édition : 5926 - 05
N° d'impression : 131621